ro
ro
ro

ro
ro
ro

«Updike gelingt das Kunststück, gerade in der Aussparung die eine Figur, die niemals auftritt, realer werden zu lassen als alle anderen.» (Literaturen)

«Einziges Manko: ‹Rabbit, eine Rückkehr›, ist viel zu schnell zu Ende.» (Brigitte)

«Mit diesem fünften Roman ist Rabbit der Unsterblichkeit nochmal ein Stück näher gerückt.» (NDR)

Geboren am 18. März 1932 in der Kleinstadt Shillington, Pennsylvania, war John Updike von 1955 bis 1957 Redaktionsmitglied des ‹New Yorker›. Er veröffentlichte Romane, Erzählungen, Essays, Gedichte und ein Theaterstück. Ausgezeichnet wurde sein Werk u. a. mit dem National Book Award, dem National Book Critics Circle Award, dem Prix Medicis und zweimal mit dem Pulitzer-Preis. John Updike lebt in Massachusetts.

John Updike

Rabbit, eine Rückkehr

Deutsch von Maria Carlsson

Rowohlt Taschenbuch Verlag

Mit Zustimmung des Autors entnommen der Originalausgabe «Licks of Love. Short Stories and a Sequel, Rabbit Remembered», die 2000 im Verlag Alfred A. Knopf, New York, erschien.

Redaktion Hans Georg Heepe

Veröffentlicht im Rowohlt Taschenbuch Verlag,
Reinbek bei Hamburg, Januar 2004

Satz bei Pinkuin Satz und Datentechnik, Berlin
Druck und Bindung C.H.Beck, Nördlingen
Printed in Germany
ISBN 3 499 23538 2

Die Schreibweise entspricht den Regeln
der neuen Rechtschreibung.

Rabbit,
eine Rückkehr

i.

Janice Harrison geht an die Haustür, als die Klingel die Stille zerschrammt. Jahrzehntelang hat der Rost an der alten Glocke gefressen, sie krächzt nur noch, und eines Tages wird sie überhaupt keinen Ton mehr von sich geben, weil der Klöppel festsitzt oder sie einen Kurzschluss hat oder was sonst mit diesen Dingern passiert. Jedes Mal, wenn sie sagt, sie möchte den Elektriker anrufen, sagt Ronnie ihr, er habe eine Liste, was im Haus alles in Ordnung gebracht werden muss, die Klingel sei mit drauf, er werde sich drum kümmern. Er nimmt die Dinge gern selber in die Hand. Harry war mehr dafür, andere alles machen zu lassen.

Wegen eines Ziehens in der Hüfte braucht sie länger als sonst für den Weg von der sonnigen, abgenutzten Küche durchs Esszimmer, in dem die Rouleaus heruntergezogen sind, damit der Perser nicht verschießt und die polierte Platte des Mahagonitisches nicht austrocknet, ins Wohnzimmer, wo man jedes Mal um den niedrigen, einer alten Schusterbank nachgebildeten Tisch vor dem grauen kurzflorigen Plüschsofa herumgehen muss, sodass sich im Auslegeteppich eine helle Trittspur gebildet hat. Ein großer brauner Zenith-Fernseher, auf dem sich der staubige Schnickschnack ihrer Mutter drängt, starrt blind dorthin, wo früher der Barcalounger ihres Vaters gestanden hat. Sie halten sich kaum noch hier auf, hocken nicht mehr wie früher auf dem Sofa und sehen fern. Ronnie sieht sich lieber in der Küche in dem kleinen Sony die Abendnachrichten an, während er isst, und wenn Nelson nach der Arbeit zu Hause bleibt, hat er oben den Computer, er sagt, sich mit dem Computer zu beschäftigen, macht mehr Spaß als Fernsehen, weil es interaktiv ist. Mit seiner Frau Teresa war er nicht so interaktiv, die ist vor über einem Jahr mit beiden Kindern nach Ohio zurückgegangen. Er und Roy, der jetzt vierzehn ist, schicken sich gegenseitig E-Mails, meist anstößige Witze (diesen Sommer gab's einen besonders grässlichen: *Weißt Du noch, als die Kennedys jeweils nur eine Frau ersäuft haben?*), als ob der Austausch von E-Mails ebenso gut wäre, wie mit einem leibhaftigen Vater unterm selben Dach zu leben.

Oft hört Janice die Klingel überhaupt nicht, obwohl sie im Haus ist oder gleich hinten im Garten. Sie findet dann in die Tür geklemmte Benachrichtigungen von Lieferanten vor, die wieder abziehen mussten, oder Visitenkarten von Vertretern, die keine Gelegenheit bekommen hatten, ihre Sache vorzubringen. Sie ist dankbar dafür, aber es gibt ihr doch auch das Gefühl, isoliert zu sein; angenommen, jemand klingelte, den sie für ihr Leben gern sähe? Sie weiß allerdings nicht, wer das sein sollte. So viele, an denen ihr gelegen war, sind tot.

Die schwere Nussbaumtür mit den schmalen hohen Seitenfenstern aus Mattglas, das mit floralen Arabesken gemustert ist, diese Tür, durch die sie, mit einigen Unterbrechungen, fast ihr ganzes Leben lang ein und aus gegangen ist, hat sich in der Feuchtigkeit des Sommers, die nie Regen gebracht hat, verzogen und die ganze Zeit geklemmt. Jetzt, wo es endlich herbstlich wird, geht sie leichter auf, mit einem trockenen Knacken. Das Mädchen – eigentlich eine Frau, ungefähr in Nelsons Alter –, das auf der Vorderveranda steht, kommt ihr irgendwie bekannt vor. Ein breites weißes Gesicht, weit auseinander liegende Augen mit ein wenig Milch im Blau und in den Winkeln die ersten Krähenfüße. Um einiges größer als Janice, füllt sie ihr beigefarbenes Sommerkleid gut aus, der Baumwollstoff spannt überm Busen und über den Schenkeln. Sie hat sich einen marineblauen Sweater um die Schultern drapiert, wie die jungen Frauen im Immobilienbüro Pearson und Schrack, die ihre leuchtenden Computer bedienen und sehr geschäftsmäßig tun. Sie fragt: «Mrs. Angstrom?»

Janice ist verblüfft. «Das war mal», sagt sie. «Mein jetziger Mann heißt Harrison.»

Das Mädchen wird rot. «Verzeihen Sie, ich wusste das nicht. Ich hab nicht dran gedacht.» Die milchig blauen Augen des Mädchens weiten sich, und Janice fühlt, wie diese Fremde regelrecht zittert, wie ein Beben ihren sorgfältig und zurückhaltend gekleideten Körper durchläuft, ein Wesen, das da auf der Fußmatte im rechteckigen Schatten der Veranda mit den Backsteinsäulen steht, als sei es in einer Falle gefangen.

Hinter ihr, auf der Joseph Street, wischen Autos mit einem frischen trockenen Geräusch vorbei. Ein glänzend neuer ziegelroter Lexus steht am lichtgesprenkelten Bordstein, unter den einstweilen noch grünen Ahornen. Eine Wolke zieht vorüber, und der Schatten, den sie wirft, ist fast kalt; daran erkennt man die neue Jahreszeit, die Schatten sind schärfer und dunkler, und unter allem liegt der Gesang der Grillen. Wegen der schrecklichen Dürre in diesem Sommer verfärbt das Laub sich früh, die Blätter der Rosskastanien rollen sich an den Rändern braun ein, und der Rasen in den Vorgärten, wo die Leute nicht gesprengt haben, sieht wie platt gedrücktes Stroh aus, ein Anblick, den Janice aus Kindertagen kennt, wenn man dem Erdboden näher ist und der Sommer endlos scheint.

«Meine Mutter ist vor zwei Monaten gestorben», setzt das Mädchen noch einmal an und holt tief Luft, damit das Zittern aufhört; mit beiden Händen hält sie sich eine kleine gestreifte Tasche vor den Bauch.

«Das tut mir Leid», sagt Janice. Nelson hat bei seiner Arbeit dauernd mit verrückten Leuten zu tun und sagt, man braucht keine Angst vor ihnen zu haben. Sie selber hat mit Leuten zu tun, die Häuser kaufen oder verkaufen wollen, die höchsten Summen, über die viele von ihnen sich je Gedanken machen müssen, und da reagieren manche auch nervös und irrational.

«Ich war nie verheiratet, sie war alles an Familie, was ich hatte.»

Also eine Bettlerin, trotz ihrer ordentlichen Aufmachung. «Das tut mir Leid», sagt Janice noch einmal, in abweisenderem Ton, «aber ich glaube nicht, dass ich helfen kann.» Sie hebt die Hand, um die schwere Tür zu schließen. Nelson ist im Therapiecenter, und Ronnie ist im Club und spielt Golf mit ein paar anderen Pensionären, sie ist also allein im Haus. Nicht, dass das Mädchen gewalttätig aussähe. Aber sie ist größer als Janice, großknochiger, von einer gefährlich fülligen Präsenz, mit der sie da steht, als hätte sie lange geschwankt und nun einen trotzigen Entschluss gefasst, wie eine Kundin, die den Sprung wagt und dreißigtausend mehr bietet, als sie sich leisten kann. Ihre Augenhöhlen sind leicht eckig und haben das Verquollene, das von Schlaflosigkeit kommt, und ihr Haar, fransig kurz geschnitten, wie man es heute trägt, ist ein Gemisch aus hellem Braun und dunklerem Braun, durchzogen von grauen Strähnen.

«Ich glaube das auch nicht», stimmt sie zu, «aber meine Mutter meinte, Sie könnten es vielleicht doch.»

«Habe ich Ihre Mutter gekannt?»

«Nein, Sie sind ihr nie begegnet. Aber Sie haben beide voneinander gewusst.»

Janice wünschte wirklich, Nelson wäre hier. Ein Blick würde ihm genügen, und er wüsste, was mit dieser Person nicht stimmt, und hätte gleich den richtigen Ausdruck dafür – manisch-depressiv, schizophren, paranoid, psychotisch. Wenn man psychotisch ist, sieht und hört man Dinge und kann morden, ohne es zu wollen, und vor Gericht dann ganz unschuldig wirken. Die lasierte Maserung des Nussbaumholzes unter ihrer Hand gibt zu verstehen, dass die Tür ein Schutzschild ist, dass man sie zuschlagen und dieser Begegnung ein Ende machen könnte, aber das Angenehme, Freundliche, Ruhige, das von dem Mädchen ausgeht, obwohl es so zittert und so verstört wirkt, hält die Tür offen. Die trockene warme Luft dieses frühherbstlichen Tages im südöstlichen Pennsylvania – die Kinder alle wieder sicher in der Schule verstaut, die vormittäglichen Straßen still, das Gemüse in den Hintergärten geerntet oder in Samen geschossen – liegt auf Janices Gesicht wie ein Hauch aus der Vergangenheit, und ihre Besucherin stammt aus derselben Gegend.

«Ich habe sie zum Schluss gepflegt, sie mochte Krankenhäuser nicht, sie hat sich in denen eingesperrt gefühlt», fährt die leise, behutsame, unsichere Stimme fort.

«Ihre Mutter», sagt Janice und lässt sich, ohne es zu wollen, auf das Mädchen ein.

«Ja, und als Krankenschwester konnte ich das natürlich – ihr die Medikamente geben und dafür sorgen, dass sie im Bett regelmäßig von einer Seite auf die andere gedreht wurde und all das. Eigenartig war nur, das für die eigene Mutter zu tun. Ihr Körper hatte doch so eine Bedeutung für mich. Sie mochte nicht angefasst werden, solange sie noch bei Kräften war. Mit manchen Leuten konnte sie ganz locker und unbefangen sein, aber ihre Privatsphäre hat sie geradezu fanatisch gehütet, auch mir gegenüber. Sie hat sich geweigert, mir irgendetwas zu sagen, außer, als sie dann wusste, dass sie sterben würde.»

Das Mädchen hat, während seine Nervosität nachließ, eine Etappe seiner Geschichte übersprungen, ohne es zu merken. «Was, sagten Sie, hat das alles mit mir zu tun?», fragt Janice.

«Oh. Ich glaube – ich glaube, Sie waren mit meinem Vater verheiratet.»

Ein Postauto zieht vorbei, einer dieser nasenlosen Vans, die sie jetzt benutzen, weiß mit rotem und blauem Streifen. Früher waren sie einfarbig grün, wie Militärfahrzeuge. Und Postboten waren Männer; jetzt kommt eine Postbotin zu ihnen, eine junge Frau mit langen sonnengebleichten Haaren und stämmigen gebräunten Beinen in Shorts, die ihre große Tasche in einem dreirädrigen Karren auf dem Gehweg vor sich herschiebt. Es ist noch zu früh, um diese Zeit kommt sie noch nicht, aber eine andere junge Frau ist zu sehen, sie tritt auf die Veranda der rechten Doppelhaushälfte drüben auf der anderen Seite der Joseph Street. Viele Jahre hat dort ein Ehepaar gewohnt, das Janice alt und unveränderlich erschienen war. Dann sind die beiden in ein Seniorenheim übergesiedelt, und ein junges Paar ist eingezogen, mit Ampelpflanzen auf der Veranda, um die sie viel Getue machen, und mit Musik, die durch die Fliegenfenster dröhnt und die ganze Nachbarschaft belästigt, und mit zwei kleinen Kindern, die in die Vorschule gehen.

«Vielleicht kommen Sie besser herein», sagt Janice und tritt einladend beiseite, obwohl es ihr widerwärtig ist und ihr zugleich Angst macht, diese Person aus einer beschämenden toten Vergangenheit über ihre Schwelle zu lassen.

Das Mädchen, dessen Gesicht und Arme so weiß sind, als hätte es nie einen Sommer gegeben, steht im dämmrigen, voll gerümpelten Wohnzimmer herum wie ein zusätzliches Möbel, das das mähliche Erdbeben der Zeit von seinem Platz geruckelt hat. Sie scheint, ebenso wie Harry früher, ein bisschen überproportioniert. Janice ist daran gewöhnt, durchschnittlich große Leute in ihrem Haus zu haben, sie selbst und Nelson und Ronnie, allerdings kommt manchmal Ronnies Sohn Alex aus Virginia zu Besuch, und der ist ziemlich groß, und als Judy und Roy hier noch wohnten, haben sie eine Menge Platz beansprucht mit ihrer Musik und ihren Spielen und ihrem geschwisterlichen Konkurrenzkampf. Obwohl das eine Kind ein Mädchen ist und das andere ein Junge und sie im Alter mehr als vier Jahre auseinander sind, war es nicht so schlimm, wie es hätte sein können.

«Möchten Sie einen Kaffee?», fragt Janice. «Oder Tee – mein Mann trinkt jetzt immer Tee, wegen seines Blutdrucks, und da habe ich's mir auch angewöhnt.»

«Nein, ehrlich nicht – ich krieg jetzt nichts runter. Ich habe mir so lange überlegt, wie ich alles sagen soll, und dann hab ich es völlig falsch angefangen. Ich heiße Annabelle Byer.»

Janice versteht darunter «buyer», «Käufer». Es gibt so viele Käufer, wie es Verkäufer gibt.

«Wie gesagt, ich bin ledig. Nächstes Jahr werde ich vierzig. Ich bin praktisch ausgebildete Schwester und habe dreizehn Jahre im St. Joe's gearbeitet, und die letzten fünf Jahre war ich im ambulanten Pflegedienst und habe die Leute zu Hause versorgt, aber die Zahl der Patienten, die sich das leisten können, geht zurück, weil Medicare die

Bestimmungen so verschärft hat und sich kaum noch an den Kosten beteiligt.»

«Setzen Sie sich wenigstens hin», sagt Janice, um die helle, beunruhigend ragende Masse dieser ungebetenen Besucherin zu reduzieren. Das Mädchen setzt sich aufs Sofa, wo es, wie jeder andere, tiefer einsinkt, als es vermutet, die nackten Knie leuchtend weiß hochgereckt. Hastiges Zupfen am Rock verringert die Schenkelmenge, die zu sehen ist. Janice nimmt in dem grünen Ohrensessel mit den grünen Zierdeckchen auf den Armlehnen Platz, faltet die Hände mit den Innenflächen nach oben im Schoß, wie ihre Mutter es immer gemacht hat, und setzt sich zurecht, um zuzuhören, falls das Hämmern ihres Herzens das zulässt. Ihr Herz ist in einem Netz aus überschlägiger Berechnung gefangen, inwieweit diese naiv geschmacklose Aufdringlichkeit ihr Leben beeinträchtigen und ihren Frieden stören wird. Bei Ronnie, der, verglichen mit Harry, so stetig ist, hat sie erfahren, was Friede ist.

«Meiner Mutter hat es Sorgen gemacht, dass ich nicht geheiratet habe», erzählt Annabelle ihr; nach ihrem entspannten Ton zu urteilen, fühlt sie sich hier schon wohler, als Janice für angebracht hält. «Sie dachte, dass es vielleicht an ihr liegt, dass sie mir vielleicht Misstrauen eingeimpft hat gegen Männer, gegen Sex, gegen ich-weiß-nicht-was, wegen der Erfahrungen, die sie selber gemacht hat. Ich sagte dann immer, das ist doch Unsinn. Dad, so habe ich ihn genannt, war ein wunderbarer Mann. Er ist gestorben, als ich sechzehn war, aber ich bin trotzdem mit diesem guten Männerbild aufgewachsen. Er hat mich immer im Kreis herumgeschwenkt, auch noch, als ich schon elf war oder so, und er hat mir beigebracht, wie man mit dem Mähtrecker fährt und was man als Kind sonst noch alles tun kann, um sich auf einer Farm nützlich zu machen – Äpfel und Erdbeeren pflücken und Hühner füttern und Büsche und Giftsumach zurückschneiden. Wir haben sogar zusammen getischlert, und er hat mir gezeigt, wie ich mit seinem Gewehr umgehen muss. Ich hatte zwei Brüder, Scott und Morris, mit denen bin ich immer gut ausgekommen – als Landkinder haben wir viel gemeinsam unternommen. Und später hatte ich dann Freunde, klar, obwohl ich glaube, dass sie ziemlich schüchtern waren, verglichen mit Stadtjungen, aber nach der High-School bekam ich einen Job als Schwesternhelferin in einem Pflegeheim, im Sunnyside, draußen, wo's zum alten Jahrmarktsgelände geht –?»

Sie vergewissert sich, ob Janice zuhört. Janice nickt und sagt: «Ich habe davon gehört. Sunnyside.»

«Und dann bin ich ein Jahr zur Ausbildung gegangen und habe die Prüfung bestanden, und als ich meinen Dienst im St. Joe's antrat, waren die Jungs nicht mehr so schüchtern, manche von ihnen waren sogar verheiratete Ärzte, aber manche auch nicht, und irgendwie war alles ganz normal, außer, wie soll ich sagen, außer dass nie der Blitz einschlug, niemand mit einem Heiratsantrag kam. Vielleicht wollte ich auch keinen haben. Ich habe zu meiner Mutter gesagt, was soll schon sein, wenn's passiert, dann passiert es, in jedem Fall ist man doch ein ganzer Mensch, aber sie war krank vor Sorge darüber, dass ich ungebunden blieb, sie hatte irgendwie Angst, dass sie ein Hinderungsgrund sein könnte, besonders, nachdem sie die Farm verkauft hatte und ich ihr vorschlug, zu mir zu ziehen, zusammen konnten wir eine größere Wohnung nehmen, drüben an der Eisenhower Avenue –»

Janices Herz macht einen Satz. Sie hat mal an der Eisenhower Avenue gewohnt, mit Charlie Stavros, Eisenhower Avenue Nr. 1204, damals in den Sechzigern, als alle verrückt spielten. Aber kein Grund, überrascht zu sein; die vornehme Straße ist auch nach ihrer Blütezeit, da eine Einfamilienvilla neben der anderen stand und alle von schwarzen oder irischen Dienstboten in Schuss gehalten wurden, eine Gegend gewesen, wo es die besseren, sichereren Mietobjekte gegeben hat, für Außenseiter wie sie und Charlie oder dann dies Mädchen und seine Mutter.

«– sie wollte nicht im Weg sein, sie sagte immer, sie würde in ihrem Zimmer bleiben, wenn ich einen Mann mit nach Haus bringe, aber ich hatte lange genug in Brewer allein gelebt, so leicht brachte ich keine Männer mehr mit nach Haus. Sie können unangenehm werden, ich war zu der Zeit Mitte dreißig, und die guten Männer waren mit anderen Frauen verheiratet. Als ihr klar war, dass sie sterben muss – als der Tumor entdeckt wurde, ein kleinzelliges Lungenkarzinom, hatte der Krebs schon aufs Lymphsystem und auf die Knochen übergegriffen –, da sagte sie mir, dass ich mehr Familienangehörige hätte, als mir bewusst sei. Sie sagte, dass Dad nicht mein richtiger Vater war, dass er sie aber genug geliebt hat, um sie mit dem Kind von einem andern zu nehmen. Ich war noch kein Jahr alt, meine Großeltern in West Brewer haben sich um mich gekümmert, solange sie in diesem Restaurant drüben bei Stogey's Quarry gearbeitet hat, da hat sie meinen – da hat sie Frank Byer kennen gelernt. Er hat nicht lange gefackelt – ich glaube, seine Mutter war kurz vorher gestorben, und eine Farm braucht eine Frau. Nicht, dass er nicht verknallt in sie gewesen wäre – und wie. Er war in den Vierzigern und sie Ende zwanzig, ich konnte sehen, als ich, wie soll ich sagen, einen Blick für so was bekam, dass sich immer noch ganz schön was zwischen ihnen abspielte. Er hat sie immer damit aufgezogen, dass sie so dick war, aber er war ja selber dick.»

Janice mag gar nichts hören von diesen schrecklich ordinären Leuten. «Haben Sie sich nie gewundert», fragt sie unwirsch, «wieso Sie auf die Welt kommen konnten, bevor Ihre Eltern verheiratet waren?» Durch die fast durchsichtigen Gardinen des Panoramafensters – Glasgardinen sagt man dazu, dabei sind sie aus Stoff – kann sie sehen, dass die Frau gegenüber immer noch draußen auf der Veranda ist und mit einer langschnabligen Gießkanne herumtrödelt, so als ob sie lauscht. Aber auf diese Entfernung ist das nicht möglich. Dass das Mädchen hier ist, empfindet Janice als beschämend. Als beschämend und als unverschämt.

«Ach, das ist nie zur Sprache gekommen», sagt Annabelle. «Sie wissen ja, wie das ist, als Kind denkt man, alles um einen herum ist ganz normal so, wie es ist, man kennt es nicht anders. Scott war in der Schule nur eine Klasse unter mir; ich wurde im Januar geboren und er ein Jahr drauf im November. Ich war immer die Jüngste in meiner Klasse, vielleicht ist das einer der Gründe, verstehn Sie, weshalb ich mir immer so unschuldig vorgekommen bin. Die andern Kids haben irgendwie immer mehr gewusst als ich, und bei denen lief auch so einiges. Ich war immer das brave Mädchen, das nach dem Unterricht gleich nach Hause fuhr, sowie der Schulbus kam.»

Das Mädchen fängt an zu reden, als ob Janice eine Tante wäre, womöglich gar so etwas wie eine Mutter. Janice hält sich als Mutter für nicht besonders erfolgreich und möchte es nicht noch einmal versuchen. Trotzdem fragt sie: «Sind Sie sicher, dass Sie keinen Kaffee wollen? Ich muss mir jetzt eine Tasse Tee machen, mir schwirren so viele Fragen im Kopf herum. Die Neuigkeit, mit der Sie da kommen, muss man erst mal verdauen, falls sie überhaupt stimmt.»

Sie steht auf, Annabelle allerdings auch, und nicht nur das, sie folgt ihr auch in die Küche, dabei hatte Janice gehofft, ein bisschen Abstand zu gewinnen, um nachzudenken. Es ist wie mit den Zeugen Jehovahs, arme käsige Gestalten, denkt man, aber wehe, man lässt sie ins Haus, dann setzt es ein Bibelzitat nach dem andern und alle diese Zeitungsschlagzeilen, die irgendwas aus der Offenbarung beweisen, damit wickeln sie einen so ein, dass man das Gefühl hat, da kommt man nie wieder raus. Sie mag es nicht, wenn man ihr in ihrer eigenen Küche auf die Pelle rückt. Sie ist in Haushaltsdingen nie sehr geschickt gewesen, etwas, das Harry mit bissigem Spott quittiert hat (obwohl seine Mutter auch nicht gerade eine Martha Stewart war und er selber wahrhaftig nicht Mr. Heimwerker, im Gegensatz zu Ronnie oder diesem netten Webb Murkett, den sie mal gekannt haben); es ist für sie also eine Erleichterung gewesen, mit Ronnie zusammen zu Tee überzuwechseln, als der Arzt ihm empfahl, keinen Kaffee mehr zu trinken. Beim Kaffeekochen hat sie das mit der Pulvermenge nie richtig hingekriegt, mit Tee dagegen ist es ein Klacks, man tut den Beutel in den Becher und den Becher in die Mikrowelle und fertig. Sie nimmt ganz normalen Lipton, Lipton hat ein Radioprogramm gesponsert, das sie sich als Kind immer angehört hat, den Tropftropf-Song, oder war das Maxwell House? Doris Kaufmann und andere liegen ihr immerfort damit in den Ohren, sie solle Kräutertee oder Jasmintee trinken oder grünen Tee, der angeblich Wunder wirkt und gegen alles hilft, von Schluckauf bis Dickdarmkrebs, aber Janice sieht nicht ein, wozu man etwas trinken soll, das einem überhaupt keinen Kick gibt.

Es dauert zwei Minuten und zwanzig Sekunden, bis das Wasser heiß ist. Annabelle beobachtet eine Weile den elektronischen Countdown, geht dann zu den rückwärtigen Fenstern und schaut durch die Sonnenveranda ins Freie. «Was für ein angenehmer heller Garten hier hinten», sagt sie. «Die Vorderseite ist so dunkel.»

«Wegen der Ahorne. Die werden immer höher. Im Lauf der Jahre haben wir ein paar Bäume verloren. Die Seite des Hauses wurde früher von einer wunderschönen großen Blutbuche beschattet, sie fehlt mir. Sind Sie sicher, dass Sie nicht doch etwas wollen, irgendeinen Drink?» Janice bringt es nicht über sich, den hochtrabenden Märchenbuchnamen des Mädchens auszusprechen. Sie denkt, dass das, was sie selbst jetzt wirklich brauchen könnte, um den Schock abzumildern und diese seltsame Situation durchzustehen, ein trockener Sherry ist.

«Ein Glas Wasser wäre wunderbar.»

«Einfach nur Wasser? Mit Eis?»

«O nein, kein Eis. Sie würden staunen, wie viele Mikroben in Eis leben.»

Harry hat ihr immer das Gefühl gegeben, unsauber zu sein, auch wenn es gar nicht gestimmt hat. Sie reicht dem Mädchen das Glas mit der klaren Flüssigkeit. Fingerabdrücke noch und noch. Sie kriegen es jetzt mit DNS-Analyse raus – nicht, dass O.J. nicht trotzdem freigekommen wäre. Diese langbeinige Staatsanwältin hat sich selber ausgetrickst, und der schwarze Verteidiger war raffiniert. Nach der Art, wie das Mädchen sich umdreht, scheint es zur Hintertür hinausgehen und sich in die Sonnenveranda mit Blick auf den Gemüsegarten und das alte Schaukelgerüst setzen zu wollen, aber Janice steuert entschlossen zurück zum dämmrigen, wenig benutzten Wohnzimmer. Es liegt näher beim Ausgang. Sie lässt dem Mädchen den

Vortritt und bleibt ein paar Schritte zurück, damit sie sich von der Kredenz im Esszimmer die Flasche mit dem Taylor-Sherry schnappen, den Verschluss abschrauben und einen kleinen Schuss in ihren Tee geben kann. Das herzhafte braungelbe Aroma des Alkohols steigt auf und überdeckt den antiseptischen Geruch – frisches Mundwasser oder so ähnlich –, der vom Nacken und von den nackten Armen des Mädchens zu Janice hinweht. «Ich nehme an, Sie haben mir nun so ziemlich alles Wissenswerte mitgeteilt», sagt sie, als sie wieder ihre Plätze eingenommen haben.

Annabelle stimmt dem nicht zu. Sie nimmt ihren Faden wieder auf: «Ich war eben dabei zu sagen, dass ich als Kind nicht gewusst habe, wann meine Eltern geheiratet haben, und als ich dann alt genug war, um mich dafür zu interessieren, hat meine Mutter eingeräumt, dass ich möglicherweise vor der Ehe geboren wurde, weil Dads Mutter zu der Zeit noch lebte, aber leidend war und eine Heirat vielleicht ihren Tod beschleunigt hätte. Das klang plausibel, es war ja 1960, bevor alles liberaler gehandhabt wurde.»

Was wurde liberaler gehandhabt?, fragt Janice sich. Abtreibung, nimmt sie an. Und junge Paare konnten ohne Trauschein zusammenleben. Aber das gab's alles auch schon damals, bloß mehr im Verborgenen. Das Jahr 1959 erscheint ihr sehr nah, so nah wie das Klopfen ihres Herzens, das damals auch geklopft hat, am Anfang des Tunnels der Zeit, derselbe treue Muskel in seinem Dunkel, seinem Blut. Sie möchte die Unterhaltung aber nicht weiter ausdehnen; sie möchte sich heraushalten, obschon ein Ziehen da ist, ein Ziehen zurück in den traurigen klammen Abgrund der Vergangenheit.

Das Mädchen scheint ihre Gedanken zu lesen. «Ja, meine Mutter hat mir davon erzählt», sagt sie, «von dem, wie soll ich sagen, Verhältnis. Sie und mein – sie und Ihr Mann, Mr. Angstrom, haben, glaube ich, drei Monate in der Summer Street zusammengelebt. Er hat nie erfahren, ob sie mich bekommen hat oder nicht. Ich habe ihn gekannt – ich habe ihn ein paar Mal getroffen, ohne zu wissen, wer er war. Ich meine, in welcher Beziehung er zu mir stand. Er war mal Patient im St. Joe's, als ich da noch gearbeitet habe. Er hat eine Dilatation machen lassen, glaube ich. Er war ein Charmeur. Hat immer Scherze gemacht.»

«Er ist in Florida gestorben», sagt Janice vorwurfsvoll, «keine sechs Monate danach. An einem Herzinfarkt. Er war erst sechsundfünfzig.» Als könnten diese unumstößlichen Tatsachen, so hart für sie damals, Harry und dies Mädchen auseinander sprengen.

«Klingt, als hätte er einen Bypass gebraucht. Aber das war damals noch nicht so die Norm.»

«Er wollte nicht. Er wollte nicht, dass man in seinem Körper herummurkst. Er hatte Angst davor.» Janice erschrickt, als ihr plötzlich die Stimme versagt und ihre Augen brennen und kurz davor sind, sich mit Tränen zu füllen, als werfe sie es sich vor, Harry das Leben nicht lebenswert gemacht zu haben. Sie hat ihn nicht angerufen, als er allein unten in Florida war und auf ihren Anruf gewartet hat. Er hat sie um Verzeihung gebeten, und sie hat ihm nicht verziehen.

«Und davor», redet das Mädchen gefühllos weiter, «als ich noch Schwesternhelferin im Sunnyside war, bin ich mit einem Jungen, den ich aus Galilee kannte und der Jamie hieß und mit dem ich übrigens zusammengelebt habe, in einem kleinen Apartment am Youngquist Boulevard – das Haus wurde in Eigentumswohnungen aufgeteilt, und das hat uns auseinander gebracht, aber das ist wohl eine andere Geschichte – Jamie und ich, wir sind zu dem Autogeschäft an der Route 111 gegangen und haben uns Toyotas angesehen. Wir haben auch einen gekauft, aber erst später, nicht an dem Tag, als Mr. Angstrom da war. Er war so nett, ich wollt's gar nicht glauben. Er ist auch auf *mich* eingegangen, hat nicht nur mit dem Mann geredet und nicht versucht, uns unter Druck zu setzen, wie Autohändler das sonst gern machen.»

«Er war nicht gerade dazu berufen, etwas zu verkaufen», sagt Janice. «Er war eigentlich zu gar nichts berufen, nach der High-School.»

Aber wie schön er war, in den High-School-Fluren damals, denkt Janice – seine Größe, das feine Wikingerhaar nass zurückgekämmt und am Hinterkopf übereinander geschlagen, ihm aber immer wieder sexy quer über die Stirn fallend, in glatten Strähnen, wie bei Alan Ladd, und wie er die dann mit seinen großen eleganten weißen Händen zurückflippte, während er mit den anderen aus der obersten Klasse herumalberte, mit dieser Mary Ann zum Beispiel, der groß gewachsenen Freundin, die er damals hatte, seine Augenlider immer versnobt schläfrig auf halbmast, die Welt jener Schulflure sein Element, sie, eine Neuntklässlerin, eine Zwergin, sah er natürlich gar nicht. Sie fingen erst was miteinander an, als sie beide bei Kroll's in Brewer arbeiteten, sie hinter dem Tresen mit den Nüssen und den Süßwaren und er gerade zurück von seinen zwei Jahren in der Army, er war in Texas gewesen, war nie zum Sterben nach Korea geschickt worden. Er redete oft von Korea, als habe er etwas verpasst, indem er dort nicht hatte kämpfen müssen, sondern stattdessen nach Hause durfte und ein friedliches Leben führen konnte. Niemand will Krieg, aber immer bloß Frieden ist Männern auch nicht recht.

«Ja», sagt Annabelle zu eifrig, um es als Zustimmung zu meinen, sie versteht nicht wirklich, wie einfach wir damals alle waren, «er war ein großartiger Sportler, ich erinnere mich an die Zeitungsausschnitte an der Wand im Ausstellungsraum, und außerdem hat meine Mutter es mir erzählt. Sie war auf einer anderen High-School, die oft gegen seine gespielt hat. Als sie erst mal angefangen hatte, von ihm zu reden, konnte sie kaum noch aufhören, bis sie dann … bis sie gehen musste. Ich weiß von Ihnen und Nelson und wie Ihr Haus abgebrannt ist, meine Mutter hat das alles in der Zeitung verfolgt, nehme ich an. Es hat sie interessiert. Nach der Art, wie sie zum Schluss geredet hat, war sie ohne Groll. Die Zeiten waren eben so, hat sie gesagt. Er saß in der Falle, was sollte er machen? ‹Sowieso war ich nicht gerade ein Hauptgewinn›, hat sie zu mir gesagt.»

Ruth und ihre Ansichten, keines Gedankens wert in diesen vielen Jahren, sind ins Wohnzimmer eingedrungen. «Du meine Güte» ist alles, was Janice zu sagen einfällt, während der Sherry ihr ins Blut geht und anfängt, diesem Albtraum eine freundlichere Farbe zu geben. Geschichten, die vor vierzig Jahren passiert sind, wie könnten die ihr heute noch etwas anhaben?

«Er hat sie übrigens mal besucht», redet diese junge Frau weiter; ihre Bewegungen werden ungezwungener, ihr Körper wird immer größer, sie schlägt die weißen Beine auf dem Sofa übereinander, bald das rechte übers linke, bald das linke übers rechte, und das beigefarbene Baumwollkleid rutscht ihr immer höher an den Schenkeln hinauf. Auch ihr Haar ist irgendwie zu kurz, und es hüpft ein bisschen zu sehr, wenn ihr Kopf sich vorreckt. Es hat etwas Anmaßendes, Auftrumpfendes, dies Haar – seine vielfarbige Üppigkeit, der modische Straßengörenschnitt, teils ganz kurz, teils etwas länger, alles wild durcheinander. «In dem Jahr, als er starb, glaube ich. Irgendwie hat er unsere Farm ausfindig gemacht.»

«Er hat sie besucht?» Das ist fürchterlich. Harrys Affäre mit Thelma haben sie und Ronnie gemeinsam begraben, sie haben nie mehr davon gesprochen, als sie über das Verliebtheitsstadium, in dem man einander alles erzählt, hinaus waren. Sie hatten triumphiert, sie waren die Überlebenden, Harry und Thelma waren Schatten, Leichen, sanken in ihren beerdigten Särgen immer tiefer in die Blutlosigkeit ab, ihre Haut verdorrte, spannte sich straff über die Knochen wie bei dem kleinen geopferten peruanischen Mädchen, das man auf dem Berggipfel gefunden hat, unerträglicher Gedanke. Aber jetzt zu erfahren, dass Harry zur selben Zeit, als er sich mit Thelma traf, im ganzen Diamond County nach dieser fetten alten Schlampe gesucht hat, ist, als verweigere er ihr von jenseits des Grabes ihren Frieden, wie er es schon getan hat, als er noch am Leben war. Er konnte einfach nicht normal sein, solide, verlässlich. Über so was war er erhaben, hat er gedacht. Dieses Mädchen, schüchtern und forsch zugleich, nett, aber etwas an sich habend, das nicht ganz stimmt, ist seine Abgesandte aus dem Grab. Janice will mit ihr nichts zu tun haben. Sie fragt: «Warum hat er das gemacht?»

Das Mädchen stellt die Beine dicht nebeneinander, um sich des größeren Nachdrucks wegen vorzubeugen, aber das Kleid ist so kurz, dass das Dreieck des Slips trotzdem zu sehen ist. «Um etwas über *mich* herauszukriegen, hat meine Mutter gesagt. Sie hat ihn die ganze Zeit im Unklaren gelassen. Sie wollte mich von ihm fern halten. Als sie dann wusste, dass sie, also, dass sie mich würde verlassen müssen, hat sie es sich anders überlegt, da wollte sie dann, dass ich Bescheid weiß.» Die Augen des Mädchens sind jetzt nicht mehr so milchig, hier im gedämpften Wohnzimmerlicht, sie blitzen vor Wichtigkeit, der Wichtigkeit, die ihre Geschichte ihr gibt.

«Warum?», schreit Janice, sich gegen die Bedrängnis wehrend, «warum lässt man die Vergangenheit nicht ruhen? Warum rührt man etwas auf, was sich doch nicht mehr ändern lässt? Entschuldigen Sie, ich brauche noch einen Tee.» Sie tut nicht einmal so, als gehe sie in die Küche, sie geht gleich zur Kredenz hinüber und gießt sich ein wenig von dem trockenen Sherry in den Becher; wenn das Mädchen den Kopf zur Seite drehte, könnte es sehen, was sie tut. Aber als sie ins Wohnzimmer zurückkehrt, sitzt Annabelle still da und starrt zum schweren grünen Glasei mit der Blase im Innern hinüber, das auf dem toten Fernsehapparat liegt, zusammen mit den anderen Nippsachen, die Bessie Springer zum Zeichen ihres Wohlstands gesammelt hatte, als Daddys Autohandel in Gang kam. Mutter und ihr Pelzmantel, Mutter und ihr blauer Chrysler – es war eine einfachere Welt damals, als man seinen Stolz mit solchen Dingen befriedigen konnte. Das Mädchen, das tief im Sofa sitzt, mit bis obenhin entblößten Beinen und mit nackten Armen, weil der marineblaue Pullover heruntergerutscht ist, hat eine nachlässige Art, seinen Körper auszustellen – wahrscheinlich ist das die Mutter, die in der Tochter weiterlebt. Und diese Farblosigkeit, diese vaterlose Leere; ihr Profil fängt das Licht ebenso stumm auf wie das Ei aus grünem Glas.

Sie spürt Janices Blick, wendet ihr das Gesicht zu und sagt: «Es ist peinlich, nicht? Dass ich hier einfach so aufkreuze. Peinlich für mich, peinlich für Sie.» Sie hat eine fleischige Oberlippe, die ihrem Lächeln etwas Kindliches, Fragendes gibt. Sie sieht aus, als sei sie leicht zu verletzen.

«Nun», sagt Janice, als sie wieder im Ohrensessel sitzt, in der Hand den Becher mit dem angereicherten Tee, dessen wohltuend strenger Geschmack ihr zu einer breiteren Autoritätspose verhilft. Sie hat sich vor Jahren geschworen, niemals so dick zu werden wie ihre Mutter, aber sie hat doch bewundert, wie Mutter in ihren letzten Jahren, als ihr Mann tot war und ihre Generation ringsum nach und nach wegstarb, sich um alles kümmerte, die Familienfinanzen im Griff behielt und für ihre Vorstellungen von Sitte und Anstand eintrat. Janice ist hier in diesem Haus immer noch von ihrer Mutter umgeben – von Bessie Springers unverrückbarer, unveränderlicher Einrichtung, ihrem unerschütterlichen Selbstwertgefühl. Das kommt von der Koerner'schen Sturköpfigkeit, pflegte Mutter zu sagen, wenn sie Späße auf eigene Kosten machte. «Vielleicht war's die Absicht Ihrer Mutter, allen Leuten Peinlichkeit zu bereiten», macht Janice dem Mädchen klar. «Was hat sie damit bezweckt, dass sie Ihnen all das erzählt hat, was sollte das nützen, so alt, wie Sie inzwischen sind? Sie wollte Ärger machen, darauf läuft es hinaus. Und wer sagt überhaupt, dass irgendwas an der ganzen Sache wahr ist?» Doch sie spürt, dass es wahr ist – ein Harryhauch, ein blasses Leuchten, eine beunruhigende Strömung kommt von diesem Mädchen her, diesem neununddreißigjährigen Beweisstück.

«Oh, sie hätte sich so was nicht ausgedacht, es floss nur so aus ihr heraus. Es war nicht ihre Art, sich etwas auszudenken. Von den Kriminalromanen, die sie dauernd las, hat sie gesagt: ‹Wie denken die Leute sich das bloß alles aus? Bei denen muss eine Schraube locker sein.› Und sie hat mir meine Geburtsurkunde gezeigt, von einer Klinik in Pottstown. ‹Vater unbekannt› stand da.»

«Bitte, da haben wir's, unbekannt», drängt Janice, wie

eine Anwältin, die einen Fall durchboxen will, von dem sie weiß, dass er verloren ist.

«Sie wollten wissen, warum», sagt Annabelle. «Ich glaube, sie hat gedacht» – plötzlich spiegeln Tränen in ihren Augen das Licht, und ihre aufgeworfene Oberlippe zittert unkontrolliert –, «ihr könntet mir helfen, irgendwie.» Sie lacht über ihre Tränen und fegt sich rasch und energisch übers Gesicht mit geübten Händen, Händen, die es gewohnt sind, reibend, haltend, klopfend, zupackend Pflegerinnenhilfe zu leisten. «Ich war so allein, darüber hat sie sich wohl Gedanken gemacht. Ich habe seit Jahren keine ernsthafte Beziehung mehr gehabt. Und meine Brüder – Scott ging nach Seattle und Morris nach Delaware, er war wütend, als sie die Farm verkaufte und zu mir nach Brewer zog. Er hat geglaubt, er könnte die Farm bewirtschaften und dort leben, aber es wäre für ihre Begriffe nicht fair gewesen, wenn sie alles nur ihm hinterlassen hätte. Nicht, dass eine Farm von der Größe überhaupt noch jemanden ernähren könnte. Sogar mein Dad – ich meine Frank – musste zusätzlich die Township-Schulbusse fahren, um finanziell über die Runden zu kommen.»

«Geht es also um Geld?», fragt Janice, auf der Hut jetzt, da das Durcheinander seinen wahren Kern erkennen lässt. Geld ist etwas, für das sie ein Gefühl hat; es liegt ihr im Springer-Blut. Sie hat für ihren Vater die Buchführung gemacht und dann für Nelson, so gut sie konnte, bis er so viel zu verbergen hatte. Ronnie hat seine eigenen Ersparnisse und seine Pension, aber um das, was sie geerbt hat, kümmert sie sich nach wie vor selbst: wann die Depotbescheinigungen fällig sind und wie viel Zinsen die einzelnen Anlagen bringen und dass die Kapitalgewinnsteuern nicht zu viel von den Investmentfonds abknapsen (manche Fondsmanager schrauben die Gewinne hoch, nur damit ihre Jahresberichte gut aussehen). Dieses Mädchen kriegt keinen Penny von ihr. Janice nippt an ihrem Becher und sieht den Eindringling kühl an.

Annabelle denkt über die Frage nach und verdreht dabei die Augen nach oben. «Nnnein, ich glaube nicht. Die Vermittlungsstelle zahlt mir zwanzig Dollar pro Stunde, und ich arbeite oft in Zwölf-Stunden-Schichten. Meine Mutter hat uns eine nette Summe hinterlassen, auch wenn wir sie durch drei teilen mussten. Ihre Farm war, nach heutigen Maßstäben, nur mit einer winzigen Hypothek belastet. Und sie hat in den letzten fünfzehn Jahren eine angesehene Stellung gehabt bei dieser Anlageberatungsfirma in dem neuen Glasgebäude im Stadtzentrum. Sie musste über sich selber lachen: jeden Morgen eine Strumpfhose anziehen und Schuhe mit hohen Absätzen, wo sie vorher doch so ein Trampel vom Land gewesen war. Sie hat sich auf zweiundsiebzig Kilo heruntergehungert.»

«Zu arbeiten ist wundervoll», räumt Janice ein. «Frauen unserer Generation sind erst spät dazu gekommen.» Es ist ihr unangenehm, sich und Ruth in Verbindung zu bringen, Ruth die Unaussprechliche, die ihren, Janices, Mann auf der anderen Seite von Mt. Judge festgehalten hat, Ruth, das tückische, sudelige Gegenstück zu allem, was anständig ist.

«Nein, mit Geld hat es nichts zu tun», sagt Annabelle; sie schiebt sich auf dem Sofa nach vorn, um aufstehen zu können, legt sich wieder den Sweater um die Schultern und greift nach ihrer kleinen gelb, schwarz und rot gestreiften Tasche. «Es hatte eher was mit Familie zu tun. Aber lassen Sie nur, Mrs. Harrison. Ich merke, dass Sie sich lieber nicht darauf einlassen wollen, und das überrascht mich nicht, um ehrlich zu sein. Meine Mutter hat diese Idee gehabt, aber wegen der Medikamente war sie manchmal nicht richtig klar im Kopf. Sterbende sind oft nicht so vernünftig, wie man denkt, dass sie sein sollten. Ich habe dies nicht für mich getan, sondern für sie, weil sie mich darum gebeten hat.» Sie ist aufgestanden und sieht auf Janice nieder.

«Nun warten Sie doch.»

«Sie sind wirklich sehr geduldig gewesen. Ich weiß, was für ein Schock es sein muss.» Mit den geschickten, stabilen Händen zupft sie an ihrem Haar herum, diesem kunstvoll zerzausten Schopf, als ob sie es sei, die den Schock erlitten hat.

Janice sagt, sich verteidigend: «Sie können nicht mal eben kurz hereinschneien und einen Menschen mit so einer Sache überfallen.»

«Ich wusste nicht, wie ich es sonst tun sollte. Einen Brief schreiben oder anrufen, das schien mir in diesem Fall irgendwie nicht das Richtige.» Dazu ausgebildet, sich schnell zu bewegen, ist sie mit wenigen Schritten an der Haustür und legt die Hand auf den Türknauf, einen altmodischen mit erhabenem Muster, das im Lauf der Jahre blank gewetzt ist und so flach wie Messinglitze. Sie zieht die klemmende Tür auf, und von dem Knacken bleibt ein leiser Nachhall in der Luft, ein Schrei, der verklingt.

Dieser kräftige weibliche Körper ist von einer eigentümlichen Intensität, seine Bewegungen haben fast etwas Männliches, wie die der Fußballspielerinnen, die in diesem Sommer China geschlagen haben. Janice verliert immer wieder Töchter: Becky und dann Teresa, die nach fast zwanzig Jahren Nelson verlassen hat, und Judy, die mit ihren neunzehn Jahren schweigsam und mürrisch ist und ganz im wispernden Kopfhörer ihres Walkmans lebt und ihre Großmutter ausschließt. Sie sagt: «Annabelle, es tut mir Leid, wenn ich mich dumm benommen habe –»

«Sie haben sich nicht dumm benommen. Ich habe mich dumm benommen. Sie waren misstrauisch, und wieso auch nicht? Danke für das Glas Wasser.»

«Ich muss nachdenken und mit Ronnie und Nelson reden.»

«Nelson. Das ist wahr. Mein Bruder. Ich sehe ihn immer als kleinen Jungen vor mir. Meine Mutter hat mir erzählt, wie Ihr Mann in den Monaten, in denen die beiden zusammen waren, dauernd von ihm geredet hat und so besorgt war seinetwegen.»

Annabelle ist jetzt draußen auf der Veranda, steht auf der Fußmatte aus Kokosfaser, spärlicher spätvormittäglicher Verkehr macht seine Flüstergeräusche hinter ihr, das staubige, müde, angenagte Ahornlaub wirft sonnengesprenkelten Schatten auf den neuen roten Lexus, der am Bordstein geparkt ist. Mit dem geerbten Geld gekauft, nimmt Janice an. Die neugierige junge Nachbarin gegenüber hat endlich ihre Veranda verlassen. «Wie können wir Sie notfalls erreichen?»

Annabelles Füße in beigefarbenen Schuhen mit niedrigen Absätzen klacken auf den Verandadielen und halten dann inne. Sie dreht sich um und sagt: «Ich stehe im Telefonbuch. B-Y-E-R. Der Vorname ist abgekürzt, ‹A›, ich bin die Einzige mit diesem Anfangsbuchstaben. Rufen Sie abends nicht nach neun an, bitte. Ich stehe um fünf Uhr dreißig auf.» Die ruppige Härte ihrer Mutter zeigt sich. «Aber von mir aus müssen Sie überhaupt nicht anrufen.» Dann ist ihr helles rundes Gesicht wieder das Gesicht eines Kindes; sie lächelt, wie Kinder lächeln, in jähem undeutlichen Verzeihen. «Ich erwarte es nicht. Es war nett, Sie kennen zu lernen. Ich habe gedacht, Sie würden kürzer sein.»

«Neben Ihrem Vater», sagt Janice, vom Sherry genügend beschwipst, um einen Scherz zu riskieren, «habe ich ziemlich kurz gewirkt.»

Ihr ist dann, als schmuggele sie sich durch den Rest des Tages; durch die ausgedörrte Septemberhelle schnurrt sie in ihrem schwarzen Le Baron-Cabrio, innen grauer Stoff, ein Modell von 1995, dem letzten Jahr, in dem dieser Cabriotyp gebaut wurde. Sie versteht nicht, warum Chrysler damit aufgehört hat. Janice liebt diesen Wagen, die Art, wie er sich fährt und wie sie ihrer Vorstellung nach darin aussieht mit dem flatternden Kopftuch und der DKNY-Sonnenbrille. Der Kauf des Le Baron vor fünf Jahren war das Extravaganteste, das sie sich je geleistet hat, zumindest als Witwe. Nicht, dass sie noch eine Witwe war, nachdem sie Ronnie geheiratet hat. Sie war zum zweiten Mal Ehefrau, und er war ihr zweiter Mann. Es hat etwas pikant Mondänes, wenn man ein zweites Mal heiratet, obwohl es nie so sein kann wie beim ersten Mal, so feierlich und beide so ernst beim Ablegen der Gelübde, und jede Nacht ist man die ganze Nacht zusammen und niemand verbietet es, und alle vier Eltern sind noch am Leben und passen auf, ob man einen Fehler macht. Sie hatte einen Fehler gemacht, einen entsetzlichen, und dazu noch andere, wenn man Charlie für einen Fehler hält, was sie im Grunde nie konnte. Er hat sie lockerer gemacht und ihr das Gefühl zurückgegeben, dass sie etwas wert ist. Und das Merkwürdigste war, er hat sich Harrys Freundschaft bewahrt und sogar bei ihrer Mutter einen Stein im Brett gehabt – er wusste, wie man Bessie Springer herumkriegt. Lieber Charlie, er ist vor zwei Jahren gestorben, oder sind's schon drei, allein in einem Apartment im südwestlichen Bezirk von Brewer, in einem der alten Wohnblocks, wo früher Polen und Griechen gelebt haben, bevor die Hispanics einzogen, man hat ihn tot auf dem Sofa gefunden, mit einer aufgeschlagenen Zeitung auf der Brust, er hatte die Augen nur mal eben zu einem Nickerchen geschlossen und ist einfach nicht mehr aufgewacht. Das war typisch Charlie, in allem hat er untertrieben, sein armes schwaches Herz, das ihr immer Sorge gemacht hat, es könnte sich überanstrengen, wenn sie miteinander schliefen, hat schließlich ohne Aufhebens beschlossen, stehen zu bleiben. Es ist wie mit dem Tod der Eltern: man hat einen Zeugen weniger fürs eigene Leben, wenn ein Mann stirbt, den man geliebt hat. Wenn sie jetzt zurückblickt, nachdem so viel Zeit vergangen ist, ist sie nicht mehr der Meinung, dass Harry wirklich schuld war an den anfänglichen Schwierigkeiten zwischen ihnen; er hat auch bloß ausprobiert, wie das Leben geht: Leben und Sex und Kinder kriegen und herausfinden, wer man ist. Zweite Ehen sind leichter. Man will nur ein bisschen Gesellschaft, ein bisschen Vergnügen, das niemandem wehtut. Nelson zieht sie auf mit ihrem Cabrio, nennt es ihr Batmobil, aber sie weiß, aus ihm spricht nur die tiefe Enttäuschung, seine eigene Ehe ist so eine traurige Pleite, nicht mal eine reelle Scheidung kommt zustande. Er sagt, er kann sich keine Scheidung leisten, und Teresa will keine, solange Roy nicht achtzehn ist oder solange ihr nicht, denkt Janice, der richtige Mann über den Weg läuft, da oben in Akron.

Merkwürdig, nach all den Jahren mit Daddys Toyotas ist sie zu amerikanischen Autos zurückgekehrt. Ronnie ist ihnen immer treu geblieben. Während der Ehe mit Thelma hat er ein fades, zuverlässiges Auto nach dem andern gehabt, Versicherungsvertreterautos, bescheiden, aber ausreichend, wie die Versicherungsleistungen, die den Angehörigen zustehen, wenn man in Wegfall kommt, wie der Ausdruck heißt, an die Marken erinnert sie sich nicht mehr, Chevrolets oder Fords. Allein der Gedanke an all die Jahre, in denen Thelma mit Harry ein Verhältnis gehabt hat, fast bis zu dem Tag, an dem sie starb, bereitet Janice ein hohles, wundes Gefühl. Jetzt fährt Ronnie einen neuen Taurus, silbrig grau wie eine Teflonpfanne, im 1999er Styling, bei dem jedes Detail tropfenförmig oval ist – die Rücklichter, die Scheinwerfer, die eingelassenen Türgriffe, alles gleich in der Form, und das Heck, wo man den Kofferraum aufklappt, ein langes eingedetschtes Queroval, wie ein Schnurrbart oder eine aus Fertigbackmischung hergestellte Teigrolle, die in der Mitte zusammengedrückt ist. Autos haben so rasante Formen gehabt, wie Flugzeuge, damals, als das Benzin noch billig war, fünfundzwanzig Cent pro Gallone.

Mittags zeigt sie einem jungen Paar in einem Neubaugebiet südlich von Maiden Springs ein Haus, aber den beiden hatte etwas Kleineres vorgeschwebt. Kleine Häuser werden nicht mehr gebaut, muss Janice ihnen erklären, Bauland ist zu teuer, und die Leute haben zu viel Geld. Aber dasselbe Paar steht dann entgeistert vor einem tadellos erhaltenen, netten Reihenhaus auf der Nordseite von Brewer mit terrassiertem, efeubewachsenem Vorgarten und einer über eine Außentreppe erreichbaren separaten Wohnung im zweiten Stock, die sie vermieten können, bis sich Familienzuwachs einstellt und sie den Platz selber benötigen. «Ist das hier eine – eine gemischte Gegend?», fragt der junge Mann. Er mag Mitte zwanzig sein, ist aber schon korpulent und schlaff und wirkt nervös und reizbar, wie dicke Leute es oft tun, weil ihre Kleider sie zwicken und es anstrengend ist, so viel Körper mit sich herumzuschleppen. So viele junge Leute, auch das

Mädchen heute Morgen, sehen jetzt aus, als säßen sie immer nur im Zimmer und kämen nie an die Sonne. Janice ist im Sommer immer angenehm gebräunt, eines der wenigen Dinge, die sie an sich immer hat leiden können. Das und ihre Beine, sie hat nie schwere Beine gehabt.

Sie sagt gut gelaunt: «Mag sein, dass es ein, zwei Blocks weiter ein paar kleine sozial aufsteigende Minderheiten gibt, aber grundsätzlich leben hier Familien der oberen Mittelschicht, Besserverdienende, also ein vollkommen sicheres Pflaster für Sie und Ihre Kinder, wenn sie eintrudeln. Dies ist eine Gegend, in der es noch den Lebensmittelladen an der Ecke gibt und kleine Reparaturbetriebe, viele Leute ziehen jetzt aus den Vororten wieder hierher zurück, um die Bequemlichkeit des Stadtlebens zu genießen, die anregende Atmosphäre. Sie *wollen* die ethnische Vielfalt, für ihre Kinder und auch für sich selbst. Überall hier machen schicke Restaurants auf, und oben in die Weiser Street, wo die Gebäude so lange vernagelt gewesen sind, kommen neue Boutiquen. Glauben Sie mir, die Innenstadt ist jetzt *in*.»

«Ich seh nicht, wie ich alle die Stufen schaffen soll, wenn ich mal schwanger bin», sagt die junge Frau und späht den langen terrassierten Hang hinauf mit den Betonstufen und dem Geländer aus Eisenrohr, das in einem grünstichigen Swimmingpool-Blau gestrichen sind, damit es zu der pfefferkuchenhäuschenhaften Holzverzierung der Veranda passt. Als die ursprünglichen Bewohner, Angehörige des pennsylvaniadeutschen Arbeiterstands, diese Häuserreihen mit ihren monotonen, in Massenproduktion hergestellten Stufen, Böschungsmauern, Veranden, von Lünetten überwölbten Türen und schindelverkleideten Spitzgiebeln einer bunter gemischten Bevölkerungsschicht überließen, sind die Holzverzierungen und Fensterrahmen und Türen in fröhlicheren, knalligeren Farben gestrichen worden – grünlich blau, kanariengelb, lilarot und aquamarin wie ein warmes, in Erinnerung gebliebenes Meer.

Ganze Generationen haben's geschafft – Janice beherrscht sich und sagt es nicht laut. *Bisschen Bewegung würde dir gut tun, Miss Zierpüppchen.* «Manche Leute stellen sich einen Carport hinters Haus», sagt sie. «Man braucht eine Durchfahrtsgenehmigung, aber das ist kein Problem. Wenn Sie gar nicht erst hinauf möchten, um einen Blick ins Haus zu tun, müssen wir sehen, was nächste Woche an Angeboten reinkommt. Objekte in Ihrer Preisklasse sind schnell weg. Wenn man bedenkt, was für schwere Zeiten die Region durchgemacht hat, mag man's kaum glauben, aber es herrscht tatsächlich so etwas wie ein Immobilienboom im Diamond County. Um sicherzugehen, bieten Interessenten über die geforderte Summe hinaus. Die Leute kommen jetzt aus Philadelphia und wollen sich hier zur Ruhe setzen. Sie sagen, sie mögen das gemächlichere Tempo, die Freundlichkeit.» Dabei, aber das fügt sie nicht hinzu, hat Brewer in all den Jahren, da sie hier aufwuchs, als schnelles, dreckiges Pflaster gegolten, eine Stadt in der Hand von Gangstern und korrupten Cops und den Vollstreckern der Stahl- und Kohle- und Textilgesellschaften, eine Stadt, in der Kinder Lotteriescheine im Zigarrenladen kaufen konnten und in den Sackgassen rings um den Bahnhof so genannte öffentliche Häuser sich drängten.

Mit einem mulmigen Gefühl im Magen geht ihr auf, dass sie hier, wo sie jetzt steht, auf der hoch gelegenen Seite des Locust Boulevard mit der weiten Aussicht auf dicht bebaute Straßengevierte – Ziegel und Asphaltschindeln und Baumwipfel –, niedersteigend zum eine Meile entfernt sich schlängelnden Fluss hin, eine abschüssige Aussicht, durchbohrt vom County-Verwaltungsgebäude mit seinem kastenförmigen Glasanbau und dem anderen Glaskasten gegenüber der Stelle, wo früher das Kroll's gewesen ist: dass sie sich hier nur wenige Straßen oberhalb der Summer Street befindet, wo das Mädchen von heute Morgen gezeugt worden ist, wenn man die Geschichte glauben kann. Janice wird übel bei dem Gedanken, gleichzeitig aber überkommt sie ein Gefühl der Euphorie, als stünde sie am Rand eines Canyons, den nur sie sehen kann. Sie lebt; die, die sie damals, in jenem weit zurückliegenden Vierteljahr, gedemütigt haben, sind tot.

Sie fährt zum Lunch nicht nach Mt. Judge zurück, wo die Postbotin inzwischen sicher Rechnungen und Reklamezettel in der Diele hinterlassen hat und die Nachmittagssonne langsam herumschwenkt und ins Wohnzimmer scheint und einen Keil aus goldenen Staubkörnchen hinter den Zenith-Apparat schiebt. Sie möchte nicht ins Haus zurück, der Besuch des Mädchens hat es ihr vorerst verleidet – derart die Vergangenheit aufzurühren! Lieber setzt sie sich ins West-Brewer-Diner, das täglich vierundzwanzig Stunden geöffnet ist, und bestellt sich ein Thunfisch-Sandwich und eine Diet-Coke. Wenn sie früher in Mt. Judge zum Tanzen aus waren, sind sie hinterher meist noch hierher gefahren. Das Lokal hat mehrfach den Besitzer gewechselt, und Generationen von Kellnerinnen sind gekommen und gegangen, aber die Raumaufteilung – die niedrigen Nischen an den beiden Fensterfronten und der lange Tresen vor der wie gesteppt aussehenden Aluminiumwand mit der Durchreiche, wo das Küchenpersonal die bestellten Gerichte ausgibt, und sogar die kleinen Jukeboxes mit Pop- und Country-Klassikern, für jede Sitznische eine eigene Box – ist unverändert.

Ein schlankes Mädchen mit dunklen Brauen bedient Janice, ein Mädchen von so bestürzender Schönheit inmitten all der anderen Kellnerinnen – älteren Frauen oder pickligen, pummeligen Teenagern –, dass Janice die Augen brennen. Dunkles Haar, dunkle Augen, gerade Nase, festes rundes Kinn, weicher Mund. Griechisch, italienisch, vielleicht sogar armenisch: Janice, selbst brünett, ist empfänglich für solches Aussehen. Als das Mädchen den Mund aufmacht, kollern die Worte im behäbigen, gedehnten Tonfall des Diamond County heraus – «Na, Herzchen, was möchten wir denn?» –, und augenblicklich ist das Bild von ihrer traurigen Zukunft da: Ehe, Schwangerschaften, schweres Essen, Schönheit ade. Das strahlende Aussehen verglommen, übrig nur noch ein schriller Funke, eine Nadel zorniger Unzufriedenheit, verloren in diesen Straßen mit den Reihenhäusern und den Aluminiummarkisen und den kleinen Vorderveranden, wo die geduldigen Bewohner in der Abendhitze schmoren und sich verwundert fragen, wohin alles entschwunden ist. Die Fernsehwerbung, die dir bislang Parfum und Designer-Jeans angepriesen hat, will dich jetzt zu Centrum überreden und zu Gebisshaftcreme, wie betagte Filmstars sie benutzen. Es ist ein Fehler, in der Jugend schön zu sein; Harry hat diesen Fehler gemacht, Janice nicht. Sie hat immer noch das, was Mutter Weite zum Hineinwachsen genannt hat, damals, als Bessie Springer die Kleider ihrer Tochter vorsorglich zwei Nummern zu groß kaufte. Sie legt der Kellnerin einen Dollar Trinkgeld hin, obgleich sie für das Sandwich und die Coke keine fünf Dollar hat zahlen müssen, inklusive der fünfundzwanzig Cent, die sie in die Jukebox gesteckt hat, um noch einmal, bevor sie stirbt, Patsy Clines «Crazy» zu hören. Patsy Cline, jung ums Leben gekommen bei einem

Flugzeugabsturz, genau wie dieser arme Kennedy-Sohn. Und dann ist es nicht Patsy Clines Version, sondern die irgendeiner jungen Pop-Diva, also sind die fünfundzwanzig Cent rausgeschmissen.

West Brewer liegt auf dem Weg zur Bridgepartie bei Doris Kaufmann in Penn Park, wo die Straßen geschwungen sind und die Grundstücke teuer, fern vom engen rechtwinkligen Straßennetz Brewers. Doris hieß mit Nachnamen Kaufmann, als Janice sie kennen lernte, und dann Eberhardt, und vor ein paar Jahren ist Eberhardt gestorben, und Doris hat sich Henry Dietrich geangelt, den Enkel des Gründers der Strumpfwarenfabrik Dietrich, die erst nach dem Krieg ihre Tore geschlossen hat. Um nach Penn Park zu kommen, muss Janice durch die Weiser Street fahren, an der Emberly Avenue vorbei, die zum Emberly Drive führt und dann zum Vista Crescent, wo sie und Harry und Nelson gewohnt haben, bis das Haus in Flammen aufging, angezündet von rassistischen Nachbarn wegen der Vorgänge, die sich hinter seinen Mauern abspielten. Sie hat es den Leuten nicht mal verdenken können, es war furchtbar, was Harry alles zugelassen hat, aus was für selbstsüchtigen Gründen auch immer. Wie durch und durch selbstsüchtig er gewesen ist, hat sie erst so richtig begriffen, nachdem sie Ronnie geheiratet hat, der so verantwortungsbewusst und methodisch ist. Manche Menschen denken nicht, bevor sie springen, andere tun's. Und jetzt erscheint diese Neununddreißigjährige auf der Bildfläche und führt sich genauso auf wie er, hochnäsig und unschuldig.

Janice mag Bridge, wegen der Geselligkeit und weil sie sich dabei über die Immobiliensituation in Penn Park informieren kann, aber heute bereitet es ihr leises Kopfweh, hinten, unter der Schädeldecke. Erst reizt sie zu hoch, und dann unterbietet sie, hört bei drei Pik auf, als sie, wie sich herausstellt, einen Kleinschlemm hätten haben können. Doris, ihre Partnerin bei dieser Chicago-Runde, ist alles andere als erfreut, obgleich sie sich betont liebenswürdig gibt und versucht, sich ihren Ärger nicht anmerken zu lassen. «Wenn du zwölf Punkte in deinem Blatt hast», sagt sie und mischt mit diesem schnellen ratschenden Geräusch, wie geübte Kartenmischer es machen, «und ich eröffnet habe, wobei klar wurde, dass ich mindestens dreizehn habe, vier Pik und zwei Figuren, hättest du doch wenigstens versuchen können einzusteigen.»

«Du bist zu Karo übergewechselt, das hat mich verwirrt. Ich hatte nur zwei.»

«Ich habe dir eine zweite Farbe gezeigt, *für alle Fälle*. Das nennt man Kommunikation», sagt Doris, klatscht den fertig gemischten Kartenpack auf den Tisch und greift zur Newport mit rotem Filter, die sie qualmend im Aschenbecher hat liegen lassen. Sie gehört zu den wenigen Frauen in Janices Bekanntenkreis, die noch rauchen, dabei muss sie an die siebzig sein, mindestens, sie redet nicht darüber.

Janice verteidigt sich: «Ich dachte, es wär vielleicht eine Konvention, die ich nicht kenne.» Kann ja sein, dass sie Doris bei diesem Spiel enttäuscht hat, aber Doris enttäuscht *sie* in letzter Zeit damit, dass sie alt wird: sie hat sogar auf den Wangen Runzeln, wie Clint Eastwood, die Lider sacken ihr auf die Wimpern, ihre langen braunen Hände grapschen wie zwei Klauen nach den Karten. Die Ringe mit den dicken Steinen, angehäufte Überbleibsel von ihren Ehemännern, sitzen ihr lose an den knochigen Fingern; an ihren Handgelenken klirren Armbänder. Janice hat sie immer dafür bewundert, dass sie sich auf allen Gebieten so gut auskennt, aber Doris hat sie im Stich gelassen und ist zu einer reizbaren, halb tauben, besserwisserischen Schrumpelhexe geworden. Jetzt faucht sie: «Ich würde wohl kaum eine Unterfarbe spielen, wenn ich mit einem Pik eröffnet habe.»

Die beiden anderen Frauen am Tisch, der mitten im riesigen Wohnzimmer der Dietrichs aufgestellt ist und wie eine zu Wasser gelassene kleine Rettungsinsel wirkt, sind Amy McNear, die ebenfalls ins Immobiliengeschäft gegangen ist, als ihr Mann starb, und Norma Hammacher, die Janice, wenn sie sie besser kennt, fragen will, ob sie mit Linda Hammacher verwandt ist. Linda Hammacher ist eine Kollegin bei Kroll's gewesen, ihr hat drüben in Brewer die kleine Wohnung mit dem Eisenbett gehört, von wo man auf die Gastanks am Fluss sah und wo sie und Harry sich immer trafen, als auch er bei Kroll's arbeitete und sie anfingen, miteinander zu gehen. Es hatte sich einiges getan, seit sie eine dumme Neuntklässlerin war und ihn in den Fluren anhimmelte. Ihr Freund im vorletzten High-School-Jahr, Jerry Nagle, hatte sie im Packard seines Vaters befummeln dürfen und war dann an ihrem Bauch gekommen, und im letzten Schuljahr hatte sie Warren Bixler Zungenküsse erlaubt und dass er nach dem Kino ihre Hand benutzte, um sich einen runterzuholen, es war eklig, aber es hat ihr geholfen zu verstehen, was da eigentlich *passiert,* und im Sommer dann, als sie mit der Schule fertig war, hatte Daddy für einen Monat ein Cottage in einem Methodisten-Camp in Rehoboth, Delaware, gemietet, und sie war den ganzen Tag im Badeanzug herumgelaufen und war dunkelbraun geworden wie eine Polynesierin und hatte sich frei und gelöst gefühlt. In dem Sommer ist sie an eine Clique junger Leute aus Washington, D.C., geraten, die zu Hause an ziemlich langer Leine gehalten wurden, weil die Väter nie da waren, die meisten im Staatsdienst oder im diplomatischen Corps. Sie haben den ganzen Tag die Plankenpromenade am Strand und die Baltimore Avenue unsicher gemacht, und abends haben sie mit ihren Autos den Whiskey Beach angesteuert, wo ein großes rosa Haus einem du Pont gehörte und schlitzäugige hohe Türme aufs Meer hinausstarrten, als hielten sie immer noch nach U-Booten Ausschau, und die Collegejungs haben in verzinkten Mülltonnen etwas gemixt, das Purple Jesus hieß und aus Traubensaft und Wodka bestand, es war das erste Mal in ihrem Leben, dass sie etwas getrunken hat, das stärker war als Bier. Im Lauf der Wochen war sie zu dem Entschluss gelangt, dass es Zeit wurde, und ein Junge aus Chevy Chase, breite Schultern, schmaler Hintern, hat es dann mit ihr gemacht, in den Dünen, auf einer sandigen Wolldecke, das Partyfeuer gleich hinter der mit Strandgras bewachsenen Kuppe der nächsten Düne. Sie sah den Lichtschein auf dem Gummi, das er überzog: das war umsichtig und aufmerksam von ihm, aber wahrscheinlich hätte es mit seiner und ihrer natürlichen, körpereigenen Gleitfeuchtigkeit weniger wehgetan, es tat weh, aber es war geschafft, ab August 1954 war sie eine vollwertige Frau, mit Vornamen hieß er Grant, wie schrecklich, dass sie seinen Nachnamen vergessen hat, aber er hat sowieso am nächsten Tag mit seiner Familie zurückgemusst, vielleicht auch erst am übernächsten, auf jeden Fall hat sie ihn kein zweites Mal an sich herangelassen, sie ist zu wund gewesen und zu erschrocken über sich selbst.

«Janice. Dein Gebot», sagt Doris gerade.

«Passe», sagt sie, obwohl ein paar Asse und Könige zwischen den aufgefächerten Karten hervorlinsen. Sie hat sich eine Weile mit Grant Briefe geschrieben, aber sie konnte ihre Schrift nicht leiden und mochte nicht immer darüber nachdenken, was sie ihm eigentlich erzählen sollte, und da hat sie die Korrespondenz einschlafen lassen.

Sogar in dem Augenblick, als sie beduselt war vom Purple Jesus und sich genierte beim Gedanken, dass jemand von der Strandfeuer-Party über die Düne kommen könnte, um zu pinkeln, hatte es ihr gefallen, auf dem Rücken zu liegen und die Welt in Gestalt des schwer atmenden Körpers dieses Jungen zu tragen, wissend, dass sie dazu gebaut war, es auszuhalten, sein schmerzhaftes Stoßen, sein Wimmern, als er kam. Männer sind unglaublich rührend, wenn sie kommen, so dankbar, eine Minute lang. Sie hat danach noch zwei, drei andere Freunde gehabt, in der Zeit, als sie bei Daddy im Gebrauchtwagengeschäft Büroarbeit gemacht hat, Quittungen abheften, Buch führen, bis er dann die Toyota-Vertretung bekam, vorher hat kein Mensch was von japanischen Autos gehört, aber ohne Strandsonne hat sie etwas eingebüßt, das bisschen Glamour, das sie hatte, war verblasst, deshalb hat sie später auch Florida so gemocht. Als sie zwanzig wurde und in ihrem Leben sich nichts tat, hat sie, um von ihren Eltern wegzukommen, bei Kroll's angefangen, hinter dem Tresen mit den Nüssen und den Süßwaren, auf die Tasche des weißen Kittels, den sie tragen musste, war «Jan» gestickt, ihre Eltern haben sie immer bei ihrem vollen Namen genannt, «Janice», mit saftiger, entschiedener Betonung, sie ist ihr einziges Kind gewesen, kostbar, geliebt, behütet. Die schmutzigste, mieseste Arbeit bei Kroll's war die im Versand und bei der Warenannahme, und ausgerechnet da hat dieser große schöne Typ gejobbt, den sie von der Mt. Judge-High in Erinnerung hatte, wo er der Star des Basketballteams war und sie ein kümmerliches Ding, Schülerin der untersten High-School-Klasse, mit so schütterem Haar über der

Stirn, dass die Kopfhaut durchschimmerte und die Ponys nicht viel halfen. Er führte auch beim Sprint über 440 Yards und gehörte zur 4 x 1 Meile-Staffel, aber wer sich an ihn erinnerte, hat es wegen Basketball getan. Er hat irgendwie verloren und komisch gewirkt, fast kleinlaut, nach seinen zwei Jahren bei der Army und einigen aussichtslosen Jobs. Den ganzen Tag hinterm Ladentisch hat sie an ihn gedacht und daran, dass sie nachher mit ihm ins Bett gehen würde, und es war das erste Mal, dass sie wusste, so sicher, wie sie abends einschlief, so selbstverständlich, wie sie ihr Essen aß oder Tampax benutzte, dass sie ficken und gefickt werden würde, anstatt es einfach über sich ergehen zu lassen, entgegen ihrer besseren Einsicht, wie es sonst immer gewesen war. Während alle anderen auf der Straße ihren Allerweltsbeschäftigungen nachgingen, fuhren sie beide in Harrys altem Nash die Warren Avenue hinunter zu Linda Hammachers Eisenbett, das so heftig quietschte und schwankte, dass sie vor Lachen manchmal nicht mehr konnten und auf dem Fußboden weitermachen mussten, ihr Rücken auf den abgewetzten Läufer gepresst und all die Staubflusen unterm Bett, dazu ein einzelner fleischfarbener vergessener Pantoffel, kaum einen Meter von ihrem Gesicht entfernt. Harry war als Liebhaber nicht so methodisch und ausdauernd, wie Ronnie es ist, weniger groß – nicht dass die Größe so wichtig wäre, wie Männer immer meinen –, aber sie war so erregt von seinem schimmernd nackten Oberkörper über ihr und von der Erinnerung daran, wie heroisch und schweißüberglänzt er auf dem Spielfeld gewesen war, dass sie kam, schamlos sich ihm entgegenstieß, sobald er in ihr war. Es half, da unten auf dem sandig schmutzigen Boden zu liegen. Sie war in vielem langsam, aber nicht, wenn es darum ging zu kommen.

Sogar jetzt, wo sie dreiundsechzig ist, macht Ronnie ihr Komplimente deswegen. Das ist ihr Geheimnis, sie lächelt vor sich hin.

Alle passen. Doris wirft einen misstrauischen Blick in die Runde und sagt: «Ihr müsst Punkte gehabt haben. Ich hatte nur drei, einen Buben und eine Königin.»

Während Norma die Karten neu austeilt, fasst Janice sich ein Herz und fragt sie: «Norma, sind Sie zufällig mit einer Linda Hammacher verwandt? Wir haben zusammen bei Kroll's gearbeitet, in den Fünfzigern.»

Norma hält inne, die Karten erstarren ihr in den Händen. «Ich habe eine Cousine zweiten Grades gehabt, die hieß Linda.»

«Wo ist sie jetzt?»

«Sie ist gestorben.»

«O nein! Na ja, ich nehme an, wir kommen jetzt langsam in das Alter.»

«Es ist Jahre her. Sie war noch verhältnismäßig jung. Ziemlich mysteriös, das Ganze.»

«Was war denn?», fragt Janice.

«Manche haben von Aids gemunkelt, in der Zeitung hat allerdings nur was von einer langen Krankheit gestanden. Ihre Familie mochte nicht darüber reden. Sie war verheiratet und wurde später geschieden.»

«Du meine Güte», sagt Janice, ehrlich erschüttert; ein Stück erinnerten Glücks ist vergiftet worden.

«Es war sehr tragisch», sagt Norma. «Mist. Zählt eure Karten. Ich müsste die letzte haben, hab ich aber nicht.»

Als wolle sie Janice trösten, weil die die Kartengeberin abgelenkt hat, informiert Amy sie während des neuerlichen Austeilens über die jüngste Wendung in der Saga eines großen Landstücks im Osten des Diamond County, vierundzwanzigtausend Hektar, die früher Bethlehem

Steel gehörten und Wald blieben für den Fall, dass der Konzern einmal das im Boden liegende Eisenerz minderer Güte abbauen wollte, und die jetzt an einen kanadischen Bauunternehmer verkauft wurden, der es leid war, sich wegen jeden geplanten Bauvorhabens mit den benachbarten Farmern herumzuschlagen, und diesen Teil der weiten Wälder William Penns ganz legal zu einem Verwaltungsbezirk gemacht hat, mit vierzig wahlberechtigten Bürgern, die alle, bis auf drei, bei der Firma angestellt sind. Sie haben bereits für eine Mülldeponie mit einer Kapazität von vierhundert Tonnen Abfall täglich gestimmt, der in Müllwagenkarawanen über die Turnpike von Philadelphia herangeschafft werden soll, und für einen Wasserpark mit einem Pool von der Größe eines Footballfelds plus einer fünfundvierzig Meter hohen Rutsche für Gummifloßpartien und einem beleuchteten Par-drei-Golfplatz. «Im Augenblick ist die Rede von einem zehngeschossigen Komplex mit Seniorenapartments und von einer Tausend-Meter-Rennstrecke für diese Miniaturrennwagen, die offenbar der letzte Schrei in Maryland sind», sagt Amy.

«Tja», sagt Janice, «das ist wohl die Zukunft.»

Die schwerhörige Doris ist nicht mitgekommen und sagt gereizt: «Redet Ihr vom Y2K-Virus? Deet sagt, das Ganze ist aufgebauscht worden, um den Computerfirmen höhere Einnahmen zu verschaffen.»

Norma sagt: «Zwei Treff. So viel sollte ich ja wohl mindestens ansagen, wenn ich ein Bombenblatt habe.»

Janice sieht an ihrem Blatt, dass sie nicht zu bieten braucht, egal, was für ein Gebot Doris abgibt, und nimmt zur stillen Feier ein paar in Zucker geröstete Erdnüsse aus der blassgrünen Porzellanschale, die Doris und Deet letzten Herbst von ihrer Rundreise durch China mitgebracht haben und die auf einem runden geschnitzten Tischchen steht, welches ebenfalls aus China stammt – die Chinesen lieben es, Waren zu verschiffen, sogar Steinlöwen schwer wie Felsbrocken, tatsächlich verschiffen sie selbst Felsbrocken, sie sehen große Schönheit in Felsbrocken, hat Doris erzählt – und das das Pendant zu dem geschnitzten Tischchen drüben bei den anderen beiden Spielerinnen ist, auf dem Wassergläser aus Waterford-Kristall stehen und diese grünen Schalen und Doris' Aschenbecher (sich beschweren geht nicht, es ist schließlich die Gastgeberin, die ihnen ihren Rauch in die Lungen bläst), und während sie die Erdnüsse isst, denkt sie, wie sehr Harry solches Knabberzeug geliebt hat, so sehr, dass es sein Tod gewesen ist, und mit was für einem Fanatismus Frauen wie Doris ihre Einrichtung in Schuss halten, alles hat seinen festen Platz, da ist es und da bleibt es. Sie hat das nie gekonnt, eine falsche Religion aus der Zimmereinrichtung zu machen. Nicht einmal ihre Mutter ist so gewesen, obwohl die durchaus einen Sinn gehabt hat für hübsche Sachen, als Daddy erst mal anfing, mit seinen Autos Geld zu verdienen. Es hat was Angeberisches, ist eine Art Einschüchterung, all diese teuren, per Schiff hergeschafften Andenken an teure Fernreisen so zur Schau zu stellen, wie die Klunker aus verflossenen Ehen an Doris' Händen, ein kostspieliges Souvenir neben dem andern, und Putzfrauen müssen kommen und wie Museumswärterinnen alles abstauben.

Für die letzten beiden Runden bringt Doris ihnen Vermouth in kleinen rosa gestielten Gläsern aus Venedig, und als sie dann an der Tür steht und auf Wiedersehen sagt und bis nächste Woche dann, versteht Janice nicht, wie sie jemals einen solchen Rochus haben konnte auf die gute alte Doris, die sie so oft in ihr entzückendes Haus eingeladen und ihr so viele gute Ratschläge gegeben hat während der schlimmen Jahre mit Harry.

Harry, Harry, er war das Problem, beschließt Janice: kreuzt dies Mädchen auf und behauptet, seine Tochter zu sein, kein Wunder, dass sie sich beim Bridge nicht konzentrieren konnte und einen Dollar siebzig Cent verlor wegen eines vermasselten Drei-Sans-Atout-Gebots, das sie, wie Doris ihr erklärte, ohne weiteres hätte durchbringen können, wenn sie ihren Karostopper behalten hätte. Immer hat er so ein Durcheinander angerichtet und nie hinter sich aufgeräumt, auch jetzt, zehn Jahre nach seinem Tod, überlässt er das den Lebenden.

Brewer strömt, als sie in ihrem Le Baron sitzt, an ihr vorbei, ein Fluss aus Backstein und Leuchtreklame. Bei den Hearings des Baugenehmigungsausschusses geht es oft darum, ob man mit Leuchtreklame sparsamer umgehen soll oder nicht; die Grundstückspreise steigen sprunghaft an, wenn eine Gemeinde die Leuchtreklame einschränkt und die Elektrokabel unterirdisch verlegt. Janice hält bei Rot, und dann fließt der Strom weiter, Anblicke, Perspektiven, ein Strom, ausgetieft durch lebenslange Vertrautheit. Sie fährt über die Weiser-Street-Brücke mit den gusseisernen Laternenpfosten und der Plakette, die an irgendeinen toten Bürgermeister erinnern soll, aber der Name hat einem nie etwas gesagt. Als Kind hat sie sich immer gewundert, warum die Brücke sich nicht in die Höhe wölbt wie die Running-Horse-Brücke eine halbe Meile weiter südlich und sich auch nicht zur Brewer-Seite hinsenkt wie die Youngquist-Boulevard-Überführung im Norden. Der Fluss ist hier am seichtesten gewesen. An dieser Stelle war eine Furt, die hat in Indianertagen Siedler zum Bleiben verlockt. Als sie ein kleines Mädchen war, ist der Fluss schwarz gewesen von Kohlengrusdünen. Man hat das vor Jahrzehnten in Ordnung gebracht, und jetzt fahren Motorboote auf dem Wasser, und Leute baden, und es gibt sogar wieder Fische. Die Industriestädte des neunzehnten Jahrhunderts, hat der traurig aussehende Mr. Lister im Immobilienmaklerkurs gesagt, als sie Grundeigentumsrecht und gesetzliche Bestimmungen zur Erschließung durchnahmen, haben einen großen Fehler gemacht, indem sie ihren Ufergegenden den Rücken zukehrten. Jetzt fängt bald ein ganz neues Jahrhundert an, und auch in dem werden Fehler gemacht, da ist sie sich sicher. Sie fährt geradeaus die Weiser hinauf, vorbei an dem breit hingelagerten weißen Ziegelbau des Bestattungsunternehmens Schoenbaum, früher war das ein einzelnes kleines Büro mit düsteren, spitz zulaufenden Nadelgehölzen vorm Eingang. Sie fragt sich, ob sie wohl noch eine Weile den Schoenbaum'schen Fängen entgehen kann, ob Mutters langlebige Koerner-Gene sich durchsetzen gegen Daddys nicht sehr langlebige. Das neue viergeschossige Shopping-Center mit dem glasüberdachten Atrium für Konzerte und städtische Veranstaltungen auf der Westseite des Weiser Square hat noch immer nicht die Geschäfte und Lokale angezogen, die die Planer verheißen haben. Die Gebäude auf der Ostseite sind im Großen und Ganzen noch so, wie sie sie aus der Kindheit in Erinnerung hat; auch wenn im Gang der Jahre an den Fassaden hier und da etwas verändert worden ist und etliche Geschäfte ihre Schaufenster vernagelt oder von innen weiß getüncht haben, erkennt sie doch die breiten Fenster vom früheren Möbelhaus Schaechner und den Umriss des sich verschmälernden Eingangs zu Arnold's Fußbekleidung, wo sie mit ihrer Mutter gewesen ist und feine Lackschuhe bekommen hat und wo man in einem Apparat sehen konnte, wie sich die Knochen der eigenen Füße bewegten, in einem geisterhaften grünen Licht, von dem man Krebs kriegt, wie man jetzt weiß. Diese Gebäude, die zwei ganze Blocks einnehmen, haben oberhalb des Erdgeschosses Fenster mit dekorativen Ziegelumrandungen und -bögen und ganz oben mit kunstvollen Vorsprüngen, wie Schlossfenster oder so. Das größte Gebäude, als Kaufhaus im Stadtzentrum die Hauptkonkurrenz fürs Kroll's, trägt an der Seite immer noch in stockwerkhoher gemalter Schreibschrift seinen Namen: *Fineman's*; das kühle Souterrain-Restaurant im Fineman's ist *die* Attraktion für erschöpfte Käufer gewesen, und in der Bekleidungsabteilung für Teenager im dritten Stock gab's Sachen, die waren einen Tick mehr «New York» als die bei Kroll's, einen Tick schärfer, peppiger – eng anliegende Angorapullover in Eiscremefarben, breite, einschnürende Gürtel aus glänzendem Lederimitat, raffinierte Nylonblusen, Wollröcke, die einem fast bis zu den Söckchen reichten, und bei jeder Bewegung hat man ihre schwingende Schwere an den Hüften gefühlt und ist sich weiblicher vorgekommen. «New York» war ein anderes Wort für «jüdisch», aber sogar Mutter mit ihren Vorurteilen hat zugegeben, dass Schnitt und Stoff der Kleider bei Fineman's besser waren als bei Kroll's, und sie konnte nie den Butterscotch-Eisbechern im Restaurant im Souterrain widerstehen. Als Kind war Janice fasziniert von den offenen, verschnörkelten Käfigaufzügen und von den vibrierenden Drähten, die an der Decke in ihrer Führung liefen und scheppernd Geld und Quittungen beförderten. All das, all der duftende Überfluss an Begehrenswertem, dahin, übrig nur ein verblassender Name an einem leer stehenden Gebäude: *Fineman's*.

Nicht weit vom Fineman's stehen noch immer die vier mächtigen Säulen der Brewer Trust, die inzwischen integriert ist in etwas, das **MellPenn** heißt, ein großes grünes

Schild, von innen beleuchtet, deckt den alten, in Granit gemeißelten Namen ab. Sie und Harry haben damals ein Riesenglück gehabt, etwa einen Monat später sind Gold und Silber auf dem Tiefststand gewesen. Zwischen der Sixth und den Eisenbahnschienen, jenseits des Square, wo die Kinos waren, eine Reihe von Filmpalästen, in die man sich flüchten konnte, Spiegel in den lang gestreckten Foyers und Pappeiszapfen draußen an den Vordächern, ist jetzt schlichtweg nichts – ein asphaltierter Parkplatz auf der einen Seite und eine große Grube auf der anderen, wo dem Bauunternehmer eines innerstädtischen Wohnungs- und Bürokomplexes, schimmernde Türme auf dem Architektenentwurf an der Reklametafel, anderer Leute Geld ausgegangen ist. Früher war dort eine Zoohandlung, und Ollie Fosnacht hat da seine Musikalienhandlung gehabt, Chords 'n' Records. Janice kann kaum glauben, dass es so vieles nicht mehr gibt und sie immer noch hier ist und sich an alles erinnert.

Das Licht neigt sich an diesem trockenen Septembertag. Die Straße ist halb im Schatten. Über dem Mt. Judge sind hohe dünne Wolken aufgefächert wie ein Kartenblatt. Auf der Uhr im Armaturenbrett ist es zwanzig nach fünf. Der Verkehr Richtung Norden auf der Weiser und den Cityview Drive entlang ist nicht hektischer als zu anderen Tageszeiten, jetzt wo es keine Geschäfte und keine Mittelschicht mehr in der Innenstadt gibt. Nur die Armen sind noch da, weiße alte Frauen und junge Männer, Hispanics, die im Rexall's und im McCrory's, den letzten überlebenden Billigläden, Pennybeträge ausgeben. Nelson hat Umgang mit diesen Leuten, den Zukurzgekommenen, er kümmert sich um sie im Therapiecenter für Erwachsene, Neuer Anfang heißt es und liegt ein paar Blocks weiter westlich von dort, wo sie jetzt gerade ist, diesseits der alten Hustenbonbonfabrik. Merkwürdig, wie heiter ihn die Arbeit mit diesen hoffnungslosen Menschen macht. Seine Familie ist es, die ihn deprimiert. Sie hofft, dass er erst nach Hause kommt, wenn sie Gelegenheit gehabt hat, mit Ronnie über das Mädchen zu sprechen. Nelson wird sich zu sehr hineinknien in diese Geschichte.

Der Sprecher im Autoradio berichtet aufgeregt über einen mehrfachen Mord in Camden, ein Mann hat seine Frau, die ihn nicht mehr will, und seine drei kleinen Kinder erschossen, das Älteste hat es noch in den Garten geschafft, wo der Vater es am Drahtzaun niederknallte. Wieso regt der Sprecher sich so auf? Das passiert doch jetzt andauernd. Eine Meile weiter weg von der Polizei in die Enge getrieben, hat der Mann sich in den Kopf geschossen. Ein Weißer, fühlt der Sprecher sich verpflichtet hinzuzufügen, weil man bei Gewalttaten hier in der Gegend zuerst an Schwarze denkt. Seit Monaten wird im Fernsehen von Massakern berichtet, die Schulkinder in Colorado und dann der Mann, der im Yosemite Park Frauen köpfte, und der Mann in Georgia, der beim Day-Trading im Internet hunderttausend Dollar verloren hat und jedem dafür die Schuld gab, nur sich selber nicht. Er hat einen langen frommen Brief hinterlassen und Gott gebeten, seine liebe Frau und die Kleinen zu sich zu nehmen, wohingegen die jugendlichen Killer in Colorado das Mädchen, das sagte, es glaube an Gott, verhöhnt und umgebracht haben. So oder so, die Leute sind tot, getötet, ob sie nun in den Himmel geschickt worden sind oder ins Nichts, in eine Leere ähnlich der großen orangefarbenen Grube in der Mitte von Brewer. Man fragt sich, ob ein *bisschen* Glaube nicht vielleicht genug ist, zu viel macht einen zum Killer, und man gibt Eintrittskarten für den

Himmel aus wie dieser entsetzliche Jones im südamerikanischen Dschungel.

Janice hat immer an so etwas wie einen Gott geglaubt, aber sie hat es nie so wichtig genommen wie Mutter oder wie Harry auf seine verdrehte Weise. Für beide hat es da draußen etwas gegeben, etwas, das zurückstrahlte von dem guten Gefühl, das sie von sich selbst hatten. Etwas Erhabenes, Ewiges. Die gilbenden Gedenkplaketten an der Wand in der St. John's-Kirche, der Buntglas-Jesus über dem Altar, Seine Arme ausgestreckt in einer Geste der Umarmung oder der Verzweiflung. Man braucht etwas. Harry konnte Witze machen über Religion, aber das durfte nur er, wehe, wenn ein anderer es tat, es ist ein wunder Punkt zwischen ihm und Nelson gewesen. Nelson hatte sich spöttische Bemerkungen angewöhnt, um Harry auf die Palme zu bringen. Und dann ist er ein Weltverbesserer geworden und hat sein Leben anderen geweiht, wie man so sagt. Wieder eine Ohrfeige für seine Eltern. Der ganze Spätsommer, auch die Augustwoche im Haus in den Poconos mit Judy und Roy, die aus Ohio gekommen waren, um ihren Vater zu besuchen, ist Janice vergällt gewesen wegen des Unglücks mit dem jungen Kennedy, vom Himmel gestürzt mit seiner armen Frau und seiner Schwägerin, sie müssen geschrien, geschrien haben und sind aufs Wasser aufgeschlagen wie auf eine schwarze Wand. Experten sagten in den Nachrichten, es habe nur Sekunden gedauert, aber was für Sekunden das gewesen sein müssen, wie kann man weiter an einen Gott glauben, der so etwas geschehen lässt, man musste wieder an seinen Vater denken, wie er erschossen wurde, so jung und Führer der freien Welt, auch wenn es stimmte, dass er sich Prostituierte ins Weiße Haus bringen ließ, und sie musste daran denken, wie das Baby ertrank, die kleine

Becky, so ein unschuldiges Wesen, aber wer ist kein unschuldiges Wesen, könnte Gott dagegenhalten. All die Türken bei dem Erdbeben, Zehntausende, die um drei Uhr morgens in ihren Betten lagen und schliefen. Sogar die Männer in den Todeszellen, fast durchweg Schizophrene, behauptet Nelson, und wer Kinder missbraucht, ist selber missbraucht worden, gibt es also nur weiter und ehrt damit Vater und Mutter.

Sie ist jetzt am Park vorbei, lässt die Stadt Brewer hinter sich und fährt um den Berg herum. Der Viadukt ist rechts von ihr, seine Bögen und die im Tal zu seinen Füßen verstreuten Häuser scharf gezeichnet im niedrigen Nachmittagslicht, Geröll und Gebüsch und in der Ferne blaue Hügel, deren Namen sie nie erfahren wird. Auf halbem Weg nach Mt. Judge annonciert das Cineplex mit vier Kinos, Teil einer Mall, die nie richtig in Schwung kam und jetzt eine verfallende Antiquität ist, BLUE EYES BLAIR WITCH SIXTH SENSE CROWN AFFAIR. Sie verlässt die 422 und biegt bei der Baptistenkirche aus braunem Sandstein in ihre Stadt ein, fährt die Jackson Street hinauf, an drei einmündenden Straßen vorbei, und ist dann in der Joseph.

Sie kennt den Weg im Schlaf und schwingt unter den Spitzahornen hin, die ihr vertraut sind seit der Zeit, da sie halb so groß waren, wie sie jetzt sind, gerade so hoch, dass ein Kind an die untersten Äste herankam, wenn es einen Luftsprung machte. Auf einen der Bäume ist sie mal geklettert, in dem war ein Hornissennest, und sie schaffte es nicht schnell genug wieder herunter, sie wurde gestochen. Inzwischen sind die Ahorne so groß geworden, dass in einigen Stadtgegenden die Gehwege sich aufwerfen. Die Joseph Street ist früher sonniger gewesen, jedenfalls ihrer Erinnerung nach, offener nach oben hin, über den Telegraphendrähten und den Straßenlampen, die ein gelbes Licht gegeben haben und nicht dieses bläuliche, wie heutzutage. Die Häuser waren von seriösen älteren Leuten bewohnt und nicht von jungen Familien, die diese sinnlosen Banner von ihren Veranden flattern lassen, als ob jeder Tag ein Feiertag wäre. Sie steuert den Le Baron langsam am Bordstein entlang und hält, zu kaputt und vergrätzt von ihrem Tag, um nach hinten zur Garage zu fahren und durch den Garten zum Haus zu gehen. Dies grässliche Ehepaar, das das Reihenhaus am Locust Boulevard nicht mal ansehen wollte. Snobistisches Gehabe ohne jede Grundlage. Wenn jede Frau sich weigerte, während der Schwangerschaft Treppen zu benutzen, wäre die menschliche Rasse schon vor einer Ewigkeit ausgestorben. Sie steigt aus und streckt sich, weil ihre Muskeln vom zu langen Sitzen steif sind. Der Anblick des großen stuckverzierten Hauses Nummer 89 Joseph Street hat in ihren Augen nicht mehr ganz gestimmt, seit die mächtige Blutbuche gefällt wurde. Harry hat immer gesagt, der Kasten habe was von einer überdimensionalen Eisbude. Und er sei irgendwie nackt, ohne den Baum. Eine Ewigkeit scheint vergangen seit dem Vormittag heute und diesem Mädchen – als ob's ein Traum gewesen wäre, nur dass es keiner war. Sie tritt zwischen den beiden schmalen Seitenfenstern aus Mattglas ins Haus – die Tür schrapt über ein paar Postsachen – und atmet die stille Luft des Wohnzimmers ein, die Luft ihres Lebens, das scheinbar unverändert ist.

Armer Ronnie, er ist so lieb. Er hat noch ein paar Kunden aus alten Tagen behalten, Leute, die bei niemandem sonst eine Versicherung abschließen oder sich eine Anlageberatung holen würden, Leute, die die Deckung ihres Sachvermögens erhöhen wollen, wenn die

Kurswerte steigen, oder ihren Keogh-Plan-Spargroschen neu anlegen möchten, um sich eine größere Scheibe vom Aktienmarkt abzuschneiden, so unaufhaltsam, wie der hochgeht, aber grundsätzlich hat Ronnie, seit Schuylkill Mutual ihm seine abgeteilte kleine Butze und das Telefon und den Firmenwagen weggenommen hat, wenig zu tun, und er beklagt sich so gut wie nie. Er hat sich ein nettes Büro mit Computer und Fax-Apparat und Aktenschränken oben in dem kleinen Zimmer eingerichtet, das zur Straße hinausgeht und in dem Mutter früher immer genäht hat und in das sie dann später ein Einzelbett gestellt haben, als Nelson anfing, seine Freundinnen vom College in Ohio mit nach Hause zu bringen. Nachdem Ronnie eine Stunde oder so in diesem voll gestopften kleinen Zimmer herumgepusselt und sich im Internet über die Börsennotierungen und das Wetter informiert hat, zieht er in seinem silbernen Taurus los, als ob es irgendwo da draußen für ihn etwas zu tun gäbe, als ob er irgendjemandem etwas verkaufen müsste. Den ganzen Sommer über spielt er drei- oder viermal in der Woche Golf im Flying Eagle, obschon er nicht annähernd ein so passionierter Golfer ist, wie Harry es war – er ist zu realistisch dafür, und das Knie tut ihm weh. Er ist aktiv geblieben in der drittklassigen Kirche, der er und Thelma angehört haben. Und wofür Harry nie die Geduld gehabt hat und wofür ihm auch das Interesse fehlte, obgleich er eine Zeit lang hinten einen kleinen Gemüsegarten gehabt hat: Ronnie nimmt sich vor, was er alles im und am Haus machen will, und tut es dann auch, die Holzverzierung außen streichen und bei den Fensterscheiben die Kittfassungen erneuern, die von zu viel Sonne spröde geworden sind, und das alte Fliegengitter der Sonnenveranda durch frisches verzinktes Drahtgeflecht ersetzen. Trotz seines schlimmen Knies – eine

Verletzung, die er sich in der High-School beim Football zugezogen hat – steigt er die hohe ausziehbare Aluminiumleiter hinauf, die zu heben für Harry immer ein Graus gewesen ist, und reinigt die alten Regenrinnen. Er redet davon, dass er als Nächstes die Schornsteine in Angriff nehmen und die Ziegel neu verfugen will. Das ist ein Konfliktpunkt zwischen ihnen. Wenn sie sagt, dass sie Angst hat, er könnte herunterfallen und sich das Genick brechen, sagt er, das Haus sei ihr Hauptkapital und sei elend vernachlässigt worden, bis er auf der Bildfläche erschienen sei. Ihr früherer Mann sei als Hausinhaber ein fauler Strick gewesen, sagt er, und ihr Sohn sei genauso ein Drückeberger, immer schon. Sei ihnen denn nicht klar, dass diese Immobilie ein Vermögenswert sei, den sie absichern müssten? Ronnie hat im Keller eine Werkstatt, aus der das Jaulen und Raspeln elektrischer Werkzeuge durch den Fußboden nach oben dringt und manchmal so viel feines Sägemehl, dass es sich auf die Tassen und Teller in den Küchenschränken legt. Als er den Abstellraum neben der Küche mit Trennwänden aus Fasergipsplatten aufteilte, ist alles mit Gipsstaub bedeckt gewesen: Mutters handbemalte Stiegel-Gläser und das echte Chester-Whiteware im Schrank im Esszimmer und sogar die Lebensmittel im Kühlschrank, die dann alle schmeckten wie die Calciumtabletten, die Janice schluckt, damit sie keine Osteoporose bekommt. Sie ist nach acht Jahren immer noch dabei, sich an einen Ehemann zu gewöhnen, der so eindeutig *da* ist, an Ort und Stelle, und nicht fortwährend hinauswill und im Geist bis zum Horizont rennt.

Er kommt vor Nelson nach Hause, wie sie gehofft hat, sie können sich also eine Meinung bilden, die Nelson ganz bestimmt nicht teilen wird. «Ich habe drei Dollar gewonnen, mit nur zwei Hooks beim Abschlag, die nicht zählen. Beim siebzehnten habe ich einen Putt versenkt, den hättest du mal sehen sollen», sagt er; er ist durch die Hintertür gekommen und verstaut seine Golfsachen in dem sauber aufgeräumten Golfschrank, den er inmitten all der Gipsstaubwolken zusammengeklopft hat. Der ganze Abstellraum riecht jetzt nach ihm, nach seinem Schweiß auf den Schlägergriffen, in den spikelosen Schuhen, sogar nach der säuerlichen Innenseite der Hüte, die er trägt. Jeder Hut hängt an einem Haken für sich, und ein Haken ist für den Handschuh reserviert, der hängt dort wie eine trocknende Fledermaus, das Oberste zuunterst. Sie mag Ronnies Ordnungsliebe, empfindet sie andererseits aber als Vorwurf, genau wie früher bei ihrer Mutter. Er bewegt sich mit einer gewissen gequälten Langsamkeit und humpelt in die Küche zurück. «Wie war's beim Bridge?», fragt er höflich. Vielleicht geht es in zweiten Ehen immer ein wenig steif zu, vielleicht übt man taktvolle Vorsicht.

«Ich hab mich die ganze Zeit gefragt, warum ich überhaupt gespielt habe», sagt Janice. «Ich hab irgendwas gemacht, das Doris entsetzlich geärgert hat, ich weiß nicht mehr genau, was. Sie wird alt und reizbar. Deet lässt ihr alles durchgehn.»

«Was gibt es zum Abendbrot? Hast du dran gedacht, etwas aufzutauen?» Ronnie hat gelernt, was für Fragen er stellen muss. Thelma ist eine gute Köchin und eine begeisterte Hausfrau gewesen, zusätzlich zu alledem, was sie sonst noch geleistet hat: in der Schule unterrichten und drei Söhne großziehen. Janice hat sich am Anfang Mühe gegeben, Ronnie richtige Mahlzeiten vorzusetzen, aber irgendwas war immer zu trocken oder nicht richtig gar, und obwohl sie sich ihrer Meinung nach streng ans Rezept hielt, ging beim Würzen regelmäßig etwas schief, und das Essen hatte einen eigenartigen, verdächtigen Geschmack. Seit dem Einzug der Yuppies im Großraum Brewer und der Ansiedlung dieser undefinierbaren Industriezweige, die alle nichts herstellen, womit man fahren oder das man in die Hand nehmen oder in eine Schachtel tun kann – «Informationsindustrie» sagt man dazu –, haben viele angenehme und nicht sehr teure Restaurants aufgemacht: wenn man es sich ein bisschen hübsch machen und auswärts essen möchte, braucht man nicht mehr in die Innenstadt zu fahren, wie Daddy und Mutter es noch tun mussten; die sind meistens in eines der beiden großen Hotels im Zentrum gegangen, ins Conrad Weiser oder ins Thad Stevens. Und im Übrigen gibt's im Supermarkt wunderbare Tiefkühlkost und eingeschweißte Salate zu kaufen.

«Wenn ich ehrlich sein soll, ich hab's vergessen», gibt Janice zu. «Ich bin erst vor fünf Minuten nach Haus gekommen. Ich habe so viel anderes zu tun, und heute Morgen, Ronnie, es war so furchtbar, steht da dies Mädchen vor der Tür –»

Ronnie hört nicht zu, er öffnet den Kühlschrank und späht hinein. «Es ist noch ein bisschen Hühnersalat von vorgestern Abend da, ich glaube, der ist noch nicht gekippt. Und die japanischen Nudeln, die Nelson so mag. Ah ja, und ganz hinten, hinter dem verwelkten Kopfsalat, eine Plastikdose mit Salat aus drei Sorten Bohnen, den haben wir noch gar nicht angerührt – sieht schlierig aus, ist das so gedacht? Ich glaube, wir kommen zurecht. Weniger essen soll ja sowieso gesünder sein.»

Er geht zum Tresen, um den Sony einzuschalten. «Lass mich nur schnell die Nachrichten sehn, den Wetterbericht. Das Radio behauptet, morgen gibt es Regen, ich glaub's erst, wenn ich es sehe. El Niño hat mit dem Jetstream rumgemurkst, der hält unsere Gegend jetzt für die Sahara.»

«Ronnie, bitte, lass den Fernseher aus. Hör mir zu, es ist wichtig. Dies Mädchen – ‹Frau› wäre richtiger, ungefähr so alt wie Nelson – hat an der Tür geklingelt, die Klingel ist übrigens immer noch nicht repariert, und gesagt, sie wäre Harrys Tochter. Ihre Mutter ist diesen Sommer gestorben und hat es ihr kurz vorher noch erzählt. Ruth hat sie uns auf den Hals gehetzt.»

Jetzt *hört* Ronnie ihr zu. Er hat fast dreißig Pfund abgenommen seit der Zeit, als Janice ihn kennen lernte, und er hat das eingeschrumpfte, in sich zusammengefallene Aussehen eines Menschen, den man als dicker in Erinnerung hat. Seine Haare, die krisselig und messingfarben waren, sind ihm fast alle ausgegangen, auch an den Seiten, sodass seine Ohren als gummiartige rote Fleischgebilde vom Kopf abstehen. Seine hellen Wimpern sind jetzt kaum noch zu erkennen, was seine Lider rosa und wundgerieben aussehen lässt. Sein Gesicht hat etwas Backpflaumenhaftes bekommen, wie das von Doris Kaufmann, nur dass die Falten bei ihm nicht so tief sind wie bei Doris mit ihrer ledrigen Haut. Auch wenn Harry von ihm immer als von einem ungehobelten Grobsack sprach, hat Ronnie in Wahrheit eine zarte Babyhaut, die den physischen Kontakt mit ihm zu einer kleinen seidigen Überraschung macht – etwas, das Harry nicht hat wissen können. Jetzt hakt sich der Mann an dem fest, das für Janice das am wenigsten Interessante der morgendlichen Enthüllungen gewesen ist. «Ruth Leonard ist also tot», sagt er.

Janice fällt ein, dass Ronnie diese Ruth gekannt hat, damals, in der Zeit, als Harry mit ihr zusammen war, er hat sie nicht bloß gekannt, er hat sie auch gevögelt, und Harry hat das immer übel genommen, was Janice merkwürdig fand, denn Ruth hat sich in der fraglichen Zeit doch offenbar mit einer ganzen Reihe von Männern eingelassen. Janice ist Ruth nie begegnet, aber ihr war diese flittchenhafte Sorte Mädchen von der High-School bekannt, im Waschraum waren die Namen von denen an die Wände gekritzelt, SUSIE PETROCELLI HAT DEN SCHWANZ VON MEINEM FREUND GELUTSCHT und CAROLE STICHTER IST EINE BLÖDE HURE, meist Mädchen aus üblen Familien aus der Unterstadt, nach nichts aussehend, übergewichtig und im Unterricht still, hatte es sie sogar unter Eisenhower gegeben, als alle vermeintlich so sauber waren. Sie kann nicht glauben, dass ein Fick, der vierzig Jahre her ist, Ronnie viel bedeutet, aber so betäubt und zusammengesackt, wie er dasteht in seinem durchgeschwitzten Polohemd und der karierten Golfhose, tut es das. «Gestorben auf ihrer Farm», sagt er. «Die Dürre hat sie umgebracht.» Er bemüht sich, den tranceartigen Zustand wegzuscherzen, in den Männer geraten, wenn sie sich zu erinnern versuchen, wie es war, in die Sphäre einer bestimmten Frau einzutauchen. Jetzt gibt es diese Sphäre nicht mehr auf Erden, und er wird nie wieder in sie eintauchen.

«Komm zu dir, Schatz. Nach dem, was das Mädchen sagt, hat sie schon seit Jahren nicht mehr auf der Farm gelebt, sie hat mit ihrer Tochter zusammen in Brewer gewohnt und für irgendeine dubiose Investmentfirma in dem Glasgebäude gegenüber von dort, wo früher das Kroll's war, gearbeitet. Wieso kümmert dich das überhaupt?»

«Tut es nicht, nicht besonders. Rabbit ist auf sie abgefahren, ich nicht. Für mich war sie bloß eine Nutte. Was für Beweise hat das Mädchen, dass sie seine Tochter ist?»

«Keine, bloß irgendwelche wirren Fakten, wo nur sie

selber durchsteigt – wie ihre Mutter, als die mit diesem Byer verheiratet war, ihr was vorgelogen hat und ihr das Gefühl gab, dass der ihr Vater war und nicht jemand, den sie vorher gekannt hat. So was ist öfter vorgekommen, als wir denken, damals, als Abtreiben nicht so einfach war.»

«Jetzt ist es *zu* einfach, wenn du mich fragst. Die schwarzen Kids und diese Latino-Gören lassen es einmal pro Jahr machen, wie einen Routine-Checkup. Niemand findet was dabei.»

«Ronnie, das ist nicht der Punkt! Wir müssen über dieses Mädchen reden, bevor Nelson nach Hause kommt!»

Harry hat Ronnie immer für grässlich beschränkt gehalten – hat ihn einen Rohling genannt, einen vorsätzlichen Foulspieler –, aber Janice findet ihn nicht eigentlich beschränkt, sie findet eher, dass er gelegentlich eine bestimmte Art hat, *sich zu sperren*: er ist unfähig, eine Sache auf sich beruhen zu lassen, wenn er nicht mit jedem Detail absolut einverstanden ist. Er hat in zu vielen Wohnzimmern gesessen und ist einfach nicht aufgestanden, bis der Hausherr die Notwendigkeit einsah, eine Versicherung abzuschließen, dies dickfellige Sich-nicht-vom-Fleck-rühren, das ist es bei ihm. Harry war fasziniert von Ronnies großem Schwanz, und der *ist* groß und an der Oberseite abgeplattet, dass man ein Weinglas drauf abstellen könnte, wenn er auf halbmast ist, aber was Janice beim ersten Mal wirklich verblüfft hat, war der relativ kleine Unterschied zwischen erigiert und nicht erigiert. Bei Harry war's ein Unterschied wie zwischen Nacht und Tag, schlapp und schlafend daliegend wie ein Baby oder hellwach, baumhoch und nicht zu bremsen.

«Okay», sagt Ronnie in seinem schwerfüßigen, unnachgiebigen Ton, «der Punkt ist, dass Ruth damals mit vielen gevögelt hat – woher will man wissen, dass ausgerechnet

Hotshot sie angebufft hat? Hat das Mädchen ihm ähnlich gesehen?»

Sie versucht, ehrlich zu sein. «Es ist furchtbar, so etwas zu sagen, aber ich weiß nicht mehr genau, wie Harry ausgesehen hat. Sie hatte etwas an sich, ich weiß nicht, wie ich sagen soll, so ein blasses Leuchten, und die Art und Weise, wie sie nicht richtig still sitzen konnte, hatte was Vertrautes, schien mir.»

«Schien dir. Ein bisschen sicherer solltest du dir schon sein, bevor du ihr was zahlst.»

«Sie hat nicht gesagt, dass ich ihr was zahlen soll. Sie hat nur gesagt, dass ihre Mutter ihr gesagt hat, sie soll uns besuchen, weil sie so allein in der Welt ist.»

«Wir sind alle allein in der Welt, so wie's aussieht», sagt er. Janice versteht nicht ganz, was er meint, aber es tut weh. Harry hat vielleicht auch so gedacht, aber er hätte ihr niemals so etwas gesagt. Sie fragt sich manchmal, ob Ronnie sie nur geheiratet hat, um Harry eins auszuwischen. Sein wimpernloser, rosalidriger Blick schweift verlegen von ihrem Gesicht, in dem sich Fassungslosigkeit malt, sie weiß das, zur Uhr an der Mikrowelle hin – er denkt ans Abendessen oder daran, dass Nelson gleich kommt. Er sagt: «Glaub mir, es läuft auf Geld hinaus, wenn du dich weiter mit dieser windigen Person abgibst.»

«Sie arbeitet als Krankenschwester, und ihre Mutter muss ihr einiges hinterlassen haben, der Verkauf der Farm hat doch eine Menge eingebracht.»

«So siehst du aus. Wie bist du mit ihr verblieben?»

«Dass wir von uns hören lassen. Sie tut es nicht.»

«Gut. Lass es. Ich halte das für 'ne üble Mache.»

«Aber ich war *hier*! Als du ein Kind warst, haben deine Eltern dir da nie gesagt, dass der Fremde an der Tür ein verkleideter Engel sein könnte?»

«Nein», sagt er. «Das haben sie nie gesagt. Sie haben gesagt, der Typ an der Tür will dich höchstwahrscheinlich übers Ohr hauen. Wenn du anerkennst, dass das alte Rammelkarnickel ihr leiblicher Vater war, kommt sie womöglich auf die Idee, dass sie uns rückwirkend auf Kindesunterhalt in Höhe von mehreren Hunderttausend verklagen kann.»

Janice macht einen Schritt auf ihn zu, um ihn an der Schulter zu berühren und sich ihm anzubieten, dass er sie auch berühre. «Ronnie, Schatz, warum bist du so grob gegen Harry? Er ist tot. Er stört uns doch nicht.»

«Mich stört er. Er hat meine Frau gevögelt – gleich in doppeltem Sinn hat er meine Frau gevögelt», setzt er hinzu, erst Thelma meinend und nun sie; es soll ein besänftigender Scherz sein, und sie schmiegt sich an ihn, an das tröstliche klotzige golfverschwitzte Hiersein seines Körpers. Seine Hände nehmen ihren gewohnten Platz auf ihr ein. Sie hätte es als Teenager nie für möglich gehalten, was für eine unschuldige, schlichte Wohltat es sein kann, wenn man über sechzig ist und noch am Hintern betatscht wird. Er wiegt ihre beiden Hinterbacken in seinen Händen, als ob sie etwas Kostbares wären. Ihr kommt in den Sinn, dass sie im Bett mehr unternehmen sollten, solange sie noch am Leben sind. Aber in ihrem Alter gibt es so viel zu tun, all die Besorgungen, die im Grunde zu nichts führen, all diese kleinen Verpflichtungen.

Schritte ertönen auf der hinteren, der mit Fliegengitter eingefassten Sonnenveranda. Nelson ist mit seinem Wagen, einem elfenbeinweißen Corolla Baujahr ’94, für den er Janices Camry in Zahlung gegeben hat – sie hatte ihm den Camry überlassen, als sie Ronnie heiratete und das Letzte, das sie noch mit der Toyota-Niederlassung verband, los sein wollte –, anscheinend nach hinten in die

Garage gefahren, als er den Le Baron seiner Mutter vorn auf der Straße stehen sah. Schuldbewusst lösen Ronnie und Janice sich in der Küche voneinander. Nelson sieht, dass etwas im Busch ist, sein Stiefvater hat seine Mutter befummelt. Um ihre Verlegenheit zu überspielen, erzählt sie vom Besuch des fremden Mädchens beziehungsweise der fremden Frau heute Morgen, und Ronnie unterbricht sie korrigierend immer dann, wenn sie von dem Wortlaut abweicht, in dem sie ihm die Geschichte erzählt hat.

Nelsons tief liegende misstrauische Augen flitzen vom einen zum andern, während er zuhört. Zuhören ist Teil dessen, womit er seinen Lebensunterhalt verdient, und er lässt sie reden und kramt sich unterdes ein Coors aus dem Kühlschrank. Er ist zweiundvierzig. Er hat zugenommen, aber nicht annähernd so stark wie Harry damals; die Lektion hat er gelernt. Seine schütteren Haare, dunkel, aber fein wie die seines Vaters – Harrys blonde Haare hoben regelrecht ab, wenn sie nach dem Nasskämmen trockneten –, sind so kurz geschnitten, dass sein Schädel und sein Gesicht von der Seite und von vorn sträflingshaft nackt wirken. Er trägt eine Art Sozialarbeiteruniform – Khakihose, weißes Hemd mit Schlips, aber kein Jackett. Ein Jackett würde den Abstand zwischen ihm und den Klienten im ambulanten Therapiecenter Neuer Anfang an der Ecke Elm und Eighth Street zu sehr betonen. Das saubere Hemd und der Schlips verleihen ihm die Autorität, wie einer sie hat, der die Pforten von Medicare und Medicaid bewacht, diesen bundesstaatlichen Institutionen, welche für die Kosten der ambulanten Therapiezentren aufkommen, die an die Stelle der barbarischen Anstalten getreten sind, in denen man früher die so genannten Geisteskranken zu verwahren pflegte. Er trägt den Titel eines therapeutischen Beraters im psychiatrischen Versorgungsdienst; sein Gehalt beläuft sich auf siebenundzwanzigtausend im Jahr. Seine Eignungsnachweise sind der Grad eines Bachelor (Hauptfach: Geographie), verliehen von der Kent State in Ohio, sowie ein Zertifikat über eine Ausbildung als therapeutischer Berater, das er zehn Jahre später in einem einjährigen Studienkurs (1990–1991) am Hubert F. Johnson Community College, in den neuen Gebäuden unten am Fluss in South Brewer, erworben hat, während er samt Frau und zwei Kindern mit freundlicher Genehmigung der frisch gebackenen Witwe in der Joseph Street Nummer 89 wohnte. Immer noch hier, sitzt er jetzt mit Mutter und Stiefvater bei improvisiertem Abendessen am runden Küchentisch. Er hat das Coors vor sich stehen, Ronnie ein Miller Lite mit Rücksicht auf sein Gewicht und seinen Blutdruck und Janice das Orangensaftglas mit Sherry, an dem sie schon beim Heimkommen genippt hat, um den sauren Nachgeschmack der Bridgepartie mitsamt der Erkenntnis hinunterzuspülen, dass Doris sie als Freundin im Stich gelassen hat und eine arrogante alte halb taube Nörglerin ist. Wie Ronnie gesagt hat, wir sind allein. Alles, was wir haben, ist die Familie, was immer von der zu halten ist.

Nelson fragt: «Mom, hattest *du* den Eindruck, dass sie dich abzocken will?» Ronnie hatte zum Abschluss der Geschichte seine Meinung kundgetan, dass eben dies der Fall sei. Normalerweise vermeidet Nelson es, seinem Stiefvater zu widersprechen, dabei hat er anfangs, als Janice ihm eröffnete, dass sie Ronnie eventuell heiraten werde, ganz den gleichen Ton wie Harry am Leibe gehabt und Ronnie schlecht gemacht.

«Na ja, ich war mir nicht sicher», sagt sie. «Sie kam mir ehrlich vor, aber andererseits hatte sie auch ein bisschen was Unverschämtes, könnte man sagen.»

«Abzocker können ehrlich sein», sagt Ronnie. «Das macht sie ja gerade zu guten Abzockern. Sie täuschen sogar sich selbst.»

«Was gibt es bei uns denn schon abzuzocken?», fragt Nelson mit seiner professionellen Milde, die alles in eine Frageform kleidet. «Wir halten uns gerade so über Wasser, in einem Haus, das zu groß für uns ist und das wir verkaufen müssten. Du hast dich von der Abzockerei der Versicherungsbranche zurückgezogen, und Mom und ich arbeiten in Scheißjobs, quasi für umsonst.» Seine Wimpern, lang für einen Jungen, immer schon, flattern in den tiefen Augenhöhlen. Mit seinem knappen Haarschnitt sieht er wie ein Marine aus oder wie ein Mönch.

Ronnies dünnhäutiges Gesicht läuft rot an. «Als jemand, der sich eine komplette Autovertretung durch die Nase reingezogen hat, bist du gerade der Richtige, um über Abzockerei zu predigen.»

Janice legt sich ins Mittel: «Wie ich Ronnie schon sagte, scheint sie genug Geld zu haben. Die Sachen, die sie anhatte, waren von guter Qualität.»

«Was für einen Wagen fährt sie?», fragt Ronnie.

«Ach, weißt du, ich war so verdattert, ich hab nicht drauf geachtet. Moment, warte.» Sie versucht, sich an den Vormittag zu erinnern – die Ahornschatten auf der Straße, das Postauto, das vorbeifuhr ... «Einen Lexus», meldet sie, «einen lippenstiftroten Lexus, nagelneu.»

Nelson wirft Ronnie einen triumphierend blitzenden Blick zu. «Ein Zacken besser als ein Taurus.» Zu seiner Mutter gewandt sagt er eindringlich: «Ich finde es toll, dass sie den Mumm gehabt hat, überhaupt vorbeizukommen. Nicht, dass sie unbedingt schuld wär an dem, was damals passiert ist. Sieht sie Dad ähnlich?»

«Ach Nelson, jetzt fragst du mich das auch! Mir kam's

ein bisschen so vor, ja, aber ich habe ja auch bewusst nach Ähnlichkeiten gesucht, und du weißt, wie das ist, man findet nichts, auf das man den Finger legen könnte. Sie hatte ein rundes blasses Gesicht und stabile lange Beine.»

«Das passt auf nahezu jeden, Herrgott noch mal», sagt Ronnie.

«Ihre Augen – sie waren hellblau und zogen sich in den äußeren Winkeln leicht nach unten, wie bei Harry.»

Nelsons Augen, braun wie die seiner Mutter, weiten sich vor Interesse. Es macht ihr Freude, ihn so engagiert zu sehen. So muss er bei seiner Arbeit sein. Wenn er nach Hause kommt, ist er ausgelaugt und gereizt und einsilbig. «Ich finde, wir sollten sie einladen», sagt er.

Ronnie bleibt fest. «Das ist ein Fehler. Holt sie ins Haus, und ihr werdet sie nie wieder los. Warum sollen wir uns alle in unserem Leben beeinträchtigen lassen, bloß weil» – er sucht nach einem Namen, der keine Beleidigung ist – «Nelsons Dad vor Urzeiten mit dieser toten Kuh in die Kiste gegangen ist.»

«Ich dachte, du hättest auch was mit ihr gehabt», sagt Janice, hitziger und wacher als sonst. «War sie da auch eine Kuh?»

Er blinzelt. «Sie war eine dicke Brewer-Braut», stellt er fest, «die sich für jeden hingelegt hat.»

«Nicht während der drei Monate», sagt Janice. «Soweit ich mich erinnere, ist Harry bei ihr eingezogen. Es waren so was wie Flitterwochen. Ich schwanger mit der armen kleinen Becky und mein Mann in den Flitterwochen.» Es in diesen Worten auszudrücken macht sie wütend, so sehr, dass ihr fast die Tränen kommen. Ronnie hat natürlich Recht. Das Mädchen ist ein feindlicher Eindringling und muss abgewehrt werden.

«Ich ver*bit*te es mir», sagt Ronnie, die Gabel hinlegend

und nicht bedenkend, dass er den Mund voll Hühnersalat hat, «dass irgendwer Kontakt zu dieser Pflutsche aufnimmt.»

«Ronnie.» Nelson redet seinen Stiefvater fast nie mit seinem Namen an und spricht den jetzt ganz sanft aus. «Diese Pflutsche ist vielleicht meine Schwester. Dad hat manchmal Andeutungen gemacht, dass ich möglicherweise eine Schwester habe. Und da ist sie nun, sie ist zu uns gekommen und hat sich uns auf Gnade und Ungnade ausgeliefert.»

«Aber was *will* sie, Nelson?», fragt Janice. Ihr ist wohler, sie fühlt sich klarer im Kopf, nun da sie sich auf der Seite ihres Mannes weiß.

«Sie will Geld.» Ronnie bleibt dabei.

«Aber wieso denn, nein!», sagt Nelson, mit wildem Blick und hoher Stimme zur Verteidigung übergehend, was seine Mutter rührend findet, «sie will, was jeder will. Sie will *Liebe*.»

Ronnie beugt sich verschwörerisch zu Janice hin. «Der ist genauso durchgeknallt wie sein Alter. Weißt du noch, wie Rabbit den Black Panther und die bekiffte Hippiesuse bei sich aufgenommen hat?»

«Liebe scheint wirklich ein bisschen übertrieben», räumt Janice ein.

«Dann ruf *ich* sie eben an», droht Nelson. «A. Byer. Du sagst, es gibt nur die eine im Telefonbuch.»

«Nelson, glaub mir», sagt Ronnie und versucht, den Vater zu spielen, «es springt für dich nichts als Kummer dabei heraus. Du bist ein Opfer von Harry Angstrom, seit du zwei Jahre alt warst. Warum willst du dir noch mehr Leid und Schmerz einhandeln?»

«Es war nicht *nur* Leid und Schmerz», argumentiert Nelson. «Es gab positive Elemente in der Beziehung.»

Janice stimmt ein: «Harry hat Nelson geliebt, es hat ihn frustriert, dass er das nie richtig zum Ausdruck bringen konnte.»

«Ach, bleibt mir doch vom Hals mit eurer Gefühlsduselei», sagt Ronnie entnervt, in einem Ton, der wütend und laut genug ist, um der Unterhaltung ein Ende zu machen. «Ich hab Rabbit länger gekannt als du oder als du. Ich hab ihn schon gekannt, als wir noch Jungs in kurzen Hosen waren und in Lennerts Kramladen Lutschbonbons vom Tresen klauten. Dieser aufgeblasene Angeber hat nie irgendjemanden geliebt außer sich selber. Seine Mutter hat ihn total versaut.»

ii.

«Hallo?»

«Ja?» Misstrauisch. Allein stehende Frauen müssen misstrauisch sein, die Welt ist voll von Perversen, die sich am Telefon ausleben.

«Spreche ich mit Annabelle Byer?»

«Ja.» Schon etwas beruhigter, weil man ihren Namen nennt.

«Hier ist Nelson Angstrom.»

«Oh! Nelson! Wie nett!»

Pause. So begeistert, wie sie klang, hätte er gedacht, dass sie ein wenig gesprächiger sein würde. Er sagt: «Meine Mutter hat mir von deinem Besuch erzählt.»

«Wirklich? Ich war mir nicht sicher, ob's so besonders gut gelaufen ist.»

«O doch. Sie mochte dich. Sie weiß bloß nicht, wie sie mit der ganzen Situation fertig werden soll. Es kam völlig überraschend für sie.»

«Für mich auch. Ich meine, es kam überraschend für mich, als meine Mutter mir alles erzählte. Eigentlich müsste es mir gleich sein, wo ich doch eine erwachsene Frau bin und so.»

«Oh, aber das *darf* einem nicht gleich sein.» Er fühlt sich sicherer, als die Unterhaltung sich zum Therapeutischen hinneigt.

«Wie fühlst *du* dich bei dieser Sache?», fragt sie.

«Gut», sagt er. «Wieso auch nicht? Je mehr, desto lustiger, heißt es nicht so? Pass auf, ich hab mir überlegt, ob wir uns nicht mal zum Lunch treffen können. Nur so, zum gegenseitigen Beschnüffeln.» Das war ein Satz zu viel, aber andererseits, warum sollte er so tun, als seien sie nicht neugierig aufeinander?

Sie zögert. Wieso zögert sie, sie ist es doch, die aus der Versenkung gekommen ist. «Ich glaube, das wär mir recht.»

«Morgen? Übermorgen? Wie sieht dein Terminplan aus? Ich arbeite an der Eighth Ecke Elm, im Block an der Elm zur Weiser hin hat ein kleines Restaurant aufgemacht, es heißt The Greenery, aber lass dich davon nicht abschrecken, das Essen ist ganz ordentlich, Suppen, Sandwiches, Salate, neo-New-Age-mäßig, würde ich sagen, aber die haben da Nischen, in denen ist man ungestört.»

«Klingt schnucklig», sagt sie. Das irritiert ihn ein wenig. Vielleicht hat er's mit einem dummen Huhn zu tun, Schwester oder nicht. Aber bei den Genen, die sie hat, was kann man da groß erwarten. Sie fragt: «Würde es dir etwas ausmachen, wenn es erst nächsten Donnerstag geht? Bis dahin habe ich tagsüber Dienst, bei einem Alzheimer-Patienten, der rund um die Uhr Betreuung braucht.»

«Fein», sagt er. «Donnerstag, der sechzehnte. Zwölf

Uhr dreißig, okay? Ich warte draußen. Mittelgroß, kurze Haare – hat man ja heutzutage so.»

«Ich», fängt sie an und kichert dann, weil sie nicht weiß, wie sie sich beschreiben soll. «Ich habe klobige weiße Schuhe an.»

Es musste ja so kommen: sie haben sich ausgerechnet den Tag im September herausgepickt, an dem ein Hurrikan namens Floyd im Anmarsch sein soll. Alle möglichen Sturmschäden und schweren Überschwemmungen in North Carolina und dann die Vorhersage, dass er geradenwegs durch die Chesapeake Bay aufs südöstliche Pennsylvania zuhält. Aber diese TV-Meteorologen werden dafür bezahlt, dass sie die Leute in Angst und Schrecken versetzen, und obwohl der Sturm ihn letzte Nacht nicht schlafen ließ, weil er an den Fensterrahmen rüttelte, die Ronnie im vergangenen Sommer frisch gestrichen hat, und der Regen in Strömen über das Asphaltschindeldach peitschte, das wahrscheinlich erneuert werden sollte, wenn sie den Wert des Hauses erhalten wollen, ist es am Morgen nicht so schlimm, dass nicht Autos auf der Joseph Street unterwegs wären; sie fahren vorsichtig um einen Ahornast herum, der in der Nacht abgebrochen und heruntergekracht ist. Er hat das Geräusch nicht gehört; er hat besser geschlafen, als er dachte. Der Ast liegt in der Mitte der asphaltierten Fahrbahn wie ein großes, dem Verkehr zum Opfer gefallenes Tier, die Blätter mit der blassen, nach oben gekehrten Unterseite welken schon.

Nelson überlegt, ob er Annabelle anrufen und ihr absagen soll, aber er will nicht, dass Mom und Ronnie von seiner Verabredung erfahren. Er ruft stattdessen Esther Bloom an, seine Chefin, die in Brewer wohnt, und sie teilt ihm mit, dass das Center mindestens bis Mittag geöffnet bleibt. «Diese Menschen können nirgendwo sonst hingehen, Nelson. So ein Wetterereignis wirft Überlebensprobleme auf, und um die zu bewältigen, brauchen sie vielleicht Hilfe.»

Auf dem Weg in die Stadt sieht er zwei Straßenarbeitertrupps, die, gesichert von Blinklichtern und den Verkehr regelnden Polizisten in orangefarbenen Öljacken, umgestürzte Bäume mit Kettensägen zerlegen – eine alte Weide, die tief im Straßengraben bei der sterbenden Mall mit dem Cineplex gewurzelt hatte, und, auf der anderen Seite des Viadukts, wo die 422 nach Brewer hineinführt und zum Cityview Drive wird, ein prachtvoller hoher Tulpenbaum am Rand des Parks. Nelson hat den Park immer als ein klein wenig bedrohlich empfunden. Rabaukenhafte Minderheiten-Kids lungern zwischen den Bäumen herum, und es gibt für ihn eine verschwommene Assoziation mit der Zeit, als sein Vater von zu Hause weggegangen war und nicht weit von hier in Brewer gewohnt hatte, in der Summer Street. Der Panzer aus dem Zweiten Weltkrieg, der nahe den Tennisplätzen gestanden hat, ist vor kurzem entfernt worden, und im Zuge der Innenstadtsanierung hat man einen hübschen kleinen, weiß und grün gestrichenen Musikpavillon gebaut, aber der dient eigentlich nur dazu, mit Graffiti beschmiert zu werden und Rowdys vorm schlechten Wetter zu schützen, ein Konzert hat noch nie darin stattgefunden, soweit Nelson weiß. Das Autoradio berichtet von diesem Revolverhelden – wieder so ein Psychotiker, fackelt nicht lange, schießt sofort –, der irgendwo in Texas in einer Baptistenkirche sieben Leute und anschließend sich selber umgelegt hat, und von terroristischen Sprengstoffanschlägen in Moskau, bei denen Dutzende draufgegangen sind, und bringt dann eine interessante Meldung, die er nicht ganz mitkriegt, etwas darüber, dass Kokainsucht an eine Zunahme bestimmter Proteine im Gehirn gekoppelt ist – er hatte also gar nicht dafür gekonnt, es war Gehirnchemie –, und dann eine weitere Nachricht aus der Medizin, die ihn aber weniger interessiert und in der es darum geht, wie heiße Wannenbäder Diabetikern helfen können. Die Phillies schlagen Houston acht zu sechs in zehn Innings, was sie aber trotzdem nicht weiterbringt, nicht Mitte September. Als er durch den offensten Teil des Parks fährt, rüttelt der Wind so heftig am Auto, dass Nelson das Lenkrad fest mit beiden Händen packt.

In Brewer, um die Eighth und die Elm herum, bremsen die Gebäude den Wind ein wenig ab. Es ist eine ältere Gegend, in der seit jeher gewohnt wurde und zugleich geschäftliches Leben stattfand. Eine ehemalige Hutfabrik steht leer, bis auf einen kleinen Photokopier- und Offsetdruckereiladen mit Namen *PRINTSMART*, der sich in einer Ecke des Erdgeschosses eingenistet hat. Das Therapiecenter ist im Souterrain eines Gebäudes untergebracht, das einmal eine zweistöckige Elementary-School war, vom Kindergarten bis zur sechsten Klasse. Der Parkplatz besteht aus einem Streifen diagonaler Stellplätze an der Seite des Gebäudes, wo die Bewohner aus der Nachbarschaft abends ihre Rostlauben unterbringen, unbekümmert gleich zwei Stellplätze auf einmal vereinnahmen und es nicht für nötig halten, früh genug aufzustehen, um ihren Schrott wieder wegzuräumen. Die Gegend ist armselig, aber nicht gefährlich, wie die meisten der Klienten.

Als Nelson seinen Corolla verlässt, sieht er einen dunkel gefleckten, wie von Prellungen verunstalteten Himmel über den Backsteinsimsen, die Wolken geschichtet und in Fetzen zerreißend, während sie eilig seitwärts gleiten, aber der Regen scheint aufzuhören, und es wird heller, als wolle es aufklaren. Die Leute auf den Gehwegen, vor allem die jungen Frauen, die im gläsernen Anbau des Verwaltungsgebäudes einen Block entfernt arbeiten und kurzärmlig gekleidet, ohne Regenschirm, die Arme vor der Brust verschränkt halten, wissen anscheinend nichts davon, dass sie sich fast in einem Hurrikan befinden. Auf der anderen Seite der Eighth Street ist ein großes billiges orangefarbenes Transparent mit der Aufschrift DISCOUNTMARKT FÜR BÜROBEDARF über dem Eingang zu einem alten Papierwarengeschäft befestigt; Nelson weiß noch, wie es in dem Laden nach Radiergummi und Tintenkiller gerochen hat, bevor dann alles in Klarsichtfolie eingeschweißt und für den Großverkauf verpackt war; das Transparent macht ein frösteliges Geräusch, als ein kleiner Schauer heller Regentropfen dran vorbeifegt. Weiter unten an der Eighth schwingt ein altmodisches, ausgefrästes, mit goldenen Lettern bemaltes Tavern-Schild hin und her. Vielleicht hätte er vorschlagen sollen, dass sie sich in der Tavern zum Essen treffen – sie ist uriger, höhlenartiger, und es gibt dort Alkohol –, aber aus einem ihm nicht ganz erfindlichen Grund hat er gewollt, dass die erste Begegnung mit seiner Schwester etwas Nüchternes, Reines sein soll: ein feierliches Ereignis.

Im Radio hat es geheißen, Gouverneur Ridge erwäge, den Ausnahmezustand zu erklären und alle beim Staat und bei den örtlichen Behörden Angestellten nach Hause zu schicken, aber im Center hat sich die ganze Belegschaft eingefunden, alle sind gekommen, nur Andrea nicht, die Kunsttherapeutin, die hinter Pottstown wohnt, fast schon am Rand von Philadelphia. Sie nimmt jeden Tag die lange Fahrt nach Brewer und wieder zurück auf sich, weil die Mittel für Kunsttherapeuten landesweit versiegen und die Stelle, die sie in Philly hatte, gestrichen worden ist. Für die hochnäsige, schmollmundige, zweimal geschiedene Andrea, eine hennagetönte Brünette mit großen, selbst gemachten Ringen an jedem Finger, ist Brewer ein Provinznest mit zu vielen religiösen Spinnern und verblödeten Pennsylvania-Deutschen.

Als der Morgen fortschreitet, nimmt der Regen wieder zu und peitscht mit solcher Wucht gegen die Fenster, dass sich auf den hölzernen Fensterbänken Wasser zu sammeln beginnt. Vor Jahren, als Nelson hier noch nicht arbeitete, ist das Souterrain entkernt und in zweckmäßige Räumlichkeiten aufgeteilt worden – winzige Büros für die Mitarbeiter, größere Gruppenräume für die Klienten, ein Empfangsbereich, eine Küche, in der die Klienten ihren Lunch zubereiten, und eine Essecke mit sechs runden Tischen gleich neben dem mit Sofas und Polstersesseln ausgestatteten Mittelraum. Im Mittelraum können die Klienten, die nicht an einer Gruppe teilnehmen oder in einem Beratungsgespräch sind, lesen, stricken, Spiele spielen und, hoffentlich, interagieren. Als dies ein Kindergarten war, haben Fünfjährige hier gelernt, ihre Schuhbänder zuzubinden und Pflöckchen in die richtigen Löcher zu stecken, aber soziale Interaktion, Sozialisation, im Kreis sitzen und teilen lernen, war die Hauptaufgabe; für diese psychisch gestörten Erwachsenen gilt das immer noch. Wenn alle kommen und, wie vorgesehen, von neun bis vier bleiben, sind hier dreißig Klienten versammelt, die Betreuer sind zu acht, und die Chefin ist Esther, eine promovierte Psychologin. Nelson hat allen Ermunterungen, er solle sich doch einen höheren Befähigungsnachweis, einen Doktorgrad erwerben, standgehalten; er möchte keine Privatpraxis aufmachen und nach dem Unheil, das er als Geschäftsführer der Toyota-Vertretung angerichtet hat, auch keinerlei administrative

Verantwortung übernehmen. Er hat gelernt, seine Grenzen zu akzeptieren.

Ein paar Klienten trudeln ein, durchnässt und in angeregter Stimmung wegen einer Unbill, die sie mit allen Bewohnern Brewers teilen, und andere haben es vorgezogen, mit ihren Wahnideen, ihren Ängsten zu Hause zu bleiben bei ihren Fernsehgeräten. Wegen zu geringer Teilnehmerzahl wird Nelsons dreimal pro Woche stattfindende Beziehungsgruppe zusammengelegt mit Katie Shirks Gruppe über Ziele und Prioritäten. Nelson nutzt seine Ausfallzeit, um liegen gebliebenen Papierkram zu erledigen – Kurzberichte über erreichte Fortschritte, Aufnahmeformulare –, und geht herum und wischt mit Papierhandtüchern die Fensterbänke trocken. Wenn das Wasser auf ihnen stehen bleibt, blättert die Farbe ab. Der Regen ist noch stärker geworden.

Um Punkt elf erscheinen dann die DiLorenzos, alle drei, Hurrikan hin oder her. Sie sind verzweifelt. Ihre Welt ist zusammengekracht wegen ein paar Neuronen mit Fehlzündung. Im Wartebereich dünsten sie einen abgestandenen klammen Geruch nach ratloser Verwirrung aus – der ergrauende Patriarch, schwabbelbäuchig, aber mit kräftigen Armen und Schultern; die Mutter, immer noch ländlich trist wirkend in ihrem einfachen dunklen Kostüm, obgleich ihre Schuhe und der Seidenschal um ihren Hals Geld verraten; und der Sohn, zwanzig Jahre alt, schlank, gut aussehend, von einer fast femininen Zartheit, mit glänzenden Augen und welligem Haar, aber im Begriff, vor lauter Inaktivität etwas Weichliches, Teigiges zu bekommen, und die Furcht vor seiner eigenen Sonderbarkeit lässt seine dunklen Augen angstvoll vorquellen. Diese Augen faszinieren Nelson mit ihrer hilflosen Schönheit – dunkel, aber nicht schwarz, heller als die dichten

Brauen, im Ton wie Ale oder wie das Gelee, mit dem Bienen ihre Königin füttern, die Iris mit Lichtpünktchen gesprenkelt, das Leben in diesen Augen wie ein Stäubchen Gift. Er beschließt, den Jungen als Ersten dranzunehmen, und bittet die Eltern zu warten.

«Nun, Michael, wie fühlst du dich?», fragt er, als die Tür zu ist und er an seinem Schreibtisch sitzt. Sein Schreibtisch ist winzig und hat eine Platte, die so tut, als sei sie aus gemasertem Holz. Der junge Mann faltet sich in den in einem Stück geformten orangefarbenen Plastikstuhl auf der anderen Seite des Schreibtischs. Er möchte sich gern lässig hinfläzen, um zu zeigen, dass er das Ganze hier nicht so ernst nimmt, aber der schmächtige Stuhl in seiner genau auf den menschlichen Körperbau abgestimmten Form lässt kein Fläzen zu.

«Okay. Gut. Wie immer.»

«Keine Stimmen?»

Michael leckt sich über die Lippen, als spüre er jäh eine Trockenheit. «Nein.»

Er lügt, Nelson weiß das, aber er schaut weiter in die Akte des jungen Mannes, die er vor sechs Monaten angelegt hat. «Nimmst du regelmäßig dein Trilafon?»

«Absolut, Sir.» Auch das ist gelogen, Nelson merkt das an einer gewissen Zurücknahme in der jungen Stimme, einer verräterischen Abflachung des Tons, aber Michael möchte es glauben, er möchte geheilt werden von einer Krankheit, die nichts anderes ist als er selbst, ein Fäulnisbefall seines intimsten Ich, dieser inneren Stimme, die eigentlich doch so sicher in seinem Schädel geborgen sein sollte.

«Irgendwelche Nebenwirkungen vom Trilafon, die du mit Dr. Wu besprechen möchtest?» Howard Wu ist der Arzt des Centers, er kommt dreimal die Woche. Von goldener Hautfarbe und untersetzter Gestalt, ist er allseits beliebt wegen seines herzerfrischenden chinesischen Pragmatismus und seiner großen konvexen Zähne. Er ist ihrer aller fröhlicher Buddha.

Der Junge rutscht nach vorn auf die Stuhlkante und ruckt mit dem Oberkörper vor. «Es ist, als wär ich verstopft, an beiden Enden. Als hätte ich dauernd eine Schnupfennase. Ich bin den ganzen Tag müde, und nachts kann ich nicht schlafen. Es geht mir beschissen», sagt er und kichert, als wolle er sich selber Lügen strafen. Das Gespaltene, Zerrissene in dem jungen Gesicht macht es Nelson schwer, Michael anzusehen.

«Möchtest du, dass ich das hinschreibe – ‹Keine Stimmen›? Wenn ich das tue, wird Dr. Wu keinen Grund sehen, an der Medikation etwas zu ändern.»

Nelsons ruhig musternder Blick löst bei Michael ein ausweichendes Flackern aus, ein Wimperngeflatter unter den schön geformten schwarzen Brauen, die dies eingebaute Stirnrunzeln italienischer Männer haben, diese Verdickung zur Nasenwurzel hin. Er muss an der Brewer-High bei seinen Altersgenossen mächtig was hergemacht haben, erst recht im Sommer, wenn er mit dem Cabrio ankam, das seine Eltern ihm gekauft hatten, stolz, sich so etwas leisten zu können. Er hat zu früh seine Höchstform erreicht, ein bisschen wie Dad. Es liegt immer noch eine leise prahlerische Herausforderung, artig, aber gefährlich, im Lächeln des Jungen und in der geschleckten Art, wie seine welligen schwarzen Haare vom Kamm gezähmt worden sind. Dass er sich so striegelt, ist ein positives Zeichen. Oder hat seine Mutter ihn heute gekämmt, eigens für diesen Termin, und ihn dazu angehalten, sich zu rasieren? «Ein paar Stimmen *waren* da», gibt er heiser zu und grinst dann, als wollte er sagen, soll die Welt doch sehen, was sie damit anfängt.

«Was haben sie gesagt, kannst du dich erinnern?»

Keine Antwort.

«Was haben die Stimmen gesagt?»

«Ekliges Zeug.»

Nelson wartet.

«Sie sagen, ich bin ’ne elende Lusche. Sie sagen, ich soll mich umbringen. Oder vielleicht denke ich selber, ich soll das tun, damit sie endlich still sind. Lohnen würde sich’s.»

«Michael», sagt Nelson, so laut und nachdrücklich, dass der Junge, dessen Augen schnell schielende Drehbewegungen unter den flatternden Lidern machen, nicht anders kann, als ihn anzusehen. «Wenn du jemals, auch nur eine Sekunde lang, erwägst, so einem Impuls nachzugeben und die Sache wirklich durchzuziehen, dann tust du *was?*»

Eine lange Pause. «Keine Ahnung.»

«Dann setzt du dich mit dem Center in Verbindung. Egal, wie spät es ist.»

«Na toll, Shit, ist nicht mein Fall, morgens um vier irgendein Center anzurufen.»

«Der Anrufbeantworter gibt dir die Nummer vom Notdienst. Die wählst du dann. Hier hast du sie schon mal, für alle Fälle.» Er schreibt die Nummer auf einen Notizblock mit dem Aufdruck Neuer Anfang und reißt den Zettel ab. Eine neuerliche Regenwelle brandet gegen das Fenster hinter Nelson. Er stellt sich die Rinnsale vor, die zitternd, immer länger werdend, über die Fensterbänke dieser alten Schule sickern, die Farbe bröckelig von früheren Überschwemmungen. «Sagen die Stimmen sonst noch was?» Der Regen ist so laut, dass Nelson die Antwort fast nicht hören kann.

«Sie sagen, ich soll meine Eltern umbringen.»

Das kommt in undeutlich mummelndem heiseren Ton

und zugleich mit einer gewissen Aufsässigkeit, einem Anflug von teenagerhafter Großtuerei und einem Grinsen, das vergessen in seinem Gesicht hängt. «Wie fühlst du dich dabei?», fragt Nelson.

Michael überrascht ihn mit einem Affektsturm: «*Grauen*haft. Ich *liebe* meine Eltern. Sie sind wunderbar zu mir, haben mir immer alles gegeben, was ich mir gewünscht habe, und nie irgendwelchen Druck auf mich ausgeübt, dass ich bei ihnen einsteigen soll in der, na ja, in ihrer beschissenen chemischen Reinigung.» Seine Stimme beeilt sich, um Schritt zu halten mit seinem Gehirn. «Sie haben mich aufs College geschickt und mich nicht, wie viele Eltern es getan hätten, gleich ins Geschäft gesteckt. Mein Dad wird älter und ist eine Weile nicht so gut beieinander gewesen. Sie haben mich auf die Penn geschickt, die beste Universität im Staat. Und was hab ich gemacht? Hey, ich hab's versaut.»

«Das hast du nicht, Michael, du bist krank geworden. Wir helfen dir, wieder gesund zu werden. Es geht dir schon viel besser. Du ziehst dich an, du bist nicht mehr aggressiv –»

«Zu Hause kann ich aggressiv werden.» Er fängt zu prahlen an, vor einem imaginären Gegenüber, das dort Platz genommen hat, wo Nelson sitzt. «Meine Mutter, was für 'ne Meckerziege, großer Gott. Sie sagt, hör auf, dir alte Filme im Fernsehen anzukucken, steh auf, geh raus, tu dies, tu das. Ich seh nicht, was das bringen soll.»

«Das, was wir normales psychosoziales Verhalten nennen. Das ist nicht zu haben, ohne dass man sich ein bisschen Mühe gibt. Sehn wir uns deine Akte an. Du bist jetzt eine ganze Woche nicht ins Center gekommen und in der Woche davor nur zweimal. Deswegen habe ich deine Eltern gebeten, dich heute zu begleiten. Sie und Dr.

Birkits und wir alle hier möchten, dass du regelmäßig herkommst.» Birkits ist der Psychiater in Brewer, den die DiLorenzos auf Anraten der Psychologen an der Penn nach Michaels Zusammenbruch aufgesucht haben. Er ist einer der demoralisierten Seelendoktoren, die ans analytisch-therapeutische Gespräch längst nicht mehr glauben, und hat dies heiße Eisen an den Neuen Anfang weitergereicht. Sie kriegen nicht viele Klienten, die ein intaktes Zuhause haben und sich einen privaten Psychiater leisten können.

«Da wett ich drauf, dass ihr das alle wollt», höhnt Michael.

«Doch, Michael. Wir möchten, dass du die Störungen, unter denen du leidest, bald überwindest, und wir bieten dir hier im Neuen Anfang eine sichere Umgebung, wo du üben kannst, in den Gruppen, bei den Veranstaltungen, beim Beratungsgespräch. Aber du musst kommen.»

«Hey. Sir. Okay. Kann ich was sagen?»

«Natürlich.»

«Ich halte die Leute hier nicht aus. Sie sind fett. Sie sind beknackt. Sie sind hässlich. Alle nicht mein Typ.»

«Und was für ein Typ bist du?», fragt Nelson und bereut sofort den feindseligen Unterton in der Frage, die ihm reflexhaft herausgerutscht ist.

«Der Verlierer», sagt Michael und lacht, ein bellendes abruptes Geräusch, das nicht zu seinem verängstigten Gesicht passt. «Ich bin ein Verlierertyp.»

«Nein, bist du nicht. Weder du noch sonst jemand hier. Wir sind Menschen, und das ist nicht immer einfach. Die anderen Klienten sind nette Leute, sie sind hier, um sich gegenseitig zu helfen. Sie kümmern sich um dich, wenn du sie lässt.»

«Würden sie nicht machen, wenn sie wüssten, was in meinem Kopf los ist.» Er ruckt nach vorn auf dem Stuhl.

Die Haut seines Gesichts wirkt kalt und schweißig, am Haaransatz ist sie feucht. Die vergifteten Augen flackern vor Scham und zugleich vor Erregung über das transformierend Seltsame, das mit ihm geschieht. «Die Stimmen flüstern was von den Mädchen, die ich auf der Straße sehe. Die da und die. Sie sagen, ich soll mir vorstellen, wie die da kackt.»

«Wie sie kackt?» Nelson hat sich verleiten lassen, Überraschung zu zeigen. Vielleicht hat Michael das beabsichtigt. Nelson fragt sich, in welchem Maß der Junge ihn wohl für einen Feind hält. Spürt Michael in seinem Gesprächstherapeuten eine ethnische Animosität, einen Neid auf seinen leichten schlanken Körperbau und sein südländisches gutes Aussehen? Wenn Nelson versucht, sich vorzustellen, was ein Schizophrener sieht, denkt er an das, was Howie Wu ihm gesagt hat: Sie *haben kein Gefühl für Distanz mehr*. Dinge, die ganz nah sind, wirken, als seien sie weit weg, so hat Nelson das für sich übersetzt – es gibt keinen festen Punkt im Raum, an dem man seinen Ort findet. Die Rädchen, die uns miteinander verzahnen, greifen nicht, es raubt uns den Verstand, es lässt uns zerfallen … Beim Versuch, sich in Michaels Kopf hineinzudenken, schiebt ein gleitendes Messer sich in Nelsons Leib, ein flaches kaltes Übelkeitsgefühl unterhalb seiner Rippen.

«Ich soll mir den Haufen ansehn, den sie gemacht hat. Ich will ihr Gesicht reindrücken. Ich will, dass sie's isst. Schockiert Sie das?»

«Nein», lügt Nelson.

«Na, mich schon.» Michael lässt sich so weit zurücksacken, wie der Stuhl es ihm erlaubt. Sein Affekt flacht ab; seine Augen verengen sich, als er sich erinnert: «Dreißigtausend im Jahr, müssen Sie bedenken, plus Extras und ein eigenes Auto. Sex, so viel man wollte. Hippe Professoren. Gleich mehrere Studentenverbindungen, die sich um mich rissen. Und ich hab's versaut. Ich hab's nicht auf die Reihe gekriegt. Ich wusste nicht mal, welche Kurse ich eigentlich belegen sollte. Ich hab mich im verdunkelten Zimmer verkrochen, bis der andere, der das Zimmer mit mir teilte, sich beim Dekan beschwerte, und dann hatte ich die Psychoabteilung am Hals. Die haben gesagt, ich hätte zum Dekan oder zu sonst wem gesagt, er wär die Hure von Babylon. Hab nie von der gehört.» Er gnickert ein wenig boshaft und prüft, was sich im Gesicht seines Gegenübers tut.

«Michael», sagt Nelson, einen energischen Schlussstrich ziehend. Der Junge prahlt jetzt, spielt sich auf. *Wenn Ihnen unbehaglich zumute ist*, hat Howie gesagt, *hören Sie auf Ihren Bauch. Steigen Sie vom Pferd.* «Ich kann nicht genug betonen, wie wichtig es ist, dass du gewissenhaft deine Medikamente nimmst. Ich habe hier eine Notiz für Dr. Wu gemacht, dass er die Trilafondosierung noch einmal überdenkt.»

«Ich habe Bier und Tequila an der Penn getrunken», informiert Michael ihn und steht unschlüssig auf, er ist entlassen, spürt er, und ist erleichtert und auch wieder nicht, so unbefriedigt und ungeheilt, wie er zurückbleibt. «Meine Eltern haben nichts davon gewusst, aber ich war manchmal total hinüber. Ich glaube, ich hab mir damit mein Gehirn kaputtgemacht.»

«Ich glaube das nicht. Das menschliche Gehirn kann eine Menge Bier vertragen. Michael, du bist nicht *schuld*», sagt Nelson und kommt um den Schreibtisch herum, und das Büro ist so winzig, dass der Junge – groß, nun da er aufrecht steht, der mädchenhafte Mund schlaff hängend, das Gesicht glimmernd im regentrüben Licht, bettelnd, man möge ihn verstehen – nirgendwoandershin kann als durch die Tür ins Vorzimmer, wo seine Eltern begierig darauf warten, hereinkommen zu können.

«So ein prachtvolles Kind», sagt Mr. DiLorenzo, als ein zweiter Stuhl für seine Frau vor Nelsons Schreibtisch gerückt worden ist. «Intelligent, brav. Ein Wunderkind. Nach drei Mädchen diesen Jungen zu bekommen, wo Maria schon über vierzig war, das ist wie ein Wunder für uns gewesen.» Er spricht sorgfältig, mit Würde, wie einer, der nicht vergessen hat, dass er die Sprache einmal weniger gut sprach, das Kind von Einwanderern, die sich in dem fremden Idiom so gut wie gar nicht ausdrücken konnten. Seine Haare sind straff nach hinten gebürstet und beginnen, weiß zu werden, seine buschigen Brauen aber sind noch tiefschwarz.

Seine Frau ergreift das Wort. «Aber schon als kleiner Junge hat er sich immer ein wenig abseits gehalten. Wenn er mit anderen spielte, ist er nach kurzer Zeit davongetrollt und ins Haus gekommen. Ich habe dann gefragt: ‹Was ist los?›, und er hat gesagt: ‹Nichts.› Als begriffe er gar nicht, worum es einem ging. Er war still. Er hatte nie einen Wutanfall.»

«Das bildet meine Frau sich im Nachhinein ein», sagt Mr. DiLorenzo; er sitzt sehr gerade, seine Augen werden durch dicke Brillengläser vergrößert, Augen, die zu Tode abgenutzt sind vom peniblen Inspizieren von Geweben. «Er war ein vollkommen normales Kind. Bekam immer nur die besten Noten, bis zum Ende seiner Schulzeit. Hielt auf dem College die Begrüßungsrede mit dem Thema, dass wir den Russen helfen müssen, Demokratie und Kapitalismus zu bewahren. Hat nie irgendwelche Scherereien gemacht – den Lehrern nicht, mir nicht, niemandem.»

«Ein bisschen Schererei wäre normaler gewesen», sagt seine Frau. «Ich habe mich damals manchmal gefragt, ob es ihn nicht vielleicht erdrückt hat, drei ältere Schwestern zu haben. Meine Töchter und ich, wir hatten es so gut miteinander, hatten immer was zu lachen, waren dauernd im Haus zugange, hatten uns ständig was zu erzählen. Michael war wie ein kleiner Prinz – unbeteiligt.»

«Hören Sie nicht auf sie, Mr. –»

«Angstrom. Nelson, wenn Sie möchten.»

«Hören Sie nicht auf sie, Nelson. Es ging ihm gut. Er hat Sport getrieben, hat die guten Noten bekommen, hat sich für den Schülerrat beworben. Hat nein gesagt zu Drogen und Alkohol. War außerdem bis zu seinem fünfzehnten Lebensjahr Ministrant, und wir haben das keineswegs von ihm verlangt. In Amerika ist Religion reine Privatsache. Ich habe auch zu ihm gesagt: ‹Michael, hör zu, wenn die chemische Reinigung dir nicht liegt, vergiss sie, werde Akademiker – Arzt, Anwalt, was auch immer, sitz hinter einem Schreibtisch und benutz deine Intelligenz – meinen Segen hast du und Mamas auch. Hauptsache, du wirst glücklich. Wir sind in Amerika.› Aber nein, er wollte chemische Reinigung lernen, im Sommer, nach der Schule, es hat ihm Freude gemacht. Von mir hat es da absolut keinen Druck gegeben.»

«Es *hat* Druck gegeben», sagt Mrs. DiLorenzo zu Nelson. «Joe hat ihn gebraucht, um das Geschäft fortführen zu können, und Michael wusste das. Dass Joe es nicht klar aussprach, hat die Sache schlimmer gemacht. Die Mädchen, die haben geheiratet und sind von hier weggegangen. Die hatten genug von den Chemikalien, den Dampfpressen, den Arbeitsstunden bis sieben oder acht am Abend. Nur eine ist überhaupt in diesem Staat geblieben, aber sie wohnt weit weg, bei Pittsburgh, in einem hübschen kleinen Vorort am Allegheny. Und unsere Schwiegersöhne, was interessieren die sich für chemische Reinigung? Es hing alles an Michael, und er wusste das. Da ist er zusammengeklappt. Männer wollen kein Leben, das in allen Einzelheiten vorausgeplant ist. Sie wollen das Abenteuer. Habe ich nicht Recht, Mr. Nelson?»

«Sie ist verrückt», sagt Mr. DiLorenzo im Vertrauen. «Er war nicht auf Abenteuer aus. Er war nicht wie die jungen Rowdys heutzutage, die den Kopf voll haben mit, wie nennen sie das, HipHop, und sich eine Waffe schnappen und losziehen und ihre Schulkameraden niederschießen, um in die Abendnachrichten zu kommen. Die ihre Eltern totschießen und vor nichts und niemandem unter der Sonne Respekt haben. Er wollte das Familienunternehmen weiterführen. Es gab keinen Druck. An der Penn hat er Chemie belegt, um sich mit den besten, neuesten Lösungsmitteln vertraut zu machen, den umweltfreundlichsten, wie wir heute sagen. Die Entsorgung benutzter Reinigungsmittel verursacht die meisten Kopfschmerzen in diesem Geschäft. Ein einziger Prozess wegen Krebs kann einen erledigen, selbst wenn man mit seiner Verteidigung gegen die Anklage Recht bekommt. Ich liebe Amerika, aber nicht sein Rechtssystem.»

«Joe, es gab Druck.» Zu Nelson gewandt, erklärt Mrs. DiLorenzo: «Mein Mann hat sich geschunden, um die Perfekt-Firma aufzubauen. Angefangen hat er damit, dass er sich für diesen alten Juden in South Brewer die Finger schmutzig gemacht hat, nichts als ein kleiner Kellerraum in einem der Reihenhäuser, ein winziges dunkles Loch, die Apparaturen in der hintersten Ecke zusammengedrängt, ein illegal gebauter Verschlag, fünfzig Cent pro Stunde, wenn er Glück hatte – Joe ist immer über den Tisch gezogen worden. Als der Jude starb, nahm Joe einen Kredit auf, um der Witwe das Geschäft abzukaufen, und hat es dann Perfekt-Reinigung genannt.»

«Auf Italienisch klingt es schöner, *Perfetto*», sagt Mr. DiLorenzo und spricht das Wort gedehnt aus, «aber wir sind in Amerika. Hier muss alles perfekt sein. Achten Sie nicht auf Maria – Jake war gut zu mir, er hat mir das Gewerbe beigebracht. Hat mich zuerst an den Bottichen arbeiten lassen, wo man die Dämpfe von den Benzinlösungen einatmete, bevor auf Perchloräthylen umgestellt wurde, dann kam ich als Appretierer an die Dampfpressen, und dann wurde ich Fleckenentferner, das will gelernt sein, eine Seidenbluse, ein Anzug aus feinem Tuch sind schnell ruiniert. Nach einiger Zeit lief es so gut, dass ich eine Filiale in West Brewer aufgemacht habe und dann eine oben in Hamburg, und vor zwei Jahren stand dann das Industriegelände in Hemmigtown zum Verkauf. Ich hatte mir schon lange gewünscht, einen größeren Betrieb aufzubauen, mit Räumen zur Pelzaufbewahrung den Sommer über und mit allem, was man braucht, um auch die schwierigsten Sachen anzunehmen, sogar alte Tischtücher aus Spitze, die werden gelb mit den Jahren und sehr brüchig, und große Samtvorhänge, die so eingestaubt sind, dass man keine Luft mehr kriegt, in manchen Villen in Penn Park und am Youngquist Boulevard haben die Besitzer *nie* –»

Nelson hat genug über chemische Reinigung gehört. «Und Sie haben sich darauf verlassen, dass Michael eines Tages alles übernimmt.»

«Eines Tages, nicht sofort. Vielleicht in zehn Jahren, vielleicht früher. Wir haben eine kleine Bleibe in Florida, der Winter hier bekommt Maria nicht so gut –»

«Schieb's nicht mir in die Schuhe, wenn du nach Florida ziehen und den armen Jungen sitzen lassen willst mit all den Filialen, den vielen Angestellten, den Sozialabgaben –»

DiLorenzo greift das enthusiastisch auf und sagt zu Nelson: «Das ist Sozialismus, ohne dass man's so nennt. Jeder, der kleiner ist als Perfekt, wird aus dem Rennen gedrängt – durch die Sozialabgaben, die Versicherung. Früher gab's an jeder zweiten Straßenecke eine Reinigung. Ich sollte mich nicht beklagen, den größeren Betrieben macht es nichts, die können es verkraften, aber trotzdem tut es einem weh, es mit anzusehen. Wenn ich denke, wie ich damals angefangen habe, ohne nennenswerte Rücklagen, das könnte ich jetzt nicht mehr.»

«Er schuftet», sagt seine Frau, «und will dann alles Michael aufhalsen. Er will nach Florida ziehen und sich die Mädchen am Strand ansehen und von der Sonne so dunkel werden wie ein Schwarzer.»

«Der Junge war erpicht auf die Arbeit, glaub's doch endlich, ohne jeden Druck von meiner Seite.»

«Joe, der Junge *hat* sich unter Druck gefühlt. Schon in seinem letzten Schuljahr ist er abgedriftet, in seine eigene Welt. Die Noten, mit denen er nach Hause kam, waren nicht mehr die allerbesten.»

Nelson geht dazwischen, er will dem Geturtel ein Ende machen. Die beiden lieben sich, und ihr Herzenskind ist das Perfekt-Unternehmen. «Michael ist voller Zorn gegen sich», setzt er ihnen auseinander, «weil er, wie er das nennt, seine Familie im Stich lässt. Aber ich versuche immer wieder, ihm klar zu machen, dass er nicht dafür kann. Sie können genauso wenig dafür. Niemand kann dafür.»

«Was ist es dann?», fragt Mr. DiLorenzo schlicht; er will wissen, was sich da unsichtbar eingeschlichen hat und seinen Sohn zerstört.

Gute Frage. «Es ist», sagt Nelson, «es ist eine Störung

des Nervensystems, die mit dem Dopaminhaushalt zu tun hat, mit der chemischen Steuerung der Synapsenfunktion.»

«Ich habe mir deswegen oft Gedanken gemacht», sagt Michaels Mutter. «Als er so jung war, dreizehn, vierzehn, und den Sommer über bei seinem Vater gearbeitet hat, da hat er all diese Gifte eingeatmet.»

«Komm zur Vernunft, Maria», sagt ihr Mann, heiser vom vielen Reden. «Sieh mich an, ich habe das Zeug mein ganzes Leben lang eingeatmet.»

«Es handelt sich nicht um *die* Art von Chemie», sagt Nelson. «Ich bin kein Arzt, ich habe nicht so den Durchblick, die Chemie des Gehirns ist etwas sehr Komplexes, Subtiles. Deshalb legen wir uns ungern auf die Diagnose Schizophrenie fest, ohne dass wir uns mit dem Klienten sechs Monate lang eingehend beschäftigt und seine Symptome stetig beobachtet haben. Was wir mit Sicherheit über diese Krankheit – diese Störung – wissen, ist, dass sie gemeinhin bei jungen Männern um die zwanzig vorkommt, die bis dahin allem Anschein nach gesund und verhaltensunauffällig gewesen sind. Michael passt in dieses Raster. Ein Zusammenbruch zu Anfang der Collegezeit ist ganz typisch.» Er sieht auf den gelben Bleistift nieder, den er immer noch in der Hand hält. Am oberen Rand seines Blickfelds steigen die Gesichter der Eltern, so erscheint es Nelson, der jetzt selber eine kleine Halluzination hat, wie losgelassene Luftballons auf, freilich ohne an Höhe zu gewinnen.

«Was sollen wir tun?», fragt die Mutter, und ihre Stimme klingt schwächer als zuvor.

«Gibt es keine Hoffnung?», fragt der Vater, schwerer jetzt, sein Stuhl ächzt unter dem Zuwachs an Gewicht, dem Gewicht der Hoffnungslosigkeit.

«Natürlich gibt es Hoffnung», sagt Nelson fest, als lese er von einer Papptafel ab, die vor ihm hochgehalten wird. «Diese Neuroleptika tun ihre Wirkung, und ständig kommen neue auf den Markt. Michaels Halluzinationen haben abgenommen, und sein Verhalten hat sich stabilisiert. Jetzt – und da können Sie helfen – muss er lernen, die Hilfestellung zu nutzen, die wir ihm hier bieten, und in eigener Verantwortung seine Medikamente zu nehmen, die vorgeschriebenen täglichen Dosierungen.»

«Er sagt, er hat das Gefühl, dass er nicht mehr er selbst ist, wenn er sie nimmt», sagt seine Mutter. «Er mag die Person nicht, die die Medikamente aus ihm machen.»

«Diese Klage hören wir häufig», gibt Nelson zu. «Aber ohne ihn zu nerven, ohne den Eindruck zu erwecken, Sie übten Druck auf ihn aus, müssen Sie ihm ins Gedächtnis rufen, in welchem Zustand er ohne die Medikamente war. Will er dahin zurück?»

«Mr. Angstrom, ich weiß, Sie möchten keine Vorhersagen machen», sagt der Vater mannhaft, bereit, ein Abkommen zu treffen, «aber werden diese Medikamente seinen Kopf jemals so weit in Ordnung bringen, dass er wieder arbeiten kann – einen Zeitplan einhalten, seine Kurse absolvieren?»

Abermals, gute Frage. Zu gut. «Die Fälle variieren erheblich», sagt Nelson. «Mit starker Unterstützung durch die Familie und die Umgebung können Klienten mit schweren psychotischen Schüben zu einem weitgehend normalen Alltag zurückfinden.»

«Weitgehend – wie weit geht das?», fragt der Vater.

«Es genügt», sagt Nelson vorsichtig, «um sich wieder eigenständige Lebensumstände zu schaffen und Arbeit unter Aufsicht zu verrichten.» Um ein Zimmer in einer betreuten Wohngemeinschaft zu haben und Lebensmittel einzutüten in einem Supermarkt, der die militante Geschäftsdevise hat, auch Behinderte einzustellen. Vielleicht. «Bedenken Sie aber, dass viele Aufgaben und tägliche Verrichtungen, die für Sie und mich selbstverständlich und einfach sind, Michael zum gegenwärtigen Zeitpunkt große Schwierigkeit bereiten. Er hört nicht nur Stimmen, er sieht und riecht, ja, er berührt Dinge, die sich zwischen ihn und die Realität stellen. Es ist aber keine Psychose, die ihm nicht bewusst wäre – er weiß, dass das, was in seinem Kopf vorgeht, nicht normal ist, und ist sich im Klaren darüber, dass es ihn quält.»

Müde suchen die beiden zu begreifen. Ihr Termin ist fast abgelaufen. Sie hören den Regen in entfesselter Wut gegen die klappernden Fenster prasseln, in einer Welt, die aus den Angeln ist.

«Es ist so traurig», sagt Mr. DiLorenzo. «All die Jahre, seit dem Tag, als der Junge geboren wurde, habe ich gedacht, dass das, was ich aufbaue, für ihn ist. Ich habe Perfekt für *ihn* aufgebaut.»

«Sieh die Sache nicht so egoistisch», sagt seine Frau, nicht unfreundlich. «Denk an Michael. Wo ist sein Leben auf einmal hin? Zum Fenster hinaus, in den Wahnsinn.»

«Nein, nein», sagt Nelson dringlich und verliert beinah seine therapeutische Beherrschtheit. «Er ist immer noch das Kind, das Sie großgezogen haben, das Kind, das Sie lieben. Er ist immer noch Michael. Er ist nur krank geworden und braucht Sie mehr, als andere junge Männer ihre Eltern brauchen, Sie tun ihm wirklich Not.»

«Not», sagt Mrs. DiLorenzo; das Wort bleibt einsam in der Luft hängen. Sie stemmt sich vorsichtig hoch, damit ihr das mit schwarzen Perlen bestickte Täschchen nicht vom Schoß rutscht.

«Was uns Not tut»» sagt ihr Mann, sich ebenfalls erhebend und schwer durch die Nase ausatmend, «ist Frieden. Und Urlaub. Und es sieht so aus, als ob wir so etwas nie haben werden. Niemals.» Wie Quallen im Wasser ihre flimmernde Form verändern, haben die Gesichter der beiden sich gewandelt: Sorge um den Sohn ist umgeschlagen in Angst vor ihm, vor dem Opfer, das er ihnen abverlangen wird.

Nelson widerspricht nicht. Die Unterredung hat ihn mitgenommen, aber er denkt, dass es richtig war, die Eltern mit einigen dieser Fakten zu konfrontieren. Schizophrene kommen nie ganz in Ordnung. Dieser Film über den australischen Pianisten, der weiterspielt, weil irgendeine reizende gütige liebende Frau sich seiner angenommen hat: ein sentimentales Wrack, der Kerl, nichts weiter. Sie kennen keinen logischen Zusammenhang. Sie sind zerfahren. Sie bringen die Fäden nicht zusammen. Man staunt, dass die meisten Menschen das so gut hinkriegen: was für eine enorme Leistung, die Neuronenkoordination, die erforderlich ist, um auch nur durch den gleichförmigsten Tag zu kommen. Im Umgang mit diesen Funktionsunfähigen wird ihm bewusst, wie funktionsfähig er ist. Sie stören ihn nicht, im Gegensatz zu Normalen. Es gibt feste Grenzen. Formulare müssen ausgefüllt, Berichte müssen geschrieben und abgeheftet werden, eine heilsame Ordnung. Jeder Leidkomplex kommt zwischen zwei Aktendeckel und kann am Ende des Tages in einer Schublade verstaut werden. Wohingegen in der Welt draußen die Verpflichtungen kein Ende nehmen und es keinen Schutz gibt vor den Bedürfnissen und dem Kummer anderer. Desorganisation fordert ihren Tribut: eine in die Brüche gegangene Ehe und zwei vaterlose Kinder in Ohio, Judy, neunzehn, voller Trotz und ihm entfremdet, und Roy mit seinen vierzehn Jahren, bemüht, via E-Mail den Kontakt aufrechtzuhalten, und Pru, weiß der Himmel, was mit der ist, das Miststück hat ihn ausgeschlossen, und er, er wohnt immer noch bei Mom und Ronnie, als wär er selber ein von Agoraphobie gequälter seelischer Krüppel. Hier im Therapiecenter hat er eine Aufgabe. Die Klienten respektieren ihn. Sie spüren, dass es in diesem klein gewachsenen adretten Zweiundvierzigjährigen in dem sauberen weißen Hemd mit der gestreiften Krawatte einen Schmerz gibt, der unter Kontrolle gebracht ist, Sünden, die überwunden sind, reflektiert, bewältigt. Wenn er ein paar freie Minuten hat, wie heute, nachdem die DiLorenzos gegangen sind, gesellt er sich zu den Klienten im Mittelraum – er genießt ihre Gesellschaft.

In diesem zentralen Begegnungsraum mit den durchgesessenen Polstermöbeln, den dünnbeinigen Kartentischen und den rachitischen Stehlampen, die, so wacklig sie auch sind, Licht spenden, riecht es nach Kaffee und Hustenbonbons und muffelnden Körpern und nach dem Essen – gebackene Bohnen und Schinken mit Bratkartoffeln, wenn die Brutzeldüfte nicht täuschen –, das nebenan in der Küche zubereitet wird. An einem der Kartentische sitzt Shirley, eine fünfzigjährige, krankhaft fettleibige Depressive, und spielt Domino mit Glenn, einem suizidgefährdeten, drogenabhängigen Homosexuellen von etwa fünfunddreißig. Glenn sticht ins Auge. Er trägt unechte Brillantstecker in den Ohrläppchen und auch einen im Nasenflügel; seine Lider schminkt er mit einer leuchtend blauen Fettcreme, und er tupft sich kräftig Rouge auf die Backenknochen, wie eine Geisha. Sein Zopf sieht immer frisch geflochten aus. Nelson bezweifelt, dass jemand, der so viel Wert auf sein Äußeres legt, ernstlich an Selbstmord denkt; Glenn weiß einfach, dass man am ehesten mit behördlicher Aufmerksamkeit und finanzieller Zuwendung rechnen kann, wenn man sich auf suizidale Anwandlungen beruft. Diese pseudochristliche Gesellschaft überschlägt sich, um dich am Leben zu halten, egal, was es den Steuerzahler kostet. Esther Bloom ist anderer Meinung. Schwule sind schwul, aber sie sind auch Männer, sagt sie. Frauen kokettieren, sie machen emotionalen Lärm. Wenn Männer sich wirklich umbringen wollen, dann tun sie's, sie tändeln nicht mit unzureichenden Barbituratdosen herum oder mit effektvollen, aber zu flachen Schnitten am Handgelenk. Zur erfolgreichsten Selbstmördergruppe gehören laut Statistik Männer, die geschäftliche Rückschläge erlitten haben. Am zweitbesten schneiden Männer ab, die das Gefühl haben, sie seien bereits tot.

Aber Glenn ist momentan am Leben und in guter Stimmung. Er und Shirley, deren enormer Körper – Berge aus teigfarbenem Fleisch mit zahllosen ungewaschenen Furchen und Falten – einen Geruch ausdünstet, der unerträglich scheint, bis er einen ganz und gar einhüllt, knallen die weiß gepunkteten schwarzen Spielsteine mit einer Wucht auf den Tisch, dass es sich anhört, als peitschten Schüsse durch den Raum. Ein paar andere Klienten sind näher getreten und schauen zu. Nelson steht da und rätselt, nach was für einem Plan die Steine gelegt werden. Falls er je Domino gespielt hat, weiß er nichts mehr davon. Im Pavillon auf dem Spielplatz in Mt. Judge gab es Dame und Halma, und er und Billy Fosnacht haben meistens Murmeln gespielt, in einem Kreis, den sie in die Erde geritzt haben, damals in dem Jahr, oder in den zwei Jahren, bevor Billy von seinen zerstrittenen Eltern ein Minibike bekam und die Kindheitsphase unschuldig genügsamen Konsums vorbei war. Nelson kommt sich verlassen vor, während er zusieht, wie Shirley und Glenn sich gackernd amüsieren und einander blockieren und die gepunktete Schlange, die sich in eckigen Mäandern über den Kartentisch aus Metall windet, bald länger wird, bald stockt. «Husch zurück zum Friedhof, Hirni!», schreit Shirley, ihre Heiterkeit versetzt die anderen in Sympathieschwingung, wie gebannt stehen sie da, ein Ring innerhalb der Sphäre der vertrauten Körperausdünstungen Shirleys.

«Ich bring *dich* auf den Friedhof, du kleine süße Piepsmaus!», sagt Glenn. «Nimm das!» Er knallt einen doppelten Fünfer quer ans eine Ende der Dominoschlange.

«Was bedeutet das?», fragt Nelson. «Wenn man einen Doppelten quer anlegt?»

Glenn blinzelt schräg zu ihm hinauf, das eine blau schattierte Lid ist halb geschlossen, in einer Facette des Glasklunkers im Nasenflügel bricht sich das fluoreszierende Deckenlicht. «Haben Sie nie Domino gespielt, Nels?», fragt er. Seinem schwulen Make-up zum Trotz hat er eine raue Stimme, eine Brewerstraßenstimme, überraschend tief und kampflustig. Sein Ton deutet darauf hin, dass Nelson gerade ein Problem damit hat, die Grenzen einzuhalten.

Möglich. Die anderen Klienten hören zu, lebhaft interessiert wie Kinder, die nichts anderes zu tun haben. Aber er ist dazu ausgebildet, offen, direkt und ohne Scheu zu sein, im Rahmen der therapeutischen Persona. «Also, wenn ich's mal gespielt habe, dann hab ich es vergessen. Worum geht es bei dem Spiel?»

«Darum, die Zeit totzuschlagen», sagt Glenn.

«Armer Kleiner Sie», sagt Shirley zu Nelson. «Waren Sie ein Einzelkind?»

Nelson zögert. Die Grenzen wahren. «Ich hatte eine Schwester. Sie ist gestorben, als sie noch ein Baby war.»

Das schockt sie; er wusste, dass es das tun würde. Sie sind hier, weil sie alle ihre eigenen Probleme haben und nicht, weil sie sich seine anhören wollen. «Wir bringen's Ihnen bei, Schätzchen, wenn wir mit dieser Partie fertig sind», sagt Shirley. In ihrem gewaltigen Gesicht findet sich eine Spur, ein zarter Abdruck gleich einem Farnblatt in Schiefer, von dem Gesicht, das sie als junge Frau gehabt hat. Eine kleine gerade Nase ist zu erkennen und ein spitzes Kinn – ein dreieckiges Knochenstückchen in all dem Fett.

«Der größte Schwachkopf kann Domino spielen», sagt Glenn ruppig ermunternd.

Das Nette an sozial Unangepassten ist unter anderem, dass sie nichts krumm nehmen. Sie pochen nicht auf irgendeine eingebildete Würde, sie sind auf die ein, zwei Lebensminuten konzentriert, die vor ihnen liegen. Während der knappen halben Stunde, die er damit verbringt, Domino-Unterricht bei einem Berg von Frau in fleckigem, unförmigem Kleid zu nehmen und sich Nachhilfe geben zu lassen von einem geschminkten Perversen mit drei Glasknöpfen im Gesicht – ein vierter, aus Messing, sitzt am oberen Rand von Glenns gezupfter Augenbraue –, fühlt Nelson, wie seine inneren Verknäuelungen sich lösen, auch der kleine Angstknoten wegen seiner hirnrissigen Verabredung mit einem vom Himmel geschneiten Mädchen, das behauptet, seine Schwester zu sein.

Draußen vor dem Center fällt immer noch der Regen, aber nicht mehr so dicht; der Wind verquirlt und verdünnt ihn zu einer Art weißen Sonnenlichts. Es hat keinen Sinn, den Schirm aufzuspannen, er würde bloß nach oben gestülpt. Nelson rennt stattdessen, und immer, wenn er fühlt, dass sein Hemd unterm Regenmantel

Schweißflecken bekommen könnte, läuft er langsamer, er läuft dicht an den Backsteingebäuden und an den neu mit Permastone verkleideten Fassaden auf der Südseite der Elm Street entlang. Ladenschilder aus Plastik knallen und knattern über seinem Kopf, blecherne Briefkästen schaukeln, von einer einzelnen Schraube gehalten, neben den Eingangstüren dreistöckiger, in Apartments aufgeteilter Stadthäuser, leere Mountain-Dew-Dosen aus Aluminium klappern im Rinnstein, Blätter rauschen über ihm, wenn Böen sie durchpflügen wie Schiffskiele ein aufgewühltes Wellenmeer. Die Ulmen, die diese Straße gesäumt haben, sind vor langer Zeit eingegangen. Die Bradford-Birnbäume, die die Stadt als Ersatz gepflanzt hat, sind inzwischen so hoch, dass man sie beschneiden muss, um sie von den Stromdrähten fern zu halten. Es sind weniger Leute auf dem Bürgersteig unterwegs als sonst, aber die, die er sieht, sind merkwürdig unbekümmert. Ein schwarzes Pärchen in gelben Öljacken steht knutschend vor einem Hauseingang. Eine knochige Latina stöckelt in Bluejeans und kurzärmligem rosa Pulli auf hohen eckigen Absätzen vorbei und plaudert am Mobiltelefon. Ist dies überhaupt ein Hurrikan? Dem Wetter wird eine Abfuhr erteilt. Die Leute sind aufmüpfig, weil das Fernsehen einen so gnadenlosen Rummel darum veranstaltet, bloß um die Quote in die Höhe zu treiben.

Er rennt an einem der wenigen noch existierenden Herrenfriseurläden mit großer Glasfront vorbei und sieht zwei alte Knacker, die darauf warten, dass sie an die Reihe kommen, und einen dritten, der, vom Hals bis zu den Knien vom Frisiertuch bedeckt, im Sessel sitzt, alle drei spärlich behaart und mit dem Friseur ein Quartett bildend. Dad wollte nicht herumsitzen und warten und ein alter Knacker werden. Dazu hat ihm die Geduld gefehlt.

Der Wind zeichnet ovale Schleifen in Regenbahnen. Die Wolken über den Dächern und Schornsteinen ziehen Schleppen hinter sich her wie Tinte in Wasser. Nicht sehr wahrscheinlich, denkt er, dass das Mädchen, mit dem er verabredet ist, sich an einem so stürmischen Tag blicken lässt. Er hofft, dass sie nicht kommt; dann ist er das Problem los.

Aber sie ist da, wartet auf ihn vor dem Greenery (*Salate, Suppen, Sandwiches*) unter einem himmelblauen Regenschirm und trägt keine klobigen weißen Schuhe, wie sie angekündigt hat, sondern leichte Loafers und darüber kleine durchsichtige Plastikgaloschen mit Gummizug – als hätte sie Spielsachen in Klarsichtverpackung an den Füßen. «Hi. Ich bin Nelson», sagt er, und es kommt schroffer heraus, als er gewollt hat, vielleicht, weil er vom Rennen außer Atem ist. «Du hättest nicht draußen warten sollen, du wirst ja nass bis auf die Haut», fährt er in seiner Nervosität fort und gibt so ihrer Bekanntschaft gleich zu Beginn eine vorwurfsvolle Note.

Es scheint ihr nichts auszumachen. Ihre milden Augen, deren Blau verstärkt wird durch das Blau des Schirms, mustern ihn, während sie sich verteidigt: «Aber es ist draußen so aufregend. Spürst du die Elektrizität in der Luft? Das Auge ist über Wilmington, habe ich auf der Herfahrt im Radio gehört.»

«Wetten, dass bald die Degradierung kommt und bloß noch von einem tropischen Sturm die Rede ist? Wirklich betroffen ist North Carolina. Pennsylvania kriegt nie die richtigen Katastrophen ab.»

«Na, das ist aber doch gut, nein?», fragt Annabelle.

Ihrer beider Köpfe sind auf gleicher Höhe. Er ist klein für einen Mann, und sie ist im Verhältnis zu anderen Frauen ziemlich groß. Er fragt sich, ob ein Passant wohl sähe, dass sie Geschwister sind. «Na komm, lass uns reingehn», sagt er, immer noch außer Atem.

Es sind ungefähr sechs Gäste da, und die hinterste von drei Nischen ist frei. Im Lokal herrscht dieser typische Garderoben- und Waschraumgeruch aus alten Zeiten, ein Geruch nach nassen Kleidern und kindlichen Geheimnissen. Die akkurate, selbständige Art, wie Annabelle ihren weißen Regenmantel und den roten Schal ablegt und beides an die Haken neben der unbeschrifteten Tür zu den Toiletten hängt, rührt Nelson; sie ist schon eine alte Jungfer. Aber der helläugige Aplomb, mit dem sie sich setzt und zur Mitte des Tisches in der Nische durchrutscht, zeigt, dass sie noch hofft, noch mitspielt, wie immer das Spiel heißen mag.

Die Kellnerin, nicht mehr jung genug für ihre kurze grüne Uniform, kommt hinter dem Tresen hervor und bringt ihnen Speisekarten, die hübsche Blätterbordüren haben, aber schon schmuddelig und ramponiert sind von vielen Händen. «Außer dem, was auf der Karte steht», sagt sie, «haben wir inzwischen auch Hamburger und Hotdogs.»

Nelson sagt: «Ich dachte, das wäre gegen Ihre Prinzipien.»

Sie ist dicklich und käsig, aber nicht darüber erhaben, belustigt zu sein. «War's auch, aber die Leute haben's immer wieder verlangt. Bei Pizza und Pommes machen wir aber nicht mit.»

«Passé», sagt Nelson. Lakonische Antworten sind ihm in den letzten acht Jahren zu beruflicher Routine geworden, aber dieser Anlass verlangt mehr: er muss geben, muss führen, muss fürsorglich sein.

«Ich liebe gesundes Essen», sagt Annabelle Byer.

«Wissen Sie schon, was Sie wollen?», fragt die Kellnerin. «Oder möchten Sie noch einen Moment überlegen?» Das Restaurant hat im vergangenen Frühling aufgemacht, und Nelson ist seitdem jede Woche ein- oder zweimal hier, aber heute bringt sie ihm neuen Respekt entgegen, denn er ist in Begleitung gekommen. Annabelle ist ein bisschen rundgesichtig und farblos, verglichen mit der schmalhüftigen Latina in Jeans und hochhackigen Schuhen, aber es ist nicht peinlich, mit ihr gesehen zu werden; sie könnte eine Kollegin aus dem Center sein, wie Katie Shirk.

«Ich habe mich schon entschieden», sagt er zur Kellnerin. «Einen Teller von eurer Broccolisuppe –»

«Das ist keine gebundene Suppe», unterbricht die Kellnerin ihn. «Das ist eine klare Suppe, manche Gäste sagen, sie ist wässerig.»

«Ich nehme sie», beharrt Nelson, «und danach den Spinatsalat mit Himbeervinaigrette, und bitte mit den Speckwürfeln nicht sparsam sein.»

«Genau das nehme ich auch», sagt Annabelle mit mehr Begeisterung, als Nelsons Ansicht nach nötig wäre.

Die Kellnerin notiert. «Haben Sie gesagt, sparsam mit den Speckwürfeln oder *nicht* sparsam?»

«*Nicht* sparsam», antworten Nelson und Annabelle wie aus einem Mund. Nelson setzt hinzu: «Und zu trinken hätte ich in Anbetracht des grässlichen Wetters gern eine Tasse heißen Tee. Keinen Kräutertee, schwarzen. Lipton's, wenn Sie den haben.»

«Für mich auch», sagt seine Schwester. Ihm dämmert, dass es nicht immer die reine Freude ist, eine zu haben.

«Fällt dir selber nichts ein?», fragt er.

«Meistens nicht. Aber wenn du mich hättest zuerst bestellen lassen, wie es richtig gewesen wäre, dann hätte es so ausgesehen, als ob du *mir* alles nachmachst.»

«Ich hätte mir was anderes überlegt. Der kalorienarme

Caesar hier, mit in Streifen geschnittenem Fleisch von frei laufenden Hühnern, kann phantastisch sein.»

«Ich liebe gesundes Essen.»

«Das sagtest du.»

«Na ja, ich bin eben nervös. Es ist eigenartig, endlich seinen Bruder kennen zu lernen, und das war deine Idee.»

«Ja, und deine Idee war es, bei meiner Mutter aufzukreuzen und ihr den Schrecken ihres Lebens einzujagen. Tut mir übrigens Leid, das mit deiner Mutter.»

«Danke. Sie ist mir nicht verschreckt vorgekommen, deine. Eher angreiferisch. Sie dachte, ich bin hinter ihrem Geld her.»

«Ja, was denn sonst? Nicht, dass sie übermäßig viel hätte.» Er fühlt sich, ganz unerwartet, dieser Person gegenüber entspannt genug, um streitlustig zu sein, als hätten sie ihren Konkurrenzkampf schon vor Jahren eingeübt.

«Wir sind uns übrigens schon mal begegnet», sagt er. «Vor zwanzig Jahren etwa, auf einer Party in einem Apartment am Locust Boulevard. Die Gastgeber waren ein Paar namens Jason und Pam und ein Homo, mit dem sie zusammenwohnten und der Slim hieß.» Bei der Arbeit würde er nie «Homo» sagen – er hat mit einer Reihe von Schwulen gearbeitet, auf beiden Seiten der Scheidelinie zwischen Klient und Betreuer, und hat kein Problem damit, seit er sich von der fixen Idee befreit hat, dass sie ihm zwischen die Beine greifen wollen –, aber in Gegenwart dieses Mädchens kommt ein früheres Selbst zum Vorschein, das in seiner Einstellung noch nicht so p.c. war. «Ich war mit meiner Frau da. Sie war hochschwanger, hat sich betrunken und ist die Treppe runtergefallen.» Die Erinnerung beschämt ihn noch immer: er hatte Pru den Knuff versetzt, der sie aus dem Gleichgewicht brachte, und das Bild, wie sie die Stufen mit den Metallkanten hinunterschlitterte, die Beine in den orangefarbenen Strumpfhosen weit gespreizt wie eine sexuelle Einladung am Rande des Untergangs, ist in ihm haften geblieben und zu einem Wendepunkt in seinem Leben geworden. *So darf es mit mir nicht weitergehen*, hat er damals gedacht.

«Ich erinnere mich an nichts von alledem», sagt Annabelle mit ihrer ärgerlichen, eine Spur aufsässigen Milde.

«Ich erinnere mich an *dich»,* sagt er anklagend, «und dass ich gedacht habe, wie nett du bist. Ich habe dein Ohr bewundert. Du warst mit einem Jungen zusammen, der Jamie hieß, und hast in einem Pflegeheim für alte Leute gearbeitet, draußen in der Gegend vom alten Jahrmarktsgelände.»

«Sunnyside», sagt sie. «Mein Ohr?» Verlegen fasst sie sich ans rechte Ohr, das unterm plusterigen kurzen Haarschopf hervorschaut. Ihre Haare, feucht vom Warten im Regen, sind braun, von kastanienfarbenen Glanzlichtern überspielt, die offenbar echt sind, und von ziemlich viel Grau durchzogen. Die Zeit setzt ihr zu, auch wenn ihr Gesicht so tut, als spüre es nichts davon.

«Es war nicht durchstochen.» Er sagt nicht, dass es ihn an sein eigenes erinnert hat. Ihm hatte auch die Art gefallen, wie sie sich ihm an bestimmten Stellen entgegenwölbte, mit der vollen Oberlippe und den Vorderseiten ihrer Schenkel, wenn sie stand. Manche würden sagen, dass sie jetzt stämmig ist, aber in diesem County sind die Männer daran gewöhnt. Wie hat sie es geschafft, nicht verheiratet zu sein?

«Meine Mutter hat es mir nicht erlaubt», sagt Annabelle gerade. «Das war irgendein Aberglaube bei ihr, sie sagte, sie möchte, dass ich so bleibe, wie die Natur es gewollt hat und wie ich auf die Welt gekommen bin. Meine Güte, was sie wohl sagen würde, wenn sie manche von den Mädchen heutzutage sähe. Sogar bei den jungen Krankenschwestern gibt es welche mit Body-Piercings, Nabel, Nippel, was du willst. Ich frag sie, wie das denn noch hygienisch sein kann, und sie sagen, ‹mein Freund mag das›. Wahrscheinlich was Zusätzliches zum Spielen.» Sie wird rot und schlägt die Augen nieder.

Die Suppe kommt, die blütenzarte klare Suppe, die das Greenery serviert und in der Broccoliröschen und zierliche Bohnensprossen schwimmen und Wasserkastanienscheiben, so hauchdünn, dass sie durchscheinend sind. Nelson und Annabelle neigen ihre Gesichter in den heißen Suppendampf, und ihnen wird bewusst, dass die Zeit, die sie miteinander haben, hinschwindet. «Es tut mir Leid», sagt sie, «dass ich mich so wenig an diese Party erinnern kann. Vielleicht war ich stoned.»

«Nein, nein, *ich* war stoned. Stoned oder unter Strom, eines von beidem war ich damals eigentlich immer. Als mein Vater starb, wurde ich fromm, könnte man sagen, und habe eine Ausbildung zum psychotherapeutischen Berater gemacht. Findest du es übrigens nicht merkwürdig, dass wir beide, du und ich, uns für Berufe entschieden haben, in denen wir Kranke betreuen?»

«Nicht, wenn wir verwandt sind. Ich glaube an Genetik. Und Gesundheitsfürsorge ist ein expandierendes Feld, weil es immer mehr Menschen auf der Welt gibt, die vor hundert Jahren nicht mehr am Leben gewesen wären. Jeder braucht früher oder später Betreuung, und nicht zu knapp.»

«Ja, fragt sich bloß, ob sich die ganze Mühe lohnt. Ich meine, du hältst diese Alzheimer-Wracks am Leben, obwohl sie nichts mehr begreifen und sich nicht mal mehr bei dir bedanken können, und ich reiße mir ein Bein aus, um einen Haufen depressiver Verrückter davon abzuhalten, sich umzubringen, obwohl sie, wenn sie's täten, der Regierung beträchtliche Ausgaben ersparen würden.»

Sie sieht ihn an, ihr Mund schmal geschlossen, bis sie den Löffel Suppe hinuntergeschluckt hat und sagt: «Nelson. Du meinst das nicht im Ernst. Rein theoretisch magst du so empfinden, aber nicht, wenn du Aug in Auge einem Patienten gegenüberstehst. Ich mache bei diesen Teams mit, die die Hospizbewegung herumschickt. Selbst wenn's unwiderruflich zu Ende geht, ist etwas da, eine Seele oder was auch immer, das man lieben muss.»

«Besonders, wenn man dafür bezahlt wird, dass man's liebt», sagt er und überlegt, ob eine der Wasserkastanienscheiben vielleicht schlecht war. Ein Spezialitätenrestaurant wie dieses macht nicht den Umsatz, der nötig wäre, um immer nur das Frischeste auf den Tisch zu bringen; sie behalten alles ein, zwei Tage länger in der Küche, als sie dürften. Die anderen Gäste gehen nacheinander hinaus, ein Grüppchen bleibt aber noch an der Tür stehen und wartet, dass eine von der Seite herfegende Regenbö nachlässt. Die Deckenlampen brennen, als ob der Abend heraufzöge, dabei ist es nicht einmal ein Uhr mittags.

«Erzähl mir von ihm», verlangt Annabelle.

«Von wem?» Aber er weiß, von wem.

«Von unserm Vater.»

Nelson zuckt mit den Achseln. «Was gibt's da zu erzählen. Er war narzisstisch beeinträchtigt, würde meine Diagnose lauten. Intuitiv begabt, aber ohne großes Einfühlungsvermögen. Er ist nie erwachsen geworden. Grad vorhin, auf dem Weg hierher, als ich an ein paar alten Kerlen in einem Friseurladen vorbeilief, ist mir der Gedanke gekommen, dass, als er starb, er nur deshalb starb, weil er es wollte. Wir, die wir um ihn waren, haben ihn angefleht, nicht zu sterben. Aber er hat gar nicht zugehört.» Dass Pru mit seinem Vater geschlafen hat, als der gerade aus dem Krankenhaus heraus war, hat Nelson für sich neu formuliert als ihre Art, ihn zu bitten, nicht zu sterben. Keine schlechte Umformulierung, denkt er.

«Warum wolltest du nicht, dass er stirbt, wenn er doch so furchtbar war?»

«Hab ich gesagt, dass er furchtbar war? Er war gleichgültig und egozentrisch, aber er hatte auch seine Vorzüge. Die Leute waren gern mit ihm zusammen, er hat gute Laune verbreitet. Weil er selber nie erwachsen wurde, konnte er gut mit Kindern umgehen, auch mit mir, als ich klein war. Je kleiner die Kinder waren, umso besseren Kontakt hatte er zu ihnen. Er war als Vater nicht so gut wie als Großvater, denn da konnte er den Clown spielen, brauchte keine unmittelbare Verantwortung zu tragen und hat einem nicht dieses beklemmende Gefühl gegeben. Mir hat er ständig Beklemmung verursacht. Ich meine, er hat sich ja wirklich so einiges geleistet. Er ist von Mom weggelaufen und bei deiner Mutter eingezogen. Er hat sich mit einem größenwahnsinnigen Schwarzen und einer masochistischen weißen Ausreißerin eingelassen und es so weit gebracht, dass unser Haus abbrannte. Er hat sich in die schwachköpfige junge Frau von einem Freund meiner Eltern verknallt, als sie in ihrer Countryclub-Phase waren. Er hat eine jahrelange heimliche Affäre mit der Frau seines ältesten Freundes gehabt. Ich sage Freund, aber in Wahrheit haben er und Ronnie sich immer gehasst. Ich meine, es ist keine konstruktive Persönlichkeit, von der wir reden.»

«Trotzdem wolltest du nicht, dass er stirbt.»

«Was erwartest du denn, das ich sagen soll? Verdammt,

er war der einzige Vater, den ich hatte. Was hätte ich tun sollen, mir wünschen, dass er tot umfällt?»

Annabelle lächelt. Ihr Suppenteller ist leer. «Manche würden sagen, das wäre normal.»

«Du willst auf diesen Ödipusscheiß raus? Freud ist interessant zu lesen, aber bei der praktischen Arbeit hilft er einem nicht weiter. Niemand in dem Gewerbe richtet sich noch nach Freud.» Aber was sie sagt, macht ihn fassungsloser, als er sich anmerken lässt. *Das wäre normal.* Er hatte gewollt, dass sein Vater lebt, sich weiter um ihn kümmert, ein Schutzdach über ihm ausspannt, wie wacklig es auch sei. Der Sturm draußen, der alte Floyd aus den Tropen, heult lauter. Die Deckenlampen flackern und erlöschen.

Im selben Augenblick kommt die Kellnerin mit dem Salat. «Huch», sagt sie. «Seht ihr beiden Turteltauben genug, um zu essen, oder soll ich ein paar Kerzen auftreiben?»

«Wir sehen genug», sagt Nelson. Im trüben Licht, das von draußen einfällt und unruhig flimmert, weil der Wind die Bäume schüttelt, beugt Nelson sich vor und sagt sanft zu seiner Schwester: «Er war groß, etwa zwanzig Zentimeter größer als ich, und hielt sich mit der angenehmen lässigen Ungezwungenheit eines Sportlers. Es hat ihm Kummer gemacht, dass ich nicht so war wie er. Er ist auf der High-School ein wunderbarer Basketballspieler gewesen, damals, als Basketball noch von Weißen gespielt wurde.»

«Das ist aber nicht gerade lebenfüllend, oder?», fragt Annabelle und hebt sich den ersten Gabelbissen Salat an den Mund. Sie hat eine etwas eifrige Art zu essen, ihr Mund bleibt, während sie kaut, mit zufriedenem Lächeln geschlossen, und ihre Oberlippe glänzt von Salatöl.

«Das haben ihm alle immer wieder vorgehalten, sein ganzes Leben lang», sagt Nelson. «Aber ich weiß nicht. Zumindest war's etwas, das man von sich selbst gern in Erinnerung behielt. Bei mir gibt es nichts, das der Erinnerung wert wäre.»

«Was ist mit deiner Familie?», fragt sie, bevor sie den nächsten Bissen nimmt und aufpasst, dass der Speckwürfel auf dem Spinatblatt nicht die Balance verliert.

«Die sind alle weg. Meine Frau Pru, die du trafst, als sie schwanger war, auf der Party damals, von der du alles vergessen hast, hat mich vor über einem Jahr verlassen und die Kinder mitgenommen. Sie ist nach Ohio gegangen, wo sie herstammt. Nach Akron. Ich habe sie kennen gelernt, als ich Student an der Kent State war.» Er sagt nicht, dass sie Sekretärin war und älter als er. Das ist ihm peinlich. «Meine Tochter Judy ist neunzehn, zwanzig im nächsten Januar, und lässt sich von niemandem mehr was sagen, außer von einem Haufen Boyfriends, und mein Sohn Roy verkehrt per E-Mail mit mir. Er ist vierzehn und kennt sich besser mit Computern aus als ich in hundert Jahren.»

«Warum ist sie weggegangen? Pru.»

«Ich weiß nicht. Wahrscheinlich, weil ich sie enttäuscht habe. Sie hält mich für ein Würstchen.»

Sie wartet, bis sie zu Ende gekaut hat, und sagt dann nachdrücklich: «Nelson, das bist du *nicht*. Du bist ein fürsorglicher, intelligenter Mann.»

«Ja, na ja. Vielleicht kann man so ein Mann sein und ist trotzdem ein Würstchen. Sie war frustriert. Sie wollte immer, dass wir uns ein eigenes Haus anschaffen, und ich sah nicht ein, was das soll, wo meine Mutter drüben in Mt. Judge mit all den vielen Zimmern dasaß. Ich wollte sie nicht allein lassen. Meine Mutter.»

«Aber nun ist sie verheiratet.»

«Ja. Aber dann wollte ich sie nicht mit meinem ziemlich grässlichen Stiefvater allein lassen. Hey – höre ich mich normal an, oder klingt es krank, was ich so rede? Wenn ich mit meinen Psychos zusammen bin, muss ich mir nicht selber zuhören. Ich lass *die* reden. Mensch, können manche von denen quasseln! Jeder glaubt, seine kleine Geschichte ist die größte Geschichte von der Welt.»

Die Kellnerin kommt aus der Küche zurück, stellt einen Keramikleuchter mit einer Kerze auf den Tisch und zündet die Kerze an. «Das wär nicht nötig gewesen», sagt Nelson. «Wir wollten grade gehn.»

«Gehn – wieso?» Die Kellnerin schlendert zur Tür und schaut durch die Glasscheibe in die sturmgepeitschte, nass glänzende Stadt hinaus. «Pechschwarz nach Osten zu», sagt sie. «Hinterm Verwaltungsgebäude.» Ein Pappschild, das hinter die das Glas einfassende Zierleiste geklemmt ist, trägt, in Leuchtfarbe, die Aufschrift GESCHLOSSEN. Sie nimmt das Schild und steckt es anders herum, sodass GESCHLOSSEN jetzt zur Straße zeigt. Die beiden in der Nische hören das Klicken eines sich drehenden Schlüssels. «Herd und Grill sind aus», erklärt die Kellnerin.

In größerer Nähe hört Nelson die andere weibliche Stimme, sie ist so leise, so durchsichtig wie die Stimme in seinem Kopf und sagt: «Erzähl mir mehr von deinem Vater, so wie du ihn gesehen hast.» Das Mädchen gibt sich solche Mühe, nett zu sein. Vielleicht ist sie nett. Aber Nelson redet nicht gern über seinen Vater. Es reißt etwas tief Verborgenes, etwas zu Kostbares aus ihm heraus. Wenn er sich zu erinnern versucht, wie es war, Kind zu sein und aufzuwachsen, kommt ihm immer ein Bild vor Augen: sein Vater und er vorn in einem Auto, keiner hat etwas zu sagen, aber das Schweigen tut gut, die Vorwärtsbewegung, an der sie gemeinsam teilhaben, ist beruhigend. Nelson wird irgendwohin gefahren. Zum Klavierunterricht, vor dem ihm bange war, weil er unter der Woche nie genug übte, was Mr. Schiffner mit den lavendelfarbenen Hemden und dem Hitlerbärtchen jedes Mal merkte. Zum Fußballtraining, als er in der Wochenendliga der Vierzehnjährigen war und sich Hoffnungen machte, ein Star zu werden, klein, aber flink. Zu Billy Fosnacht oder einem anderen Freund, so viele gab es ja nicht, um dort zu übernachten. Sein Vater hing während der Fahrt seinen Tagträumen nach, sein großer Kopf hatte etwas heiter Zufriedenes, seine Hände lagen auf dem Lenkrad, leicht und blass, die Fingernägel hatten große durchscheinende Monde, meistens steuerte er nur mit einer Hand, mit der anderen strich er sich gedankenverloren über den Hinterkopf, als ordne er seine Frisur, eine Geste, die wahrscheinlich aus den Tagen stammte, als Teenager die Haare nass zurückgekämmt trugen, sodass die Spitzen sich hinten trafen, wie bei Sal Mineo oder James Dean in den alten Rebellenfilmen, die Nelson vom Fernsehen kannte. Sein Vater war auch so etwas wie ein Rebell gewesen und ein Draufgänger, aber als er älter und zahm wurde, konnte er sich über die simpelsten amerikanischen Dinge freuen, er strahlte Glück aus, wenn er im Auto dahinfuhr, das Radio Musik brachte, die Heizung Wärme spendete und er seinen Sohn irgendwo ablieferte in diesem Stadtgebiet, in dem ihm jeder Häuserblock, jede Straßenkreuzung vertraut war. Abends, im gespenstisch trüben Licht, das auf die Vordersitze fiel, war es, als seien ihrer beider Schatten durch Blutsbande für immer miteinander verschmolzen. Das Kind, das Nelson damals war, hielt den eigenen Tod in einer so gefahrvollen Welt für möglich, unvorstellbar aber war ihm, dass sein Vater jemals sterben könnte.

«Von irgendeinem Zeitpunkt an», sagt Nelson, «habe ich ihn als Verlierer gesehen, als jemanden, der nie seinen Platz fand und von Moms Geld lebte, Geld, das *ihr* Vater verdient hat. Mom-Mom – die Mutter meiner Mutter, meine Großmutter Springer – sagte immer, dass ich so viel Ähnlichkeit mit Fred hätte, ihrem Mann. Er war verhältnismäßig klein, wie ich, ein guter Geschäftsmann und überhaupt sehr auf Draht. Mein Vater hat sich selber nicht für einen Verlierer gehalten, das war nicht seine Art. Er hielt sich für einen Sieger, und bis ich zwölf war oder so, hab ich ihn genauso gesehn.»

«Ich habe meinen Vater auch geliebt», sagt Annabelle, «den Mann, von dem ich dachte, dass er mein Vater ist. Er konnte alles reparieren – du kannst dir vorstellen, dass auf einer Farm ständig irgendwas kaputtgeht, aber er hat sich nie anmerken lassen, dass er geschafft war, er hat nur geseufzt und sich an die Arbeit gemacht. Er hatte eine wunderbar ruhige, sichere Hand – auch mit meiner Mutter, wenn die in Rage geriet. Immer wenn die leicht Erregbaren unter meinen Patienten anfangen, verrückt zu spielen, denke ich an ihn und versuche, mich so zu verhalten, wie er es getan hätte.»

Nelsons inneres Ohr meint einen falschen Ton zu hören: irgendetwas stimmt nicht. Ihm soll etwas eingeredet werden. Aber möglich, dass sein Ohr abgestumpft ist, weil er den ganzen Tag von Familien hört, sich mit all den Spielarten von Abhängigkeit und Groll, Liebe und ihrem Gegenteil abgeben muss, dem ganzen krankhaft in sich verschachtelten Nicht-entrinnen-können, das zu engen Beziehungen gehört. Wenn die Gesellschaft das Gefängnis ist, dann sind die Familien die Zellen, und für gute

Führung gibt es keinen Freigang. Gute Führung trägt sogar zu Verlängerung der Haftstrafe bei.

«Scheint ein toller Typ gewesen zu sein», grummelt er. «Jedes Mal, wenn mein Vater versucht hat, im Haus oder draußen was zu reparieren, hat er's bloß noch schlimmer gemacht.» Er hört diese Worte und fragt sich, ob sie fair sind. Er erinnert sich, dass sein Vater Gemüsebeete umgrub, die er hinten im Garten angelegt hatte, und sie sogar mit Maschendraht einzäunte, um sie gegen Kaninchen zu schützen. Er erinnert sich, dass sein Vater auf einer ihrer Autofahrten irgendwohin ihn inständig bat, nicht zu heiraten, nicht in die Ehefalle zu gehen, obwohl Pru schwanger war und der Hochzeitstermin schon feststand: er schockierte seinen Sohn, indem er vorschlug, Pru solle das Kind wegmachen lassen, er werde ihr auch eine Abfindung zahlen. *Ich kann's einfach nicht ertragen, dich in der Falle sitzen zu sehn. Du bist zu sehr wie ich.*

Ich bin nicht wie du! Ich sitz nicht in der Falle!

Nellie, du sitzt in der Falle. Sie haben dich, und du hast nicht mal piep gesagt.

Er hatte seinen Vater abgewimmelt, ihm vorgeworfen, eifersüchtig zu sein, die Ähnlichkeit bestritten, die der Alte so betonte. *Du musst nicht unbedingt das gleiche Leben führen wie ich, wahrscheinlich ist es das, was ich sagen will.* Gut, er hat nicht unbedingt das gleiche Leben geführt, und Pru zu heiraten ist nicht gerade das Wahre gewesen, aber was Nelson jetzt Schmerz bereitet, ist die Erkenntnis, dass sein Vater versucht hat, so weit sein Narzissmus es zuließ, aus seinem selbstischen Ich herauszutreten und seinem Sohn zu helfen, ihn zu bewahren vor einem Fiasko, wie die meisten Entscheidungen es nach sich ziehen. Er hat versucht, ein besserer Vater zu sein, als Nelson ihm je zugetraut hat, sogar jetzt noch kann er's kaum glauben. Er sagt mit einiger Mühe: «Aber er hatte auch seine guten Seiten. Wir haben im Garten oft Fangball gespielt, das war toll. Und er hat mich ins Stadion mitgenommen, wenn die Blasts gespielt haben. Einmal sind wir sogar nach Philly gefahren, zu einem Spiel von den Flyers, jemand hatte ihm Karten geschenkt.»

«Ich habe ihn kennen gelernt. In der Autofirma. Er war nett. Ich hatte keine Ahnung, dass er mein Vater war, aber er benahm sich väterlich. Und er war lustig.»

«Lustig? Was hat er denn gesagt?»

«Nelson, du erwartest doch nicht, dass ich das noch weiß!» Aber dann fällt ihr alles wieder ein. Der strahlende Junitag, die Toyota-Vertretung an der Route 111 auf der anderen Seite des Flusses, die Probefahrt, bei der Jamie am Steuer saß, neben ihm der massige große Verkäufer mit dem hellen feinen Haar und Annabelle hinten auf dem Rücksitz. Sie sagt: «Es war zu der Zeit, als das Benzin knapp war. Er sagte, in ganz Brewer gäbe es keine Absaugschläuche mehr, alle ausverkauft, und demnächst würden wir Schlange stehn für alles und jedes, selbst für einen Riegel Hershey-Schokolade, ich weiß nicht mehr, wie er darauf kam. Ich hatte das Gefühl, dass es ihm nicht wirklich wichtig war, ob wir ein Auto kaufen oder nicht.»

«War's auch nicht. Das einzige Mal, dass ein Job ihm was bedeutet hat, war, als er eine Linotype bedienen konnte, wie sein Vater. Und dann wurden Linotypes nicht mehr gebraucht.»

«Das ist traurig», sagt die Tochter.

Die Kellnerin steht in ihrem grünen Schürzchen da. «Kann ich einen von euch für ein Dessert begeistern?»

«Ich dachte, Sie haben dichtgemacht», sagt Nelson.

«Ja, hab ich auch, aber der Koch ist noch hinten, er meint, der Stromausfall ist bald vorbei. Zum Nachtisch haben wir Tofu, Haferpfannkuchen mit Honig, Ziegenkäseauflauf in kleinen Förmchen und kalorienarmes Joghurteis. Und seit kurzem bieten wir auch hausgemachte Obstkuchen an, die Leute haben immer wieder danach gefragt. Wollen mal sehen – Shoofly, Zitronenmeringue und Apfel mit Streuseln. Vielleicht ist auch noch ein Stück Rhabarberkuchen übrig. Aber solange wir keinen Strom haben, können wir nichts warm machen.»

Sie ist die Mutter, kommt es Nelson in den Sinn, die er mit Annabelle gemein hat. Die Kellnerin ist Brewer pur, ihr Gesicht ist eckig und asymmetrisch, wie ein Brötchen, das sich im Ofen angenehm verformt hat. Durch ihre Uniform hindurch dünstet sie gutmütig ertragenen Kummer aus – wehe Füße, ungeratene Söhne, alltägliche Beschwernisse. Und obwohl diese Frau ihm alt vorkommt, ist sie wahrscheinlich nicht viel älter als er und Annabelle – über vierzig, aber noch keine fünfzig.

«Apfel mit Streuseln klingt gut», sagt er; er will nicht, dass dieser Lunch zu Ende geht. Denn was kommt danach? Es ist ja nicht wie ein erstes Rendezvous, dem ein zweites folgt oder auch ein drittes, bei dem man dann zusammen im Bett landet.

«Ich dürfte eigentlich nicht», sagt seine Schwester, «aber ich würde gern den Haferpfannkuchen mit Honig probieren.»

Die Kellnerin senkt vertraulich die Stimme: «Die sind manchmal ein bisschen trocken. Wenn ich Ihnen was empfehlen darf, nehmen Sie eine Kugel Vanillejoghurteis dazu. Geht aufs Haus. Wenn der Strom nicht bald wiederkommt, schmilzt sowieso alles.»

«Sie sind gemein», sagt Annabelle. Ihr rundes Gesicht strahlt, ihre Augen leuchten wie die eines Geburtstagskindes, als sie einwilligt. Sie lebt seit zwanzig Jahren in der

Stadt und ist immer noch von einer Landpomeranzenunschuld, die Nelson peinlich ist, falls man sie für seine Freundin hält. In seiner Verlegenheit studiert er die Wandmalerei über den Nischen, die Grünes zum Thema hat – Farne, Büsche, überhängende Zweige, in vielfältigen Waldschattierungen auf den Putz gepinselt. Was ihm vorher nie aufgefallen ist, all die Mittage, an denen er am Tresen stehend schnell eine Kleinigkeit gegessen hat, ist, dass zwei Kinder auf dem Wandbild vorkommen, im Mittelgrund, mit dem Rücken zum Betrachter, ein Junge und ein Mädchen in altmodischer deutscher Tracht, mit Zöpfen und kurzen Lederhosen, zwei, die sich verirrt haben und einander bei der Hand halten.

«So», sagt er. «Ich glaube, ich habe dir nicht viel über meinen – unseren – Vater erzählt. Mom hat eine Menge Fotos und Zeitungsausschnitte zu Hause – hast du Lust, sie dir bei Gelegenheit anzusehen?» Er möchte ihr den Vater geben, ihren Vater, seinen Vater, aber als er die Hände ausstreckt, rinnt ihm der Staub durch die Finger, zu fein und trocken und tot, als dass man ihn halten könnte. Die Zeit hat den spektakulären Mann zu Pulver zermahlen, in nur zehn Jahren.

«Ich glaube nicht, dass deine Mutter mich noch einmal im Haus haben will», sagt Annabelle.

«Natürlich will sie das», sagt er, wissend, dass sie es nicht will, und er setzt hinzu: «Es ist auch mein Haus», obgleich es das nicht ist, noch nicht.

«Mir war so, als hätte einer von Ihnen was von grünem Tee gesagt», sagt die Kellnerin und stellt zwei kalte Desserts und zwei dampfend heiße Tassen auf den Tisch. «Das Wasser war noch heiß, und alle behaupten, grüner Tee ist so gesund. Die Japaner leben länger als alle andern. Neulich Abend kamen in den Nachrichten die beiden

Zwillingsschwestern, jede von ihnen über hundert Jahre alt, die sind wie Rockstars für die.»

«Grüner Tee ist wunderbar», sagt Nelson, um diese mütterliche Person wegzuscheuchen. Als die Geschwister wieder ungestört sind, sagt er: «Es ist toll, mit dir zusammen zu sein. Ich wünschte nur, mein Vater hätte dich kennen lernen können. Er fand es schrecklich, keine Tochter zu haben.»

«Das ist ein bisschen ungewöhnlich. Waren nicht alle Männer seines Alters Chauvinisten?»

«Er hat nicht viel übrig gehabt fürs männliche Geschlecht, mich eingeschlossen. Ich glaube, er hat andere Männer als Konkurrenz empfunden. Bei den Frauen. Und er hatte schreckliche Angst vor seiner homoerotischen Seite. Er hat sie verdrängt. Sein einziger Männerfreund – willst du das überhaupt hören?»

«O ja.»

«– war ein Autoverkäufer, der eine Weile was mit meiner Mutter gehabt hat. Das gab Dad irgendwie die Möglichkeit, eine gewisse Intimität unter Männern zuzulassen. Charlie, so hieß er, ist vor ein paar Jahren gestorben. Er hat's auch mit der Pumpe gehabt, aber im Gegensatz zu Dad hat er das volle Programm absolviert, dreifacher Bypass, Schweineklappen, Schrittmacher, Gott weiß, was sonst noch alles. Es hat eine Zeit lang funktioniert, aber ewig geht so was nicht, als Krankenschwester weißt du das ja. Meine Mutter ist in Kontakt mit ihm geblieben, auch dann noch, als sie mit Ron verheiratet war. Leute aus dieser Generation, wenn die mal miteinander» – er verwirft das auf der Hand liegende Verb – «wenn die mal miteinander im Bett waren, sind die nie mehr richtig voneinander losgekommen.» Er ist ziemlich weit abgeschweift. Es stimmt, was die Psychologiedozenten am Johnson Community gesagt haben: lass jemanden lange genug reden, und alles kommt raus, das Unterste zuerst. «Dad und Charlie sind also oben im Himmel», sagt er ironisch abschließend, «und sehen uns zu, wie wir hier beieinander sitzen.»

«Wann werden wir wohl wieder beieinander sitzen», sagt Annabelle, ganz unironisch. Sie ist sehr direkt, das hängt mit ihrer Naivität zusammen. Wie naiv kann man sein, 1999, mit neununddreißig Jahren?

«Bald», verspricht er. Auf was hat er sich da bloß eingelassen. «Ich möchte mir etwas überlegen. Du solltest mehr Leute kennen lernen, nicht nur mich.»

«Oh?»

«Na klar», sagt Nelson lässig sicher, ganz der große Bruder. Im selben Stil macht er der Kellnerin ein Zeichen, die die ganze Zeit hinterm Tresen am Fenster neben den hohen Aluminiumbehältern mit kalt werdendem Kaffee und heißem Wasser steht und ins Unwetter hinausschaut.

«Ich warte darauf, dass Äste runterfallen», sagt sie. «Aber es fallen keine.»

«Pennsylvania kann sich einen anständigen Hurrikan nicht leisten», flachst er. «Wir sollten alle in die Carolina-Staaten ziehen.» Er giert nach einem Hurrikan, merkt er – nach einem Umbruch, der alles aus den Angeln hebt.

Das düstere Zwielicht im Lokal scheint sich aufzuhellen. Nelson hält schützend die Hand hinter die Kerzenflamme und bläst sie aus. Die Kellnerin bringt die Rechnung, die sie auf die Rückseite einer in der Mitte durchgerissenen Speisekarte geschrieben hat: $ 11,48. «Hoffentlich haben Sie's passend, ohne Strom komme ich nämlich nicht an die Registrierkasse ran und kann Ihnen nicht rausgeben.»

Nelson sieht in seine Brieftasche: er hat einen Eindollarschein und sonst nur Zwanziger. Die MellPenn-Automaten rücken nur Zwanziger heraus, weil die Kunden zu schnellerem Geldausgeben animiert werden sollen. Obendrein alles neue Scheine. Er findet es grässlich, wie groß Jacksons Gesicht jetzt ist und dass es nicht mehr richtig in der Mitte sitzt. Der Alte wirkt lahmärschiger als früher. Sie haben aus dem Indianerkiller einen empfindsamen New-Age-Typen gemacht. Wie Spielgeld, dies Geld.

Annabelle sieht, dass Nelson zögert, und fragt: «Soll ich dir aushelfen?»

«Kommt nicht in Frage.»

Die Kellnerin mag mütterlich gewesen sein, aber der Teufel soll ihn holen, wenn er ihr $ 8,52 als Trinkgeld lässt. Und von Annabelle will er kein Geld annehmen, das gäbe dem ganzen Treffen einen würstchenhaften Beigeschmack. Er sitzt fest, ist gefangen, eingeklemmt zwischen unzumutbaren Alternativen: funktionsgestört. Er könnte mit einer Kreditkarte zahlen, aber auch dafür ist Strom nötig. «Du kannst es mir nächstes Mal zurückgeben», sagt seine Schwester mild. Er ignoriert sie und starrt in seine Brieftasche, auf die Ränder graugrüner Geldscheine, als werde gleich ein Wunder geschehen.

Und es geschieht: das Licht geht an. Rings um sie herum setzt sich summend die Maschinerie des Lokals in Gang. «Dann muss ich wohl wieder aufmachen», sagt die Kellnerin seufzend. Sie tippt den Betrag in die Kasse ein, und er nimmt sich einen Fünfer und zwei Einer vom Teller mit dem Wechselgeld. «*Danke*, Sir. Ich wünsche Ihnen beiden noch einen angenehmen Tag.»

In Brewer erntet man für ein Trinkgeld, das mehr als zehn Prozent beträgt, immer noch eine gewisse Dankbarkeit. «Das Essen war gut», sagt Nelson zu ihr. «Gut und gesund. Schön viele Streusel auf dem Apfelkuchen, genau wie meine Großmutter ihn immer gebacken hat.»

«Kommen Sie mal wieder», sagt sie, automatisch freilich, und geht mit schmerzenden Füßen zur Nische, um den Tisch abzuwischen und frische Papiersets draufzulegen.

Der Wind weht scharf und lässt die Tröpfchen von den Bradfordbirnbäumen stieben. Annabelles Galoschen glänzen. Sie bindet sich den roten Schal um den Kopf und knotet ihn unterm Kinn zusammen; ihr Gesicht wirkt ernster und schmaler so. Der Wind spuckt ihr ein paar Spritzer mitten hinein, und sie zuckt zusammen, lächelt dann aber. Sie weiß nicht, was sie als Nächstes zu erwarten hat. Er möchte ihr die Welt schenken, weiß aber nicht recht, wie. «Das hat Spaß gemacht», sagt er. «Wir hören voneinander.» Und er küsst sie auf die Wange, schmeckt den Regen, stellt sich vor, dass ihre Haut halb auch seine Haut ist, und denkt: *Meine Schwester. Meine.*

«**Die ist von Dad**, da gibt's nichts», sagt er zu seiner Mutter. «Dieselbe unwahrscheinliche Naivität, dieselbe Art, sich einfach so von den Wellen tragen zu lassen.»

«Sie hat sich nicht einfach so von den Wellen tragen lassen an dem Tag, als sie hierher kam», sagt Janice. «Die wusste genau, was sie wollte, hat mit ihrer kleinen Strubbelfrisur angegeben und ihre Beine bis sonst wohin, bis zum Schritt, vorgeführt.»

«Wie fändest du es, wenn sie nochmal herkäme? Diesmal auf Einladung, zusammen mit ein paar andern Leuten.»

«Was für andere Leute? Was erwartest du, dass ich denen sage – dies ist die uneheliche Tochter meines verstorbenen Mannes, sie stammt aus dem Sommer, der jetzt vierzig Jahre zurückliegt? Es war demütigend genug damals, es war ein Albtraum, Nelson. Ich sehe nicht ein, warum ich das alles noch einmal durchmachen soll. Ich kann nicht glauben, dass du mich so etwas fragst – Sozialarbeiter sind doch angeblich so feinfühlig.»

«Nicht unbedingt den eigenen Angehörigen gegenüber. Mom, sie gehört zur *Familie.* Wir können sie nicht einfach ignorieren, jetzt wo wir wissen, dass es sie gibt. Nur ein kleines Familienessen, vielleicht mit Ronnies Jungs.»

Zwei von Ronnies und Thelmas drei Söhnen sind zurzeit nicht verheiratet. Georgie, der mittlere, lebt in New York, obschon seine Träume von einem Revuetänzerdasein zerronnen sind. Alex, der älteste, schlaueste, erfolgreichste, lebt seit seiner Scheidung in Fairfax, Virginia. Er ist nicht gerade ein Bill Gates, aber er hat es ganz schön zu was gebracht und ist ungefähr in Annabelles Alter. Ron junior, der Jüngste, ist nach zwei Jahren von der Lehigh abgegangen und arbeitet als Zimmerer für eine hiesige Baufirma. Er ist mit einem Mädchen aus Brewer verheiratet; sie haben drei Kinder unter zehn Jahren. Nelson kriegt seine Stiefbrüder nicht allzu oft zu Gesicht, nur Georgie von Zeit zu Zeit, wenn der sich von den Strapazen, denen er im Big Apple ausgesetzt ist, erholen muss und in das große vordere Schlafzimmer einfällt, das bis zu Prus Auszug Judys Zimmer war. Aber für gewöhnlich versammeln sie sich alle zum Thanksgiving-Essen, das Thelma immer in großem Stil zelebriert hat, und Ronnie besteht darauf, dass Janice diese Tradition fortsetzt, auch wenn sie nie die große Köchin sein wird, die Thelma gewesen ist. Die erste Mrs. Harrison war früher Lehrerin und hat sich ihren Aufgaben als Hausfrau dann mit einem Sinn für Maß und Ordnung gewidmet, mit Achtung vor den Feiertagen und zugleich mit einem Talent zum großen Auftritt und einer Neigung zum Exzessiven. Es muss an diesem Exzessiven in ihr gelegen haben, dass es sie so zu Harry hingetrieben hat, mit einer Liebe, die für sie selbst beschämend war. Janice hat Angst vor dem Truthahn – wie viel Pfund muss er wiegen, wie lange muss er braten, bei welcher Temperatur – und bekommt ihn nie richtig hin. Entweder ist die Brust so trocken, dass die Scheiben unter Ronnies Tranchiermesser zerbröckeln, oder die Keulen sind noch blutig, und die Kinder am Tisch geben Ekelgeräusche von sich. Familienfeste sind für Janice immer eine kleine Qual gewesen: da kommen, wie zur Tagung eines strengen Sachverständigenausschusses, die Personen zusammen, denen wir etwas schulden, erst unsere Eltern und Großeltern und dann unsere Kinder und deren Kinder. Eine der Gemeinsamkeiten, die es trotz der vielen Reibereien insgeheim zwischen ihr und Harry gegeben hat, war die Abneigung gegen all das, gegen diese Pflichtveranstaltungen. Mutter ist eine begeisterte Kirchgängerin gewesen, und Daddy ist mitgetrottelt, aber Janice hat sich immer unwohl gefühlt, war jedes Mal kurz davor zu weinen, wenn die Orgel losdröhnte, besonders nachdem Becky gestorben war und Gott in dem entsetzlichen Augenblick damals nichts getan hatte, um das zu verhindern. Sie und Harry waren eigentlich am glücklichsten, wenn sie in Florida sein konnten, nur sie beide im Apartment in Valhalla Village, er hat Golf gespielt und sie Tennis, und jeder hatte seine Clique, und gegessen wurde fast ausschließlich in der Mead Hall, diesem vollkommen angemessenen, sehr netten Restaurant mit dem modernistischen Wikingerdekor.

Janices Stirn runzelt sich. «Ich sehe nicht, Nelson, wie ein solches Treffen anders als verkrampft und peinlich sein kann. Bloß weil die tote Schlampe uns dieses Mädchen aufgehalst hat –»

«Mom, sie ist meine *Schwester.* Hör zu, wenn sie in diesem Haus nicht zu Gast sein kann, dann wird es wahrscheinlich Zeit, dass ich ausziehe. Pru hat immer gesagt, das müsste ich in jedem Fall tun, aus Selbstachtung.»

«Wirklich? Das hat Pru gesagt?» Janice ist der Meinung gewesen, sie und ihre Schwiegertochter hätten es in diesem Haus all die Jahre recht gut miteinander ausgehalten, nachdem Harry gestorben war und sie sich darauf geeinigt hatten, das Haus in Penn Park, das Harry geliebt hatte, zu verkaufen. Sie ist fast den ganzen Tag fort gewesen, Immobilien an den Mann bringen, und Teresa hat zu Hause sein müssen, wegen der Kinder, und natürlich hat sie die Mahlzeiten zubereitet und die Hausarbeit gemacht und hin und wieder auch leichte Arbeiten auf dem Grundstück verrichtet. Das war nur recht und billig, denn sie musste ja keine Miete zahlen. Als Ronnie dann zum Haushalt gehörte, war's nicht mehr so einfach. Es gab Spannungen. Ronnie hatte seine eigenen Vorstellungen, wie es in der Küche und überall sonst zuzugehen habe. So wie Thelma ihn ständig umsorgt hat, ist er nicht gerade pflegeleicht gewesen. Thelma hat Männer verhätschelt: in gewisser Weise eine Bosheit, die sie überdauert.

Armer Nelson. Er hat diesen Fimmel – will unbedingt was tun für dies Mädchen, das niemand kennt. Krallen schlagen sich Janice ins Herz bei dem Gedanken, dass er sich immer mehr Familie gewünscht hat, als sie ihm geben konnten – eine größere, glücklichere Familie. Er hat ihre Eltern geliebt, weil die ihm eine Ahnung von dem vermittelten, wonach er sich sehnte: ein Clan, der in der Welt etwas bewegte und in dem großen, mit Stuck verzierten Haus lebte wie in einem Fort. Der Junge hat sich so sehr gewünscht, dass sie und Harry glücklich sind. Wenn sie miteinander zankten – selbst dann, wenn sie es eigentlich gar nicht so meinten –, wurde sein kleines Gesicht immer ganz weiß vor Sorge, sah aus wie eine Seifenblase, die versucht, nicht zu platzen. Und auch jetzt noch will er, dass alle gesund und heil werden – das Herz krampft sich ihr zusammen, wenn sie denkt, wie sehr sie ihn verletzt haben müssen.

«Ich weiß nicht, Nelson», sagt Janice einlenkend. «Vielleicht zu Thanksgiving. In der Menge geht sie unter.»

«Mom, das ist noch eine Ewigkeit hin.»

«Gerade eben Zeit genug, dass wir uns an den Gedanken gewöhnen können. Ich muss es Ronnie beibringen. Der ist absolut dagegen, so viel ist sicher.»

Aber als sie ihrem Mann im Schlafzimmer, an diesem Abend oder am nächsten, von Nelsons törichtem, traurigem Wunsch Kenntnis gibt und ihren Thanksgiving-Vorschlag hinterherschickt in der sicheren Erwartung, er werde auf Ablehnung stoßen, sagt Ronnie, und seine Stimme ist in eine jugendlichere, ordinärere Tonlage geschlurrt: «Na, wir werden's wohl überleben. Würd mich interessieren, wie Ruth Leonards Tochter sich rausgemacht hat.»

Er spricht diesen Namen, den Janice nur mit Mühe im Kopf behalten kann, so leicht und lässig aus; da fällt ihr wieder ein, dass zwischen Ronnie und dieser Schlampe mal was war, sie haben zusammen ein Wochenende an der Jersey-Küste verbracht, lange bevor Harry ihre Bekanntschaft gemacht hat, es hat ihn immer gefuchst, dass Ronnie zuerst da war, und Janice hat nie einsehen können, wieso er das Recht hatte, sich darüber zu ärgern. Aber so war Harry eben, er dachte, er hätte alle möglichen Rechte, einfach weil er er war, der wundervolle Harry.

iii.

Von: Roy Angstrom [royson@buckeyemedia.com]
Datum: Freitag, 22. Oktober 1999, 20:04
An: nelsang.harrison@qwikbrew.com
Betrifft: Witze zum Geburtstag

Dad, feiere eine super Party mit wem auch immer!!! Hier kommt ein Oldie aber ich kannte ihn noch nicht und fand ihn ziemlich komisch. Präsident Clinton hat nach dem Tornado vom 3. Mai Oklahoma City besucht und ein Mann von dessen Haus nicht mehr viel übrig war hat ein Schild aufgestellt: *HEY BILL AUCH KEIN SCHLECHTER BLOW JOB WAS?* Der Mann musste das Schild auf Befehl vom Secret Service wieder runternehmen. Ich halte das für eine wahre Geschichte was meinst du?

Nelson sitzt oben in dem kleinen, nach vorn hinausgehenden Zimmer, starrt auf den Computerschirm und rutscht im Drehsessel gequält hin und her. Wenn dies die einzige Art ist, in der sein Sohn sich mitteilen kann, dann ist das besser als nichts, aber er wüsste doch gern, wie weit der Junge sich mit Blow-Jobs auskennt. Allerdings, nach dieser Lewinsky-Sache wissen sogar Kindergartenkids Bescheid, in den Nachrichten ist es Thema Nummer eins. Pru hat es in der ersten Zeit oft mit ihm gemacht, hauptsächlich, als sie noch nicht verheiratet waren, aber als ihre Ehe sich dann hinzog, ist es immer seltener dazu gekommen, selbst wenn sie beide high waren von irgendetwas, hat sie nicht gewollt, auch nicht, wenn er runtergetaucht ist zu ihrer kleinen Pussy mit dem rötlichen Flaum, der ziemlich spärlich war, verglichen mit dem kräuseligen Busch von Melanie, zum Beispiel. Einmal hat er sich bei so einer Gelegenheit in eine Position gebracht, die es ihr leicht machen sollte, sich zu revanchieren, und da hat sie ihm geradeheraus gesagt, dass ihr der Geruch eklig sei. *Was für ein Geruch?*, hat er gefragt und gespürt, wie er anfing zu welken. *Ich wasche mich.*

Du kannst nicht dafür, hat sie gesagt. *Es ist ein Geruch, der sich nicht abwaschen lässt. Es ist eine Art Säure. Außerdem habe ich Angst davor, dass du in meinem Mund bist und kommst.*

Aber wieso denn, Schatz? Wieso hast du davor Angst? Es tut so gut, von Zeit zu Zeit.

Dir *tut's gut.*

Du hast es früher immer gemocht.

Das habe ich anders in Erinnerung. Ich habe das nur gesagt, weil ich wusste, dass du es hören wolltest.

Du hast mich angelogen?

Auf die Weise kann man sich Aids holen, verstehst du.

Ach Gott. Wenn ich Aids habe, kriegst du's in jedem Fall. Wieso sollte ich Aids haben? Ich bin seit Ewigkeiten mit niemand anderm zusammen gewesen als mit dir.

Behauptest du. Und die Kokshuren, als du noch nicht clean warst?

Kokshuren, es gibt keine Kokshuren. Das sind einfach Frauen, die nicht so spießig sind wie andere, das ist alles. Es stimmte, damals, als er noch nicht clean war und regelmäßig ins Laid-Back ging, haben die Mädchen, die da herumhingen und auf Drogen und ein bisschen Spaß aus waren, es gern mit dem Mund gemacht, auf die Weise wurden sie schnell und ohne viel Umstände mit einem fertig. Sie mussten sich im Auto nicht mal die Strumpfhose ausziehen. Ihre Münder rochen hinterher tatsächlich eigenartig, und wenn er stoned war, fand er es angenehm, sie zu küssen, obwohl sie sich sträubten und sagten, er sei krank, ein verkappter Schwuler. Diese Mädchen hatten trotz all ihrer Hurenhaftigkeit sehr wenig Vorstellungskraft, sehr enge Parameter. *Wenn bei mir irgendwann Aids ausbräche, hätte es dafür inzwischen Anzeichen gegeben.*

Nicht unbedingt. Ich habe gelesen, dass das Virus fünfzehn Jahre schlummern kann. Es versteckt sich so lange irgendwo an der Basis der Wirbelsäule.

Ach Gott. Und das soll nun eine Ehe sein.

Du kannst mich aber ficken.

Na, da haben wir's ja mit einem wahren Vernunftwesen von Frau zu tun! Und Aids?

Nelson, ich habe gesagt, du kannst mich ficken. Tu's oder lass es.

Ich lass es. Keine Lust mehr.

Ooh, der Kleine hat keine Lust mehr!

Es *war* wunderbar, den Kopf einer Frau da unten zu haben, das viele Haar unter deinen Händen, ihre Ohrläppchen, ihr Nacken, du kannst ihr Gesicht nicht sehen, aber ihre Schultern spannen sich, wenn du kommst, manche haben gesagt, es sei auch für sie erregend, aber Pru zufolge haben sie gelogen, weil sie etwas anderes wollten. Frauen lügen so, wie Schwarze lügen. Wenn man zu einer Sklavenkaste gehört, bringt einem das Aussprechen der Wahrheit sehr wenig. Man vergisst, wie es geht. Nelson erlebt das andauernd im Therapiecenter. Nur für die da oben zahlt es sich aus, die Wahrheit zu kennen. Nur die können sie sich leisten. Es gefällt ihm nicht, dass Roy weiß, was ein Blow-Job ist. Der Junge ist vierzehn, Masturbation sollte genügen. Das drängend Straffe, das Neue, das Gefühl, man lehne sich gegen eine hohe weiße geschlossene Tür, die Empfindung, eine Sekunde lang auf dem Kopf zu stehen, die Nelson jedes Mal überkam, die winzigen Muskeln zuckend in einem Krampf: diese Empfindung führt einen in eine andere Welt, hinauf und hinaus, kühl wie Eiscreme, heimlich wie Gedankèn, hinterher ein metallischer Geschmack im Mund, der Geschmack, irgendwo gewesen zu sein, wo es ganz anders war. Aber er möchte, dass die Bilder im Kopf des Jungen unschuldig, bräutlich sind, das Mädchen, das im Klassenzimmer in Ohio neben ihm sitzt, soll in seiner Phantasie unter ihm liegen in einer duftenden Wolke aus Rüschen und Spitzen und zerdrückten Blumen, wenn er in der Sicherheit seines Bettes den Höhepunkt erreicht. Nicht diese kindischen Schweinereien aus dem Internet. Wer hätte gedacht, dass das Internet, das die Welt zu einem schimmernden, gegen Diktatur gefeiten Kokon verknüpfen soll, so schmuddelig pubertär sein würde?

> Hiers noch einer Dad. Ein Mann und eine Frau sind in den Flitterwochen und sie bittet den Typ um Entschuldigung und sagt sie möchte jetzt keine Liebe machen sondern lieber schlafen und um 3 Uhr morgens steht sie auf und holt sich ein Glas Wasser und da sieht sie dass er immer noch wach ist und fragt ihn wieso. Er sagt sein Pimmel ist so hart dass keine Haut mehr übrig ist die er sich über die Augen ziehen kann.

Das kommt schon eher hin, denkt Nelson. Normaler ehelicher Sex, wenigstens das. Judy hat früh angefangen mit Jungen, er weiß nicht, wann sie ihre Jungfräulichkeit verloren hat, es muss in Pennsylvania gewesen sein, als sie alle noch in diesem Haus wohnten, Judy in dem nach vorn hinausgehenden Schlafzimmer, es hat einige reichlich späte Besucher gegeben, erinnert er sich, sie kamen zur klemmenden Vordertür herein, das Knacken weckte ihn, und er hörte leise Schritte auf der Treppe, da war sie erst sechzehn oder siebzehn und hatte noch ihre Sommersprossen. Pru hat es gewusst. Sie hat mit ihm nicht darüber reden wollen. *Warum auch nicht?*, hat sie einmal zurückgefragt. *Deine Tante Mim ist eine Nutte, ihr Angstroms seid alle wie die Karnickel.*

Und sie selbst, mit Dad, in ebendem Zimmer, in dem er jetzt sitzt, das Gesicht vom Computerschirm beleuchtet. Er hat es nie in seinen Kopf kriegen können. Was gesund war. Etwas vor sich selber zu leugnen kann gesund sein. Kinder tun es, um das Bild dessen, der für sie sorgt, intakt zu halten, trotz des Missbrauchs. Als er Pru zur Rede stellen wollte, sagte sie, sie verstehe es so wenig wie er. *Es ist einfach passiert, Nelson. Manches passiert einfach so. Es gibt nicht für alles einen tieferen Grund, wie man's dir im Sozialarbeiterkurs beigebracht hat.*

Oh, hat man mir das beigebracht.

Ja, und unentwegt Fragen zu stellen, anstatt dich um Antworten zu bemühen.

Du willst von mir Antworten? Auf welche Fragen?

Warum liegst du mir dauernd in den Ohren damit, dass dein Vater und ich ein einziges Mal was miteinander gehabt haben, als wir beide nicht ganz bei Sinnen waren, ich wegen deiner Drogengeschichten und er wegen seines armen ramponierten Herzens? Er ist tot, Nelson, dein Vater ist tot, zwischen ihm und mir wird nie mehr etwas sein, selbst wenn uns danach zumute wäre. Was nicht der Fall ist. Nicht der Fall war.

Nelson sieht zu den Fenstern im ersten Stock auf der anderen Seite der Joseph Street hinüber und hofft, die Frau des Hauses zu erspähen, während sie gerade nichts anhat. Es gibt drei Fenster, im mittleren liegt ein Plastikkürbis, in dessen Innerem eine Glühbirne leuchtet, und die beiden links und rechts davon sind trüb erhellt, das rechte ist wahrscheinlich ein Flurfenster, aber die anderen zwei gehören zu einem Schlafzimmer, einem Kinderschlafzimmer, vermutet er. In dieser Doppelhaushälfte hat jahrelang ein älteres Ehepaar gewohnt, dessen Leben sich im rückwärtigen Teil abspielte, in der Küche und in der Fernsehstube, aber das junge Paar mit den zwei kleinen Kindern, das dann eingezogen ist, hat andere Lebensgewohnheiten, und von Zeit zu Zeit kann man die Frau im Bademantel sehen oder in Unterwäsche, schwarzer Bikinislip und zwei beigefarbene Körbchen, eng anliegend wie Haut, die Art BH, die er von der Werbung im Brewer-*Standard* kennt, Fotos, auf denen Models diese Kreationen vorführen, die Diskrete Betonung heißen, Nahtloser Zauber, Seidenglatt, Süßes Nichts. Pru hat früher Bikinislips getragen, aber als ihr Hintern in die Breite ging, entwickelte sie eine Vorliebe für altdamenhafte weiße Baumwollschlüpfer, aus denen man T-Shirts für Lastwagenfahrer hätte zuschneiden können. *Du kannst mich aber ficken.* Er braucht eine Frau. Einem Beruf nachzugehen und nach Hause zu kommen zu Mutter und Stiefvater und zu TV-Comedys, die für Leute von Mitte zwanzig in New York City gedacht sind, ist kein Leben. Er schläft schlecht: keine Haut übrig, die er sich über die Augen ziehen kann. Aber in seinem Alter – er ist heute dreiundvierzig geworden – käme er sich albern vor, wenn er in Singlekneipen ginge oder sich am Partykarussell beteiligte, falls er überhaupt wüsste, wo sich das dreht. Der Betrieb, der im Laid-Back Ecke Ninth und Weiser geherrscht hat, liegt eine Ewigkeit zurück – anderer Lebensstil damals, andere Drogen. Ängste, die mit dem Kalten Krieg zu tun hatten, mit Japan. Jetzt, da das Jahrhundert zu Ende geht, sinkt all das in die Geschichtsbücher ein. Er befürchtet auch, dass eine Rückkehr ins gesellige Leben ihn wieder mit Koks in Berührung bringen könnte oder mit Ecstasy, das nimmt man heute ja wohl, oder mit dem immer billiger werdenden Heroin; es ist so leicht, rückfällig zu werden, wenn du das Gefühl hast, dass es für dich nicht viel zu verlieren gibt. Im Gespräch mit den Drogenabhängigen im Neuen Anfang kann er nicht viel dagegensetzen, wenn sie ihre Gründe vorbringen, warum sie dafür sind. Glücklich zu sein bedeutet, sich glücklich zu fühlen. Vielleicht verkürzt es dein Leben, aber wenn du tot bist, dann ist das auch egal. Es bis zum nächsten Schuss, zum nächsten geborgten Rausch zu schaffen, gibt dem Leben einen Sinn. Clean zu sein setzt dich der Tatsache aus, dass das Leben keinen Sinn hat.

Hier geht alles ganz cool seinen Gang Dad. Die 10. Klasse ist nicht wesendlich anders wie die 9. außer dass man jetzt Sophomore ist und mehr respektiert wird wie die primitiven Freshmen. Es gibt eine Menge afroamerikanische Schüler an der North High aber man kommt gut mit ihnen klar wenn man sich um seinen eigenen Kram kümmert und keine diskriminierenden Sprüche loslässt. Der Unterricht ist ziemlich leicht ich habe im ersten Vierteljahr in Bio viermal ein A und einmal ein B bekommen aber unser Biolehrer Mr Pedersen sagt er ist sich sicher ich kanns noch besser machen.

Judy treibt Mom in den Wahnsinn ist fast jeden Abend unterwegs ihr Bett ist manchmal sogar am Morgen noch unbenutzt aber sie spielt mit dem Gedanken eine Ausbildung als Flugbegleiterin bei USAirways zu machen die Hauptzentrale von denen ist in Pittsburg. Mom arbeitet jetzt mehr Stunden wie sonst für Rechtsanwalt Mr Gekoppolos (Schreibweise kommt ungefähr hin) an der Buchtel Avenue in der Innenstadt aber ich soll dir ausrichten wir brauchen deinen Scheck trotzdem bitte bald wenns geht.

Das wärs erst mal Dad ich will noch ein TOMB RAIDERS Spiel machen und muss dann mächtig für Bio büffeln. TTBB (tschau tschau bis bald) Gruß und Kuss :-) ROY

Nelson brennen die Augen, während er dies in der winzigen Druckschrift liest, die Windows 98 einem zumutet. Nicht nur die Schrift, auch die verschwindend kleinen Symbole sind für ganz junge Augen gedacht. Der Junge ist aufgeweckt, die Erwachsenen, die das Sagen über ihn haben, dürfen ihm bloß nicht den Kopf versauen. Und Judy, vielleicht weiß sie, was sie tut. Sie hat offenbar keine Angst vorm Fliegen, auch wenn ihm nicht wohl ist bei dem Gedanken, dass seine Tochter die ganze Zeit in der Luft ist. Dad war auch immer nervös, wenn es ums Fliegen ging.

Von: Dad [nelsang.harrison@qwikbrew.com]
Datum Sonntag, 24. Oktober 1999, 21:31
An: royson@buckeyemedia.com
Betrifft: väterliche Zuneigung

Roy – tolle Noten, ich gratuliere. Mach weiter so. Gute Witze, aber gibt es denn gar keine anständigen mehr? Sex kann lustig sein, ist aber auch verdammt ernst, ungefähr das Ernsteste, womit wir's zu tun haben. Ich find's gut, dass Judy mit vielen Leuten zusammenkommt, aber sag Deiner Schwester, sie darf sich nicht billig machen. Die anderen neigen dazu, uns nach dem Wert zu beurteilen, den wir selber uns beimessen, und eine Frau muss sich immer besonders davor hüten, dass man sich keine schlechte Meinung von ihr bildet. Es freut mich, dass sie sich Gedanken über einen künftigen Beruf macht, auch wenn es nicht der ist, den ich für sie ausgesucht hätte. Unsere Familie ist bis jetzt immer brav auf der Erde geblieben. Sag Deiner Mutter, ich werde ihr den Scheck schicken, aber Ronnie meint, ich müsste mehr zu den Haushaltskosten beitragen, weil er jetzt im Ruhestand ist und nur seine Rente hat und alles immer teurer wird, einschließlich der Grundsteuern.

Die große Neuigkeit hier – zumindest, was mich betrifft – ist, dass Du eine Tante hast, von der bislang niemand etwas gewusst hat: Als ich noch ganz klein war, hat Dein Großvater mit einer anderen Frau eine Tochter in die Welt gesetzt. Sie heißt Annabelle Byer. Niemand hat je von ihr gehört, bis sie vor ein paar Wochen auf einmal vor der Tür stand und Deiner Großmutter ihre Geschichte erzählte. Ich habe sie vergangenen Monat zum Lunch eingeladen, und wir sind wunderbar miteinander ausgekommen. Wir haben uns unterhalten, als ob wir uns unser ganzes Leben lang gekannt hätten. Sie ist Krankenschwester, und ich betreue psychisch Kranke – ist das nicht ein merkwürdiges Zusammentreffen? Grandma will sie einladen, mit uns Thanksgiving zu feiern, und vielleicht könnt Ihr sie kennen lernen, wenn Eure Mutter Euch Weihnachten zu uns bringt. Ich kann's kaum abwarten, Euch wiederzusehen. Im August in den Poconos war's schön, aber das ist viel zu lange her.

Hier sind alle bei guter Gesundheit. Der sommerlichen Dürre ist jetzt im Herbst viel Regen gefolgt, aber für die Farmer ist es zu spät. Die einzigen Sprüche, die man als Witze bezeichnen könnte, habe ich von einem der schwarzen Klienten im Center aufgeschnappt, der eine Menge «Yo momma's so fat»-Jokes auf Lager hat. Die hier sind mir in Erinnerung geblieben: Sie wirft so viel Schatten, dass sie käuflich davon abgeben kann, sie isst Aspirin nur mit Mayonnaise, und wenn sie ins Kino geht, sitzt sie neben jedem. Wir haben im Center eine sehr dicke Frau, und er erzählt diese Witze nie in ihrem Beisein.

Ich bin sehr stolz auf Dich, Roy, und habe Dich sehr lieb. Dad

P.S. Achte doch mal auf Folgendes: Wenn ich zwei Wörter zusammenziehe, also einen Vokal weglasse, setze ich ein Apostroph. Hat man Euch das in der Schule noch nicht beigebracht? Außerdem bildet man den Komparativ nicht mit «wie», sondern mit «als»: besser *als*, mehr *als*.

Er drückt auf die Taste SENDEN, ohne das Getippte noch einmal durchzulesen. Er kommt sich wie der pedantische Vater vor, den er nie gehabt hat, aber auch nicht dringend hat haben wollen. Sein Vater hat gelegentlich gesagt: *Immer wenn mir jemand sagt, tu dies, tu das, rät mein Instinkt mir, genau das Gegenteil zu machen.* Aber Ordnung und Organisation müssen bewahrt werden in der Welt. Empfindet man Bande der Zuneigung und Liebe, soll man ihnen Ausdruck geben, sonst halten sie nicht. Nelson schaltet behutsam den Computer aus. Von Zeit zu Zeit blockiert die Maschine ohne jeden Grund und teilt ihm tadelnd mit: Dieser Befehl ist unzulässig. Das Programm wird jetzt beendet. Der einzige Funzelschein auf der anderen Straßenseite ist jetzt das elektrische Kürbisgrinsen. Als er die Frau da drüben einmal ganz deutlich in Unterwäsche gesehen hat, ist ihr Bauch von schierem Weiß gewesen und wunderbar lang gestreckt und eingedellt vom Nabel, tief, wie die Ärzte das jetzt machen.

«**Tante Mim?** Hier ist Nelson. Dein Neffe.»

«Ich weiß, dass du mein Neffe bist, Dummchen – was denkst du denn, wie viele ich habe? Was gibt's, Kleiner? Was ist los in der alten Heimat?»

Ihre Stimme, ausgedörrt von Zigaretten wie die Wüste von der Sonne, ist trocken und rissig, aber angenehm; Familienwärme durchströmt die alten Schrunden bei dem, was Mim für einen Notfall hält. Warum sonst sollte er anrufen? Sie ist sechs Jahre jünger als Dad, muss jetzt also sechzig sein, nicht alt für manche Berufe, für ihren aber ist sie uralt, sie übt ihn schon lange nicht mehr aus, trotz diverser Faceliftings und Gesäßstraffungen und der Wunder moderner Zahnheilkunde. Nelson fragt sich, wann sie wohl ihren letzten Freier gehabt hat. Im Center hat man es dann und wann mit Arbeiterinnen im Sexgewerbe zu tun, manche haben immer noch ein paar Kunden, alte Männer, mit denen sie weitermachen, fast, als ob sie mit ihnen verheiratet wären. Jetzt, wo es ihren Bruder und ihre Eltern nicht mehr gibt, die Bindeglieder zwischen ihr und diesem Landstrich, kommt Tante Mim nie mehr hierher. Das letzte Mal war sie hier, als Dad beigesetzt wurde. Es gab keinen Leichnam, nur eine eckige Urne aus einem Kunststoff, der wie gepresste Kleie aussah. Mom hatte ihn unten in Florida einäschern lassen, weil das transportmäßig gesehen das Bequemste war. Am Lenkrad einander abwechselnd, hatten sie und Nelson ihn in dem schiefergrauen Celica, mit dem er seinen letzten Fluchtversuch unternommen hatte, nach Norden zurückgebracht. Pru war mit den Kindern hinuntergeflogen, einen Tag nachdem er und Mom mit Mühe eine Nachtmaschine von Philly aus erwischt hatten, aber als sie landete, war Dad schon tot. Tot und sein Leichnam, knapp einsneunzig lang und zweihunderteinunddreißig Pfund schwer, in aller Eile vom Krankenhaus zum Krematorium befördert. Pru stand in Ungnade, denn sie hatte gebeichtet – als Katholikin war sie dazu erzogen worden, alles zu beichten –, dass sie und Dad, wie sollte man das nennen, doppelten Ehebruch begangen hätten. Inzest, irgendwie, aber nur einmal. Sie und die Kinder wurden auf die viel zu engen Rücksitze des zweitürigen Sportwagens gequetscht, und die klobige Kunststoffbüchse, wie eine Kühlbox aus Styropor, nur kleiner und von kompakter Wirkung wegen ihres eingedampften Inhalts, reiste im Kofferraum zwischen dem vielen Gepäck mit. Es war ein hartes Stück Arbeit gewesen, so zu packen, dass alles ins Auto hineinging, und Nelson hatte ziemlich ungnädig reagiert, als die kleine Judy, die damals neun war, in dem Motel außerhalb von Savannah, wo sie einen Zwischenstopp zum Übernachten einlegten, in Tränen ausbrach, weil sie den Gedanken nicht ertrug, dass Grandpa ganz allein draußen bleiben sollte im kalten, dunklen Kofferraum. Es gab in den beiden Motelzimmern nicht allzu viele sichere Aufbewahrungsplätze für ein so heiliges, ominöses Ding – gedörrte Knochenschüppchen, Harold-C.-Angstrom-Konzentrat –, und so stellten sie es oben auf den Schrank aus Holzimitat, der den ausschwenkbaren Fernseher beherbergte. Mom nahm dieses Zimmer, zusammen mit den Kindern, und sie musste sie immer wieder davon abhalten hinaufzuklettern, den Deckel von der Urne zu nehmen und hineinzusehen. Er und Pru waren so gekränkt voneinander, dass sie nicht schlafen konnten und um sich zu entspannen, schließlich miteinander fickten, worauf sie beide noch zorniger und trauriger wurden, als sie sowieso schon waren. Am nächsten Abend, in einem Comfort Inn hinter Raleigh, teilten Mom und Pru sich ein Zimmer, und er und die Kinder nahmen das andere. Sie sahen sich *Roseanne* im Fernsehen an und schliefen vor ihm ein, aber am nächsten Morgen war er immer noch angeschlagen, und nachdem er und Pru beim Frühstück ein paar Worte gewechselt hatten, die allen das Gefühl gaben, sie gingen auf Zehenspitzen über Glasscherben, fuhren sie los und ließen die Asche in ihrer eckigen kleiefarbenen Keksdose auf dem Regal mit den zusätzlichen Wolldecken im Wandschrank eines Comfort-Inn-Zimmers zurück.

Es war Judy, der das plötzlich einfiel, als sie schon an zwei Ausfahrten vorbei waren. Obwohl Nelson das Gaspedal durchtrat, dauerte es eine Ewigkeit, bis er die dritte Ausfahrt erreichte und auf der 95 zurückfahren konnte.

Sein ganzer Körper war klebrig nass vor Hast und schlechtem Gewissen. Der schwarze Portier, der gerade seinen Dienst angetreten hatte, schaute zweifelnd drein, als er sich Nelsons hervorgekeuchte Erklärung anhörte, rückte dann aber doch noch einmal den Schlüssel heraus. Es war seltsam, wieder eingelassen zu werden, wie in eine leere Gruft – als ob sie alle gestorben oder entführt worden wären. Die Betten war noch nicht gemacht, die benutzten feuchten Handtücher lagen vor der Duschkabine. Sie fanden eine Kinderzahnbürste im Bad und natürlich auch Grandpas Überreste, die friedlich auf dem Regal im Schrank standen; die eckige Urne sah aus, als gehöre sie zur Einrichtung, wie einer der eingebauten kleinen Safes, die es in manchen Motels gibt. Nelson wurde von einem ungeheuren Gefühl der Wiedervereinigung überkommen, damals, als er den Behälter in die Arme nahm, von dem seligen Gefühl, dass alle Sünden getilgt seien. Später, als er mit bereits geschultem Auge zurückblickte, sah er, dass unbewusst etwas wie Rache im Spiel gewesen war, als sie Dad zurückließen, Rache dafür, dass er sie so manches Mal zurückgelassen hatte.

Nelson weiß nicht mehr, ob sie es alle zum Lachen fanden, dass sie das Oberhaupt der Familie einfach so vergessen hatten, aber er weiß noch genau, dass Tante Mim zu viel Schwarz zur Beerdigung trug, alles an ihr war schwarz, die Handschuhe, der Hut, die große Sonnenbrille: ein modisches Statement eher als eine Trauerbekundung. Wie ein schicker Vampir stand sie unübersehbar zwischen den stillen ordentlichen Grabreihen des Friedhofs hoch am rückwärtigen Hang des Mt. Judge, wo Earl W. (1905–1976) und Mary R. (1904–1974) Angstrom in einem Doppelgrab unter einem rosafarbenen polierten Stein ruhen, einen grasbewachsenen Schritt entfernt von dem kleineren älteren taubengrauen Stein mit der Inschrift

REBECCA JUNE ANGSTROM
1959

Seine Schwester. Er hat die Schuld immer bei sich gesucht. Wenn er Dad mehr Freude gemacht hätte, wäre der nicht weggelaufen, und Mom hätte sich nicht betrunken, und es wäre nicht passiert. Auf Dads Beerdigung hat Mim wie ein pietätloser schmaler schwarzer Peitschenknall inmitten der grauen Trauergemeinde gewirkt (es waren sogar einige ältere Fremde dabei, Männer, die mit dem Verstorbenen gearbeitet hatten, bei Verity Press oder in der Toyota-Vertretung, oder die in Harrys glorreichen Teenagerjahren gegen ihn oder mit ihm Basketball gespielt hatten und sich ihm genug verbunden fühlten, von ihrer eigenen knapp werdenden Lebenszeit einen Vormittag für ihn abzuzwacken), aber Dad hatte Mim geliebt und sie ihn, mit der schweren Hilflosigkeit des Bluts, das uns in eine Familie wirft wie in ein Verhängnis.

«Du ahnst es nicht, Tante Mim, es ist total irre», sagt Nelson am Telefon. «Dad hat mit der Frau, mit der er damals zusammengelebt hat, ein Kind in die Welt gesetzt, ein Mädchen, und die hat sich jetzt gemeldet. Sie ist neununddreißig und Krankenschwester und lebt hier mitten in Brewer. Sie ist auf einer Farm aufgewachsen. Ich bin mit ihr zum Lunch gewesen. Sie sieht ein bisschen wie Dad aus, nicht als er schon richtig dick war, sondern als sein Gesicht gerade anfing, rund zu werden – mit so, wie soll ich sagen, mit so schläfrigen Augen und sehr weißer Haut. Du hast nun also nicht bloß einen Neffen, sondern auch eine Nichte.»

«Mist», knistert es nach einer Pause aus dem Telefon. «Ich muss mein Testament umschreiben. Wieso hat sie sich erst jetzt gemeldet? Hat Harry von ihr gewusst?»

«Er hat so was vermutet, glaube ich, aber richtig gewusst hat er's nicht. Ihre Mutter wollte es ihm nicht sagen. Sie ist diesen Sommer gestorben, und kurz vorher hat sie Annabelle eingeweiht. Da ist sie zu uns gekommen.»

«Wer ist ‹uns›?»

«Die Familie. Ich und Mom und Ronnie.»

«Ich wette, Ronnie ist begeistert. Und Janice erst. Ich glaube, sie ist zu dir gekommen, Nelson. Also, was stellst du dir vor?»

«Na ja, es ist nicht so, als ob sie nicht zurechtkäme, sie verdient mehr Geld als ich, aber sie scheint schrecklich allein zu sein. Meiner Meinung nach müsste sie dringend mit ein paar Leuten zusammengebracht werden. Aber seit ich mit Koks aufgehört habe, kenne ich kaum noch welche, nur die Klienten bei der Arbeit.»

Tante Mim, am andern Ende der Leitung, denkt nach. «Wie lange weißt du, dass es dies Mädchen gibt?»

«Seit September.»

«Und du rufst erst jetzt an, um mir das mitzuteilen?»

«Ich hab's wohl immer wieder vor mir hergeschoben.»

«Es ist dir peinlich», entscheidet Mim. «Es muss dir nicht peinlich sein, Kleiner. Dein Vater hat keine Ahnung gehabt, wie man verhütet. Dich hat er ein paar Monate zu früh ins Rohr geschoben, soweit ich mich erinnere. Willst du einen Rat von deiner alten Tante, an deren Leben sich niemand ein Beispiel nehmen kann?»

«Ja gern.»

«Diese kleine Krankenschwester ist nicht dein Problem. Mit neununddreißig ist jeder sein eigenes Problem. Du hast eine Familie – wie geht's denen?»

Das Gespräch nimmt einen enttäuschenden Verlauf. Wenn es eine Person gab, von der er gedacht hat, sie werde gemeinsam mit ihm das Wunder würdigen, dass er eine Schwester hat, dann ist das Tante Mim gewesen, die Schwester seines Vaters. «Denen geht's gut, nehme ich an. Pru hatte schließlich genug von mir und ist vor anderthalb Jahren wieder nach Akron gezogen, mit den Kindern. Sie arbeitet für einen griechischen Anwalt in der Innenstadt, nicht weit von der alten Goodrich-Fabrik.»

»Ja ja, diese Griechen», sagt Tante Mim. «Sie haben die Demokratie erfunden, erzählen sie dir.»

«Und Judy ist mit der Schule fertig und will Airline-Stewardess werden.»

«Flugbegleiterin, das hören sie lieber. Manche von denen – was die so treiben, ist nur in Nevada erlaubt.»

«Ich weiß. Sie macht mir Sorgen. Sie hat so was Unbändiges.»

«Du machst dir zu viel Sorgen. Das Leben ist unbändig. Wenn's nicht total langweilig ist.»

«Und mein kleiner Roy ist fast fünfzehn. Wir verkehren per E-Mail miteinander. Er ist intelligent, so wie's aussieht.»

«Das überrascht dich offenbar. Dein Vater war kein Dummkopf, er hat sich bloß so verhalten. So. Und nun also eine Schwester, die die Lücken füllen soll. Du bist ja ein richtiger Familienmensch, Nelson, keine Ahnung, wo du das her hast. Von der Springer-Seite wahrscheinlich. Das waren gute Deutsche. Die Angstroms haben nie richtig dazu gepasst.»

«Ich dachte, du hättest vielleicht ein paar Ideen.»

«Ideen – wozu?»

«Was man so macht, wenn man eine Schwester hat.»

«Also, dein Vater hat mich immer bei der Hand genommen, wenn wir über die Straße gingen, und es hat ihm Spaß gemacht zuzusehen, wenn ich mal musste, aber wahrscheinlich ist sie über das Alter hinaus. Wie, sagtest du, heißt sie?»

«Annabelle. Annabelle Byer.»

«Wer ist Byer?»

«Er war ihr Stiefvater. Der Farmer.»

«Der ist auch tot.»

«Richtig.»

«Immer mehr ist tot, bist du alt genug, dass du das schon merkst? Vegas ist tot, das Vegas von früher – eine großzügige Stadt. Die Leute, die hierher kamen, hatten eine gewisse Klasse – die Gangster, die Starlets. Ein bisschen Gefahr, ein bisschen Glamour und so weiter. Klasse eben. Die Jungs zahlten alles bar, zogen die Scheine aus einem dicken Bündel Fünfziger. Jetzt kommt der Pöbel. Rudelweise Joe Nobodys. Angeberpack. Spießer, die auf Kredit Schulden machen, mit ihren Plastikkarten. Glücksspiel ist in der Hälfte aller Staaten legal, deswegen haben sie diese gigantischen Idiotenfallen an den Strip gestellt, eine neben der andern, bis zum Flughafen hin. Eine Pyramide, der Eiffelturm, Venedig – alles hier, Nelson, alles für die Idioten. Es ist höllisch deprimierend. Manchmal überleg ich, ob ich nicht wieder in den Osten gehn soll, aber wo gäb's da schon einen Platz für mich?»

«Hier wär Platz für dich, Tante Mim», hört er sich sagen. «Das Haus ist sowieso zu groß.»

Sie lacht, hustet, lacht dann wieder. «Ich hab nie die richtige Figur gehabt für ein Leben im Diamond County. Ich war dürr, die andern Mädels haben mich gehasst. Deine Schwester, wie ist die figurmäßig beieinander?»

«Sie ist ein bisschen pummelig, aber nicht dick, verstehst du. Manche von den Klientinnen im Center –»

«Da hast du's», unterbricht Tante Mim ihn. «Sie lässt sich gehen. Das kann man sich nicht leisten, man darf sich nicht gehen lassen, wenn man sich im Leben behaupten will.» Er hat ihre Geduld aufgebraucht. Mehr Zeit kann sie für die Vergangenheit nicht erübrigen. Sie lebt in einer umtriebigen Welt. «Komm und besuch mich mal, Nellie. Bring deine Schwester mit, wenn du willst. Der Flug kostet so gut wie gar nichts mehr, damit die Idiotenfallen möglichst immer ausgebucht sind. Wenn du warten willst, bis Judy in die Luft geht, wird's noch billiger. Ich halte mich noch eine ganze Weile. Ich habe nie geraucht, höchstens um anzugeben. Charlie Stavros noch am Leben?»

Wohl oder übel muss er's ihr also sagen. «Nein, es tut mir Leid. Er hatte ja einen dreifachen Bypass, und irgendwann war so'n Rasseln da oder so ähnlich, eine Klappe war kaputt, und sie mussten ihn nochmal aufmachen, aber diesmal kam eine Infektion dazu –»

«Du machst mir Angst, Kleiner. Er war ein guter Mann. Er hatte was. Klasse. Du, du bist ein lieber Schatz. Deine Tante Mim hat dich lieb, schreib dir das hinter die Ohren.» Und sie legt auf, ohne Adieu zu sagen oder abzuwarten, ob er noch schnell etwas loswerden will. Er hat sie nicht einmal fragen können, was ihr Kosmetiksalon macht oder ob sie einen Mann hat.

Eines Nachts Anfang November träumt Nelson, dass er in seinem Schlafzimmer im Bett liegt, was stimmt, aber das Zimmer ist im Traum kleiner, eher so wie das kleine Vorderzimmer, in dem Rons Computer seinen Platz hat. Er hört ein fernes klickendes Geräusch und steht auf. Er geht zum Fenster und sieht draußen im Garten einen großen Mann, der im Mondschein Chip-Shots übt. Der Mann steht vornübergebeugt und angespannt da, und eine Traurigkeit geht von ihm aus im graublauen Dämmer. Er kehrt dem Fenster den Rücken zu und wendet nicht den Kopf, um zu Nelson hinaufzusehen, obgleich Nelson Angst hat, dass es geschieht – eine starrende weiße Maske im Mondlicht. Aber da ist nur diese geduldige Konzentration, als gehe es um die Erfüllung einer Aufgabe, die dem Mann für die Ewigkeit zugewiesen ist – der kleine genau bedachte Halbschwung, ein krummschultriges Begutachten des Ergebnisses, ein mutloses Ausholen, um sich mit der Schlagfläche des Schlägers den nächsten Ball vor die Füße zu rollen, und wieder ein wohl überlegter Schwung. Nelson ist empört, dass dieser kummervolle große Fremde mittleren Alters in undefinierbaren Hosen und langärmeligem blaugrauen Hemd, der sich offenbar von der Joseph Street aus in ihren Garten verlaufen hat, derart unverfrorenen Hausfriedensbruch begeht, indem er mitten in der Nacht immer wieder dieses nervende Geräusch macht. Weder im Traum noch danach, als der Traum ihn geweckt hat, spricht Nelson für sich aus, wer der obdachlose Mann ist.

Er kann nicht wieder einschlafen. Die Tür zum Flur ist nicht richtig zu, sie schwingt die ganze Zeit hin und her, wie von Geisterhand bewegt, und klickt; es kommt von der Zugluft, die im Haus zirkuliert, nun, da wegen der kühlen Witterung die Heizung angestellt ist. Ronnie will immer den Thermostaten herunterschalten; er sagt, die elenden Araber halten wieder den Daumen aufs Öl, der Preis für ein Barrel hat sich in einem Jahr mehr als verdoppelt.

Nelson zwingt sich, das warme Bett zu verlassen, schaut rasch aus dem Fenster, um zu sehen, ob wirklich ein großer Mann da ist und Chip-Shots übt, und drückt die Tür zu, sodass der Schnäpper fest einrastet. Das scharfe Geräusch hallt durchs stille Haus. Ganz still ist es nicht: der Heizkessel seufzt, der Kühlschrank vibriert. Im Zimmer nebenan schläft seine Mutter mit einem Mann, der nicht sein Vater ist. Früher war es das Zimmer seiner Eltern, manchmal hat er sie in der Nacht gehört, sie sind lauter gewesen, als ihnen bewusst war. Die beiden vorderen Schlafzimmer sind leer, sie starren auf eine Joseph Street hinaus, auf der kein einziges Auto fährt. Nelson denkt, ganz gleich, mit welch unbeschwerten und schuldlosen Beschäftigungen du den Tag verbracht hast: wenn du mitten in der Nacht aufwachst, liegt Schuld in der Luft, eine quälende Ahnung, dass alles eine Spur unrichtig ist, unrecht – du bist im Unrecht und die Welt auch, als ob Dunkelheit eine Art Licht sei, das uns den Abgrund sehen lässt, in den wir gleich stürzen werden.

Am nächsten Morgen ruft er Annabelle in ihrer Wohnung an. Sie klingt verschlafen. Wahrscheinlich hat sie Nachtdienst gehabt, denkt er, und er hat sie jetzt aufgeweckt. Reumütig fragt er, ob sie Lust hat, mit ihm essen zu gehen, ins selbe Restaurant wie neulich, wenn ihr das recht ist. «O ja, das war doch ein ganz reizendes Restaurant», sagt sie in dem allzu aufrichtigen Ton, in dem einer spricht, der sich angestrengt zu erinnern versucht. Hat sie womöglich nicht so viel an ihn gedacht wie er an sie?

Dieses Mal ist das Greenery überfüllt. Sie müssen warten, dass eine Nische frei wird; in seinem Kopf schwirrt und klirrt es von den wütenden, verzweifelten, dringlichen Stimmen der Beziehungsgruppe, die er um zehn an diesem Morgen im Center geleitet hat. Die mütterliche Kellnerin ist nicht da, statt ihrer bedient ein Mädchen, jung genug, dass es die tollpatschige, überanstrengte halbwüchsige Tochter von ihm oder Annabelle sein könnte. Annabelle trägt Bluejeans und einen lila Rollkragenpullover, eine Aufmachung, mit der sie sich ihm von einer neuen, unbekümmerten Seite zu präsentieren scheint: *ich bin ich und tue, was ich will.* Vielleicht hat er sie gar nicht bei der Erholung vom Nachtdienst gestört, als sie so verschlafen klang. Sie hat nie behauptet, keine Männer zu haben.

Der Herbst ist kühler geworden. Über dem Rollkragenpullover trägt sie eine bestickte rote Jacke aus Indien oder so. Kein Hurrikan fegt durch die Elm Street mit ihrem tropfenden fransigen Saum; die Sonne scheint matt, ein weiß verwischter Fleck am diesigen Himmel über den Dächern der Stadt, aber die Bradfordbirnbäume haben schon so viel Laub verloren, dass die Makadamdecke der Straße in kahlem Licht liegt und an manchen Stellen glänzt, wo sie mit Teer ausgebessert worden ist. Die überanstrengte Kellnerin bringt sie in einer vorderen Nische unter, auf dem Tisch stehen noch die schmutzigen Teller der letzten Gäste, und diesmal sitzt Nelson dem Fenster gegenüber. Er hat das Gefühl, sein Gesicht werde so hell beleuchtet, dass jeder Makel, jede kleinste nervöse Regung sich zeigt. Er ist an das Zwielicht im Center gewöhnt, die Halbfenster in Gehsteighöhe, und an das übermöblierte Dämmer des Hauses Joseph Street Nummer 89. Er sagt: «Ich habe vorige Woche von meinem Vater geträumt. Unserem Vater. Ich glaube, dass er's war.»

«Du bist dir nicht sicher?»

«Ich habe sein Gesicht nicht gesehen. Aber dem, dem Habitus nach» – sie muss das Wort kennen, schließlich ist sie Krankenschwester – «kann nur er es gewesen sein. So wie er gegen Ende seines Lebens gewesen ist. Bevor er nach Süden abhaute und starb.»

«Hat er das getan?»

«Wusstest du das nicht? Ja, genau das hat er getan, hat sich ins Auto gesetzt und ist zu seinem Condo in Deleon am mexikanischen Golf gefahren, nur um einem Gespräch mit meiner Mutter auszuweichen.»

«Das kann ich gut begreifen. Sie hat ihre eigene Meinung.»

«Komisch, genau das, fand er immer, hat sie *nicht.*»

«Sein Habitus, wie war der? Du wolltest es gerade sagen.»

Nelson denkt nach. «Entmutigt. Aber zäh. Mechanisch immer weitermachend. Er hat hinten bei uns im Garten Golfschläge geübt, etwas, das er im ganzen Leben nicht gemacht hat. Es gab nicht genug Platz dafür – wir hatten Gemüsebeete und ein Schaukelgerüst. Er hat überhaupt nie Golfschläge geübt. Er hat sich einfach am Abschlag aufgebaut und erwartet, dass er Phantastisches leistet.»

«Und? Hat er?»

«Nein, kann man wirklich nicht sagen. Aber in seiner Vorstellung hatte er Riesenmöglichkeiten.»

«Er muss *lieb* gewesen sein. Wie ein kleiner Junge, den alle immer geknuddelt haben.»

«So war er. Glaubst du, es hat irgendwas zu bedeuten? Der Traum, meine ich.»

«Sag du es mir, Nelson. Du bist der Seelendoktor.»

«Ich bin kein Seelendoktor. Ich sage das den Klienten immer wieder. Sie wollen sich nicht davon abbringen lassen, dass ich eine Antwort weiß. Alle Welt wünscht sich einen Guru. Einen Retter. Ich bin niemandes Retter.»

«Auch nicht meiner?» Sie lächelt – er denkt, dass sie lächelt, ihr Gesicht ist im Schatten, hinter ihr das große helle Fenster mit den kahl werdenden Bäumen auf dem Gehsteig. «Hat er in deinem Traum irgendwas zu dir gesagt? Hat er dir – hat er dir irgendwelche Ratschläge gegeben?»

«Keinen. Hat er nie getan. Fast nie. Er hat mich nicht einmal angesehen. Ich glaube, ich habe ihn zu traurig gemacht.»

«Wieso das denn?»

«Vielleicht, weil ich ihn an sein anderes Kind erinnert habe, an das, das gestorben ist. Meine Schwester Becky. Außerdem fand er's grässlich, dass ich so klein bin und nach meiner Mutter komme.»

«Fand er das wirklich schlimm, oder hast du es dir bloß eingebildet? Du bist genauso groß wie ich, und ich bin nicht klein. Einsachtundsechzig.»

«Tatsächlich?» Er denkt an etwas anderes, und es beschäftigt ihn so sehr, dass er's ihr sagt. «Ich habe heute Morgen versucht, meine Beziehungsgruppe zu leiten, wir wollten darüber reden, wie man Feiertage übersteht – an Feiertagen kommt alles häufiger vor als sonst, Selbstmorde, psychotische Ausbrüche, Abreaktionen; die Erwartungen sind zu groß –, aber das Thema ist mir durch die Lappen gegangen, und wir waren plötzlich beim Sinn des Lebens. Glenn, dieser suizidgefährdete Schwule mit Brillantklunkern überall im Gesicht, hat seinen Spaß dran, jedem zu erzählen, dass nichts einen Sinn hat, das Universum ist ein Zufall, ein Schluckauf im leeren Raum, und unsere Existenz ist ein grausamer Scherz, den die Evolution sich erlaubt hat, und er würde liebend gern Schluss machen, aber er verachtet die ganze Farce viel zu sehr, um ihr die Genugtuung zu gönnen, dass er abdrückt. Das reißt Rosa aus ihrer Lethargie, sie ist manisch-depressiv, und wenn sie ihre manische Phase hat, sagt sie, Jesus spricht zu ihr persönlich, mit Hilfe verschiedener Kommunikationssysteme, die Ihm zur Verfügung stehen. Sie sagt, Glenn kommt geradenwegs in die Hölle, und von ihr hat er kein Mitleid zu erwarten; sie wird auf ihn runtersehen und lachen. Das bringt Shirley in Rage, sie wiegt dreihundert Pfund und trinkt und ist lange mit Elektroschocks behandelt worden, wegen Depression, sie wird richtig fuchsig und sagt, Glenn ist ein sehr gütiger und rücksichtsvoller Mensch, und der Sinn des Lebens besteht für sie in kleinen Zeichen der Güte und nicht in irgendeinem entrückten Gott im Himmel.»

«Der leere Raum hat Schluckauf gehabt? Hat Glenn das erklärt?»

«So ungefähr. Virtuelle Teilchen, glaube ich, hat er gesagt. Der leere Raum ist in Wirklichkeit nicht leer, sondern voll von virtuellen Teilchen, die in Nanosekunden kommen und gehen. Irgendwie haben sie sich zusammengetan und den Urknall herbeigeführt. Glenn hält sich auf dem Laufenden über all diesen Kram.»

«Das ist interessant. Für mich hört sich das nicht nach jemandem an, der suizidgefährdet ist.»

«Für mich auch nicht! Er behauptet das bloß, damit er bei uns bleiben kann, wir sind seine Familie. Dann fängt Michael an – habe ich dir von Michael erzählt?»

«Ein bisschen. Das ist der hübsche Junge mit den reichen Eltern, die sich alles selbst erarbeitet haben.»

«Genau!» Mit Annabelle zu reden ist manchmal so, als rede er mit sich selbst, ein solcher Einklang herrscht zwischen ihnen. «Michael wird sehr böse und sagt, er wüsste gern, woher Leute, die glauben, dass sie mit Jesus reden, wissen, dass es nicht der Teufel ist, der so tut, als ob er Jesus sei, und dass die Stimmen, die zu ihm sprechen, unanständige Wörter benutzen, die er nie benutzen würde, daran erkennt er, dass sie von außerhalb seines Kopfes kommen. Mich freut es, dass es ihm möglich ist, sich so lebhaft zu beteiligen und so aus sich herauszugehen, normalerweise neigt er dazu, sich über alle erhaben zu fühlen, falls er sich überhaupt die Mühe macht zu erscheinen. Er war in seinem ersten Jahr an der Penn, als er den Zusammenbruch hatte. Dann kommt Jim – willst du dir diesen Müll wirklich anhören? Das willst du nicht.»

«Erzähl zu Ende, Nelson. Ich will es hören. Aber wir müssen die Kellnerin erwischen und bestellen. Sie hat noch nicht mal den Tisch abgeräumt, und ich habe um zwei einen Termin beim Zahnarzt.»

«Im Ernst? Ich geh nie unmittelbar nach dem Lunch zum Zahnarzt.»

«Ich habe Zahnseide und eine Zahnbürste in meiner Handtasche», sagt Annabelle geziert, selbstzufrieden. Ihr plusteriges, fransig geschnittenes Haar bildet einen Halo vor dem Fenster, ihr verschattetes Gesicht ist rund wie eine Sonnenfinsternis. Plötzlich erscheint sie ihm als eine vollkommen Fremde, ein ausdrucksloser Engel, und er fragt sich, was er hier macht; sie ist zu viel für ihn, er kann sie sich nicht aufbürden. Das gleiche quälende Nagen, das ihn befällt, wenn er in der Nacht aufwacht, setzt jetzt seinem Magen zu, und der Appetit vergeht ihm in ebendem Augenblick, als die Kellnerin, rot im Gesicht und von Arbeit überwältigt, an ihren Tisch tritt, sich das schmutzige Geschirr auf den Arm stapelt und fragt, was sie bestellen wollen.

«Wir haben noch keine Speisekarte bekommen«, sagt Nelson.

Aber bevor das Mädchen sich abwenden kann, um eine Karte zu holen, sagt Annabelle: «Wir haben es eilig. Bringen Sie mir einfach einen Hamburger.»

Nelson sieht auf die Tafel mit den Tagesspezialitäten, die über dem Tresen hängt, und sagt: «Gut, ich nehme dann die Suppe aus halben Erbsen und ein halbes Bohnensprossen-Sandwich.«

«Zu trinken?»

«Kaffee.»

«Eine halbe Flasche Sprite», sagt Annabelle.

Als die Kellnerin geht, sagt er vorwurfsvoll: «Deine Zähne sehen makellos aus.»

«Nein, sie brauchen im Gegenteil viel Pflege. Meine Backenzähne haben zu viele Füllungen und müssen vielleicht überkront werden. Ich habe immer eine Vorliebe für Süßes gehabt. Dann kommt Jim», souffliert sie.

«Ja, also Jim – Jim ist suchtkrank. Nenn irgendwas, er ist süchtig danach. Er hat einen Bierbauch vom Saufen und gelbe Finger vom Rauchen, er ist seit Jahren auf Methadon, aber er nimmt Pillen zum Aufputschen und Pillen, um wieder runterzukommen, er würde nach M&Ms süchtig sein, wenn er nichts anderes fände.»

«Lecker», sagt Annabelle.

«Jim beschließt, uns darüber aufzuklären – wahrscheinlich bloß, um uns alle zu provozieren –, dass der Sinn des Lebens in Sex besteht, und er fängt an, uns ein sexuelles Abenteuer zu schildern, das er gerade gehabt hat, er drückt sich äußerst präzis aus, plinkert mit den Augen und tut sehr philosophisch, ein Mädchen, das er in einer Bar an der Third Street kennen gelernt hat ...»

«Erzähl weiter.»

«Sie macht dieses, er will jenes, sie sagt, für dich immer, Dude, und die Erde bebt und wackelt – ich musste ihm das Wort abschneiden, was ich sehr ungern tue, aber es war schierer Exhibitionismus, Rosa verließ sogar den Raum, es war einfach unmöglich –»

«Ich weiß», sagt Annabelle. «Ich erlebe das mit meinen Alzheimer-Patienten. Das ist die Enthemmung.»

«Dein Vater», sagt Nelson; er findet, es sei angebracht, das Thema zu wechseln. «Der Mann, den du für deinen Vater gehalten hast. Hat er dich je angesehen?»

Ihre Augen haben nichts Verdöstes mehr; blau wie verwaschener Jeansstoff, klappen sie weit auf wie die Schlafaugen einer Puppe, die man aufrecht hinsetzt.

«Ich meine», fügt Nelson hastig hinzu, «im Gegensatz zu meinem Vater, der sich in dem Traum nicht nach mir umgedreht hat, obwohl ich weiß, dass er wusste, dass ich da war.»

«Ja», sagt sie. «Frank hat mich angesehen. Besonders –»

«Besonders von der Zeit an, als du sechzehn warst», ergänzt Nelson.

«Er ist gestorben, als ich sechzehn war. Er hat viel früher damit begonnen, mich anzusehen. Als ich vierzehn war vielleicht.» Ihr Blick gewinnt seinen unanfechtbaren Gleichmut zurück. «Aber versteh das richtig, da war nichts. Er war ein wunderbarer, großzügiger Mann. Meine Mutter war nicht immer einfach. Sie hatte ein jähzorniges Temperament und war im Grunde nicht geeignet für ein Leben auf dem Land. Sie konnte sich mit den Frauen der anderen Farmer, Mennoniten zum Teil, nicht unterhalten.»

Tüchtiger, als sie aussieht, bringt die Kellnerin für ihn die Erbsensuppe und die Sandwichhälfte mit Bohnensprossen und für Annabelle den Hamburger mit Kartoffelchips und einer kleinen, der Länge nach halbierten Gewürzgurke. Der Geruch nach gegrilltem Hackfleisch weht quer übers Resopal zu ihm hin und erinnert ihn an die High-School – an Lunch in der Cafeteria, an ziellose Autofahrten, die mit Whoppers bei Burger King endeten. Sein Vater ist an verstopften Arterien gestorben, und seither hat Nelson sich bemüht, auf seine Ernährung zu achten; sein Blutdruck ist hoch für sein Alter und sein Cholesterinspiegel nicht minder. Es war provokant von Annabelle, einen Hamburger zu bestellen, so empfindet er's, provokant, wie es auch ihre Aufmachung ist, der lila Rollkragenpullover straff über die vorstoßenden Brüste gespannt. Er wüsste gern, ob ihr BH beigefarben ist, wie bei der Frau auf der anderen Seite der Joseph Street, ein auf der Haut klebender dünner Olga oder ein Bali mit Spitze oder ein seidiger Barelythere. Ihre Unschuld hat etwas Aufgesetztes, ist wie ein Furnier. Nach zwei Bissen von ihrem Hamburger gesteht sie: «Ich habe Angst vor Thanksgiving. Ich weiß nicht, was du von mir erwartest.»

«Was ich erwarte? Nichts Besonderes, einfach, dass du so bist, wie du bist, und dass die andern höflich sind.»

«Siehst du, das ist es. Warum sollten sie die Anstrengung auf sich nehmen, höflich zu sein? Eine Freundin von mir aus der Zeit, als ich noch Schwester im St. Joe's war, hat mich eingeladen, mit ihrer Familie zusammen zu feiern, drüben in Brewer Heights. Wäre das nicht besser? Einfacher für alle Seiten?»

Er fällt in den Beraterton; seine Stimme verlangsamt sich, jedes Wort wird abgewogen. «Das Einfachere ist nicht unbedingt das Bessere. Für mich bist du Teil der Familie, und ich möchte, dass du an Thanksgiving bei mir bist.»

«Für dich bin ich Teil der Familie, aber nicht für die andern. Für deine Mutter bin ich bloß eine üble Erinnerung an altes Elend.»

«Das Elend der Welt», sagt er, in sich selbst nach etwas suchend, womit ihr Widerstand sich überwinden ließe. «Daran musste ich heute Morgen die ganze Zeit denken, als ich meine Gruppe hatte – das Traurige an allem, an *uns* allen, diesen verwirrten Seelen, die so rührend hart darum kämpfen, aus dem Nebel auszubrechen – dieser

Jammer, dass wir uns mühen, unsere Zwänge, unsere Bedürfnisse zu erkennen, obwohl die uns doch gerade auffressen. Panik überkam mich, und die Kontrolle entglitt mir. Die Gruppe hat *mich* geleitet.»

«Einige der alten Männer, um die ich mich kümmere», sagt sie, im Bemühen, auf seinen Kurs einzuschwenken, «glauben, dass sie mit mir verheiratet sind. Sie wollen meine Hand halten. Sie denken, ich habe das richtige Alter für sie, sie vergessen, wie alt sie sind, wenn sie nicht in den Spiegel sehen.»

«Das ägyptische Flugzeug, das abgestürzt ist», fährt er fort. «Einer der Piloten hat beschlossen, sich umzubringen und alle mitzunehmen. Kinder. Alle. Weil er die Arztrechnungen für seine Tochter nicht bezahlen konnte. Die Menschen sind verrückt. Manchmal, wenn ich mit unseren Klienten zusammen bin, kann ich keinen Unterschied zwischen denen und mir erkennen, abgesehen von der Struktur, in der wir alle zusammengefasst sind. Ich werde bezahlt, ein bisschen, und sie werden betreut, ein bisschen.»

«Warum willst du also, dass ich mit deiner Familie Thanksgiving feiere?»

«Aus dem gleichen Grund, weshalb du bei uns an der Tür geklingelt hast», sagt Nelson. «Ohne deine Mutter bist du in deinem Schneckenhaus gefangen und kommst nicht heraus. Du stehst unter einem Bann, und den müssen wir brechen.»

«Mein Retter.» Sie nimmt mit zierlichen Fingern die schlappe Gewürzgurkenhälfte vom Teller, und bevor sie mit ihren täuschend hübschen Zähnen hineinbeißt, wirft sie ihm einen herausfordernden, schwesterlichen Blick zu. «Bist du sicher, Nelson, dass es *mein* Bann ist, den du brechen willst?»

Er ist nervös wegen seiner Mutter und seiner Schwester und um seiner selbst willen, aber es läuft alles ziemlich gut am Thanksgiving-Tag, bis die vier Flaschen Sauternes aus Kalifornien geleert sind und die Gäste unruhig werden und gereizt reagieren, weil sie so lange am Esstisch sitzen müssen, dem polierten Springer'schen Mahagonitisch, über den, wegen der zusätzlichen Einlegebretter, zwei einander überlappende Tischdecken gebreitet sind. Es ist ein unverhältnismäßig warmer Tag, hin und wieder gehen Regenschauer nieder. Die Dürre des Sommers ist vergessen. Frost wäre jetzt vonnöten. Narzissen- und Krokusspitzen schauen aus der Erde, und die Fliederknospen sind so prall, wie sie im April sein müssten. Irgendetwas hakt im Himmelsgetriebe, das verschmutzt ist von den Abgasen unserer sorglosen Autos.

Die Harrison-Jungs sind vollzählig erschienen, der oberschlaue geschiedene Alex ist aus Virginia gekommen, Georgie aus New York, noch immer unverheiratet, nicht schwer zu raten, warum, und Ron junior mit seiner dicken Margie und den drei Kindern aus dem Neubaugebiet nicht weit von der alten Mautstraße nach Maiden Springs. Mit Nelson und Annabelle sind das elf Personen, aber weil Mom ihrer Freundin Doris über die Jahre hinweg so viel Gastfreundschaft und stärkenden Rat verdankt, hat sie die auch eingeladen, Doris Dietrich, wie sie jetzt heißt, samt deren betagtem reichen Gatten Henry, den Doris Deet nennt. Janice hat sich nicht träumen lassen, dass Doris ihre Einladung tatsächlich annehmen würde, aber sie hat's getan, mit der arroganten Erklärung, die Köchin habe Ausgang, und ihr sei angst und bange bei der Vorstellung, ein kompliziertes Essen auf den Tisch zaubern zu müssen, bloß wegen Deet. Er ist achtzig, mindestens, und noch schwerhöriger als Doris. Aber er hält sich sehr gerade und sieht distinguiert aus, ein Diamond-County-Aristokrat, ein lebendiges Andenken an die Zeiten, als die großen alten Strumpffabriken noch Fabriken waren und keine Discount-Outlets. Nach viel unschlüssigem Hin und Her ist man übereingekommen, ihm den Platz rechts neben Janice zu geben und Annabelle zwischen ihn und Georgie zu setzen, Georgie, der nach Nelsons Ansicht der am wenigsten bedrohliche aller Harrisons ist.

Und der alte Gent hat es sichtlich zu würdigen gewusst – die dünne rote Haut auf seinen Wangenknochen hat geglüht –, neben eine Frau platziert zu werden, die jung ist und besser aussieht als die anderen hier. Margie, Annabelles einzige Konkurrenz, gehört zu den Mädchen in diesem Landstrich, die mit siebzehn, als Cheerleader mit stämmigen strammen Beinen in weißen Söckchen und mit großen Dutten unterm unförmigen Buchstabenpulli, eine Wucht sind, sich aber nicht lange halten, und wenn sie die dreißig überschritten haben, zusammen mit ihren Müttern immer mehr in die Breite gehen. Auch Ron junior ist dicker geworden, und von der Arbeit auf dem Bau ist er permanent braun gebrannt. Der Mund seiner Mutter mit dem ein wenig schüchternen, aber freundlichen Lächeln hat sich in seinem Gesicht zur trotzigen Schmallippigkeit eines Mannes verhärtet, der sich mit weniger begnügt hat, als er möglicherweise hätte haben können. Zwei Jahre auf der Lehigh, und dann nagelt er tagein tagaus Balken mit einer Stärke von zwei auf vier Zoll zu schäbigen Hausgerüsten zusammen, eines neben dem anderen, auf zweitausend Quadratmeter großen Parzellen. Er ist zu einer Version seines Vaters geworden, fleischig, mit beginnender Glatze und zur Streitsucht neigend, nur ohne die Käsigkeit eines Versicherungsvertreters. Alex, der Älteste und

Größte, ähnelt der Mutter jetzt am meisten – er ist dünn und ironisch, so wie sie es im Verlauf ihrer langen Krankheit wurde, und sieht mit seiner Drahtbrille intelligent und zickig aus. Liegt es an der Arbeit mit miniaturisierten Schaltkreisen, dass sein Mund nur noch so groß wie ein enges Knopfloch ist? Er hat es sehr viel weiter gebracht als seine Brüder, ist an die Westküste gezogen und wieder zurückgekehrt und hat sich auf der Zickzackleiter eines Computerprogrammierers Sprosse um Sprosse hochgearbeitet, aber weil die Gewieftesten und Erfolgreichsten in dieser Branche Millionen machen, noch ehe sie dreißig sind, empfindet er sich möglicherweise als Versager; auf jeden Fall geht er leicht gebückt, als bitte er um Nachsicht, und auch darin gleicht er seiner Mutter, die hat gegen Ende ihres Lebens einen ähnlich gebeugten Rücken gehabt.

Nelson weiß nicht mehr, wann ihm klar wurde, dass sein Vater und Mrs. Harrison ein Verhältnis miteinander hatten. Er hat damals seine eigene Familie und seine eigenen Probleme gehabt, und die Freunde seiner Eltern waren für ihn angegammelte alte Vogelscheuchen, die im Flying Eagle rumhingen und glaubten, wenn sie einen dritten Gin Tonic bestellten, wären sie schick auf dem Trip, und in gemischter Gesellschaft «ficken» zu sagen bedeute den wahren Durchbruch. Buddy Inglefinger ist das schlimmste Arschloch gewesen, aber Webb Murkett mit seiner klopsigen kleinen Kindsbraut hat ihm an Widerwärtigkeit kaum nachgestanden. Mrs. Harrison hat er möglichst nicht angesehen, sie war so farblos, so still, so quälend krank. Aber in Augenblicken, da seine Sinne durch Koks geschärft waren, hat Nelson spüren können, dass es Strömungen gab – allein die Art, wie die Alten sich gruppierten, wenn er sie zusammen sah, Mom immer dicht neben dem schlaksigen Mr. Murkett oder manchmal neben dem untersetzten Mr. Harrison, und Dad und Mrs. Harrison einen halben Schritt zurückbleibend, ganz unauffällig, und was sie miteinander redeten, konnte kein anderer hören; eine ganz besondere, eigenartig spannungsgeladene Ruhe hat zwischen den beiden geherrscht. Sie ist auch zu Nelson sehr nett gewesen, ein bisschen zu nett, wie zu einem Problemkind, das häufig Gegenstand des Gesprächs ist. Diese blasse, gouvernantenhafte, mit gelassener Stimme sprechende Frau wusste zu viel über ihn und mochte ihn eine Spur mehr, als er von sich aus verdiente. Es war unheimlich, wie sehr sie ihm schon unter die Haut ging. Die Murketts trennten sich, und die Inglefingers zogen weg – Buddy hatte eine Frau gefunden, die ebenso eklig war wie er –, aber die Harrisons und die Angstroms waren weiterhin befreundet und trafen sich häufig während der sechs Monate, nachdem Mom und Dad aus Florida zurück waren, sie gingen zusammen ins Kino oder ins Stadion, wenn die Blasts spielten, obwohl Dad immer sagte, er könne Ronnie nicht ausstehen, habe ihn nie ausstehen können, schon während der Schulzeit nicht, als Ronnie ein grober Primitivling aus der Wenrich Alley war. Und es fiel Nelson auf, dass sein Vater in diesem Quartett nicht so laut war wie gewöhnlich, sich nicht so aufgekratzt und überdreht benahm, wie er es sonst oft tat, um Mom zu ärgern, sondern dass er ruhiger und ausgeglichener war, erwachsener. Es war schwer, diesen veränderten Mann mit Mrs. Harrison in Verbindung zu bringen, aber wie sonst hätte man sich's erklären sollen? Und dann starb sie. Und sein Vater zeigte weniger Kummer, als man erwartet hätte, er kriegte sich mit dem trauernden Witwer sogar in die Wolle, noch während der Beerdigung. Sein Vater ist ein hartherziger, dickhäutiger Großtuer gewesen, Ronnie hat Recht, wenn er das sagt.

Dass es diese Affäre tatsächlich gegeben hat, ist längst durchgesickert und vergiftet jedes Zusammensein mit seinen Stiefbrüdern. Nicht, dass sie irgendetwas sagten. Aber sie wissen es, und sie betrachten ihn als Erben der Schuld seines Vaters, der Schuld an der Befleckung ihrer im Übrigen vollkommenen Mutter.

«Alex, wie schön, dass man dich hier mal sieht», lügt Nelson. «Legst du dir schon einen Südstaatenakzent zu?»

«Er ist ansteckend», sagt das vormalige Computergenie, jetzt eine Figur im mittleren Management, zustimmend. «Virginia ist ein komischer Staat – halb Hillbilly, halb Megalopolis, jedenfalls in der Washingtoner Ecke.»

«Wie Pennsylvania und Philly», sagt Nelson entgegenkommend.

«Virginia hat ein ausgeprägteres Selbstverständnis als Pennsylvania. Es hat all die Präsidenten gestellt, und die Konföderierten haben dort ihre Hauptstadt gehabt, und jetzt boomt da die Wirtschaft. Die Wolkenkratzer, die sie im District nicht bauen können, werden auf der anderen Seite des Flusses in Virginia gebaut.» Die Worte kommen ihm widerwillig aus dem kleinen Mund, als werde sein Gehirn zu einer ihm nicht zusagenden Funktion genötigt.

«Kennst du schon meine Schwester Annabelle? Meine Halbschwester, um genau zu sein.»

«Ich habe gehört, dass sie hier sein würde. Guten Tag.»

«Hi», sagt Annabelle und fragt sich, ob dies der Bruder ist, mit dem Nelson sie gern bekannt machen möchte. Er muss es sein, die beiden anderen kann er nicht meinen, einer von denen ist schwul, und der andere hat schon eine Frau. Aber wieso glaubt Nelson, dass sie, wenn sie hätte heiraten wollen, es nicht längst getan hätte, vor Jahren schon? Es ist beleidigend von ihm anzunehmen, dass sie sich nicht selber einen Arzt hätte an Land ziehen können, damals, als sie noch jünger war. Dieser blasse Mann mit der Zweistärkenbrille, der Stolz der Harrisons, erinnert sie an einen Arzt – die gleiche kühle Gewandtheit, das gleiche überlegene Gebaren, einer Sprache mächtig zu sein, die nur wenige sprechen.

«Und was machen *Sie*?», fragt er sie, als ob jeder wüsste, was *er* macht.

«Och, ich häng so rum», sagt sie, um ihn zu necken, er kommt ihr so etepetete vor, so gläsern undurchdringlich.

Nelson neben ihr interveniert: «Sie ist ausgebildete Krankenschwester und derzeit im privaten Pflegedienst tätig, überwiegend bei Senioren.»

«Mmm, beeindruckend», sagt Alex. «Die Alten stellen eine veritable Wachstumsbranche dar.»

«Sie leiden eher an Einsamkeit als an Krankheit, viele von ihnen», sagt sie, nicht sicher, ob er böswillig ist oder lediglich in Branchenbegriffen denkt.

«Man fragt sich, wie viel Totgewicht eine Gesellschaft zu tragen imstande ist», fährt er fort. «Irgendwann im nächsten Jahrtausend werden die Regierungen einen Stichtag einführen müssen. Die Eskimos haben's getan, als sie noch ein lebensfähiges Volk waren. Die Stämme der amerikanischen Ureinwohner haben's getan. In Sizilien hat man eine Fete daraus gemacht – jeder brachte Kissen mit und packte sie auf den alten Menschen, und wenn der dann erstickte, gab es keine Einzelperson, die ‹es getan› hatte.»

Er ist böswillig, entscheidet sie. Sie sagt: «Ich weiß nicht, sie haben immer etwas, für das es sich lohnt. Auch wenn ihr Gedächtnis nicht von einer Minute zur nächsten reicht. Es ist leicht, mit ihnen in Kontakt zu kommen.

Vielleicht, weil sie sich schämen, nutzlos zu sein, und diese Scham, die sie nicht ausdrücken können, sie mitteilsam macht.» Sein Mund wird schmal, seine Brillengläser funkeln. Er hat verstanden, was sie meint: er teilt sich nicht mit, es ist nicht leicht, mit ihm in Kontakt zu kommen. Diese Mühe, die wir uns machen müssen, wenn wir uns in Gesellschaft begeben, all dies Sondieren und Sich-engagieren – wie viel einfacher ist es doch, denkt Annabelle, in Räumen zu bleiben, die man so gut kennt wie den eigenen Körper, sich ein warmes Essen zu machen und den Abend vor dem Fernseher zu verbringen, wie wohltuend unkompliziert ist das.

Bei Tisch fühlt sie sich gut aufgehoben neben Mr. Dietrich mit dem schön geformten langen Kopf und dem kleinen fleischfarbenen Hörgerät und den scharfen hohen, von würdevoller Angeregtheit geröteten Wangenknochen. Er erzählt ihr von seinen Reisen, von den sperrigen Souvenirs, die seine Frau unbedingt kaufen muss, von den vielen Malen, die sie über den Löffel balbiert worden sind, in Mexiko, in Ägypten, in Sri Lanka. Er verhehlt nicht sein Vergnügen, in der Lage zu sein, eine kaufwütige Frau und Legionen von Betrügern auszuhalten. «Die meisten Ausländer sind Gauner», sagt er, «aber man kann es ihnen nicht verdenken, denn sie plagen sich unter dem Unstern, keine Amerikaner zu sein.» Und er blickt von der Seite listig zu ihr hinunter, um zu sehen, wie sie das aufnimmt, und wendet sich dann Nelsons Mutter zu, die links neben ihm sitzt, und fragt: «Hab ich nicht Recht, Janice? Hast du gehört, was ich eben zu der entzückenden jungen Dame gesagt habe?»

«Nein, Deetschätzchen, sag es noch einmal, nur für mich!»

Mrs. Harrison ist nervös. Ihre dunklen Augen – wie

Nelsons, nur feuchter und weiblich, nicht so dicht bewimpert und vom Alter tiefer in die Höhlen gedrückt – flitzen von einem Gesicht zum andern am Tisch: all diese Menschen, mit denen sie etwas verbindet. Einen Stiefenkel zu ihrer Linken, schwenkt sie, als der alte Herr sie anredet, mit dem ganzen Oberkörper abrupt nach rechts. Sie kennen einander; zwischen ihnen herrscht die zahnlose Intimität von Leuten, die über die mittleren Jahre hinaus sind – ihre Schäkereien bleiben ohne Folgen.

«Ich sagte, meine Liebe, man kann es Ausländern nicht verdenken, dass sie Gauner sind, denn sie plagen sich unter dem Unstern, keine Amerikaner zu sein!»

Janice grübelt angestrengt. «Ich weiß nicht, ich glaub, ich versteh das nicht. Wenn sie Ausländer sind, ist es doch klar, dass sie keine Amerikaner sind.»

«Exakt! So ist es!» Deet legt in schwerhörigem Triumph seine große fleckige Hand auf ihren Arm und drückt ihn liebevoll.

Georgie, rechts von Annabelle, will wissen, welche Broadway-Shows sie kennt. Er kann nicht fassen, dass sie nie *Cats* gesehen hat und auch nicht *Miss Saigon*. Aber er ist ihr mit der Schilderung einer Show gefällig, die *Keep Bangin'* heißt und ausschließlich von Männern handelt, die Schlagzeug spielen. Er erbietet sich, ihr und Nelson Karten zu besorgen: «Die Leute hier leben viel näher bei New York, als ihnen bewusst ist. Man fährt keine drei Stunden, und wenn ihr euch nicht die Scherereien mit der Parkplatzsuche machen wollt, nehmt ihr einfach den Bus, der erfüllt vollkommen seinen Zweck. Und für den Fall, dass Sie und Nelson keine Lust auf das Getrommel haben – ich kenne einen Ballett-Coach von der Neuinszenierung von *Kiss Me, Kate,* die nächste Woche Premiere hat. Die erstaunlichste Produktion, die ich in letzter Zeit gesehen habe, trägt den etwas peinlichen Titel *Vagina-Monologe*, ein Stück für nur eine Frau von Eve Ensler, das wirklich sehr viel seriöser ist, als es sich anhört. Es handelt von uns und unseren Körpern. Von uns allen. Männern, Frauen und denen dazwischen.»

«Nelson und ich unternehmen eigentlich nicht so viel zusammen», muss sie klarstellen. «Wir haben uns erst vor kurzem entdeckt.»

«Was für eine ungewöhnliche Geschichte», sagt er, eifrig jeden Anhaltspunkt aufgreifend, den sie ihm gibt. Ihm ist nicht wohl in ihrer Gesellschaft, merkt sie. Ein Grinsen liegt auf seinem Gesicht und ist wie ein Knallbonbon, der bloß darauf wartet zu explodieren. Sein Gesicht ist dramatisch großteilig und von der Sonne zerfurcht wie das eines Farmers – Ferien, lange Strandaufenthalte, nimmt sie an. Er hat die unnatürliche Hagerkeit eines Marathonläufers, die gut zu seinen beweglichen vollen Lippen, der großen Hakennase und den langen, dick geäderten Händen passt. «Sind Sie hier in der Gegend aufgewachsen?», fragt er.

«Ja sicher.»

«Und Sie wollen nicht weg? Ich habe immer danach gelechzt wegzukommen. Ich wollte tanzen und war auch bei einigen Chorus Lines dabei, aber nie in Shows, die lange Laufzeiten hatten, das war eben mein Schicksal. Um finanziell zurechtzukommen – die Stadt ist absurd teuer geworden, selbst die Gegenden, die früher alles andere als schick waren –, fördere ich den Absatz von Theaterkarten in einer Vorverkaufsstelle. Schlicht gesagt, ich nehme telefonische Bestellungen entgegen. Meine Brüder und mein Vater finden, dass das eine groteske Karriere ist für einen Mann, der seinen vierzigsten Geburtstag hinter sich hat, aber ich bin schon vor langer Zeit zu dem Schluss gekommen, dass ich mein Leben selber leben muss und dass die drei und die anderen guten Leute im Großraum Brewer mir dabei nicht helfen werden. Meine Agentur veranstaltet Gruppenfahrten für auswärtige Theaterfreunde, man braucht also auch ein gewisses Organisations- und Verhandlungsgeschick – ich sehe wahrhaftig nicht ein, warum ich mir Asche aufs Haupt streuen soll, ich bekomme Gratiskarten für jede Vorstellung, die ich sehen will, und mache weiterhin eine Stunde pro Tag meine *jetés* und *pliés*. Ich habe das Tanzen nicht aufgegeben; es gibt immer mehr gute Rollen für männliche Tänzer, die die Pubertät schon eine Weile hinter sich haben. Den Produzenten dämmert allmählich, wie das Publikum sich demographisch zusammensetzt. Amerika kriegt graue Haare – das bezieht sich auf uns alle.»

Annabelle sieht sich um, sie fühlt sich verloren in diesem Familiengebrodel. Das Leben, das es in ihrer eigenen Familie gab, ist von ihren Brüdern gekommen, als die heranwuchsen und Stücke von der Welt nach Hause brachten – Spiele, die sie gelernt, Fähigkeiten, die sie erworben hatten, Redensarten, Songs –, aber ihre Mutter ist eine übergewichtige Einsiedlerin gewesen, und Frank hat mit Worten gegeizt, er hat seine Busse gefahren, um ein paar Dollar zu verdienen, und hat sich, wie alle Farmer, im Stich gelassen und ausgebeutet gefühlt. Urlaubstage, Feiertage hatten etwas Verstohlenes, Halbherziges. Die Familien ihrer Freundinnen von der High-School machten längere, exotischere Sommerferien als sie und hatten größere Christbäume, mehr Geschenke und waren lebhafter und unbekümmerter aufs Feiern erpicht. Sie empfand Erleichterung, wenn dieser Augenblick weihnachtlichen Ausgesetztseins – wie das Jesuskind, das nackt unterm gestirnten Himmel in seiner Krippe liegt – vorüber war und sie zu Beginn des neuen Jahres wieder in den schützenden, arbeitsreichen Alltagstrott fallen konnten. Ein Junge namens Jamie, der einzige Junge, den sie über mehrere Jahre hin wirklich kannte, lud sie zum Abschlussball ein, und ihr Kleid, pfirsichfarbener Chiffon, das trägerlose Oberteil aus Satin, war wie ein Stück vom Fleisch ihrer Eltern, herausgeschnitten aus deren kärglichem Budget, es fühlte sich heiß und klebrig an auf ihrer Haut. Sie kam sich steif wie eine Puppe vor, aufgetakelt, auch wenn ihre Mutter, in Jeans und Flanellhemd wie immer, sie lobte und ihr einen Segen mit auf den Weg geben wollte: «Meine schöne kleine Tochter», sagte sie. Annabelle hatte sich nicht berechtigt gefühlt, Kosten zu verursachen, wie ihre Brüder mit ihren Sportausrüstungen, ihren Schulausflügen, ihren Mitgliedschaften; es war, als spürte sie an der wehmütig zärtlichen Art, mit der ihre Mutter sie berührte, die verheimlichte Wahrheit: dass sie nur das Kind ihrer Mutter war. Sie beobachtet interessiert diese andere Familie, ihr Bruder ein Lamm inmitten seiner Stiefverwandtschaft.

Nelson sitzt am anderen Ende des Tisches, zwischen Mrs. Dietrich und der dicken kleinen rechthaberischen Margie. Zwischen Margie und Janice sitzen die beiden älteren Kinder, zappelige Jungen, und starren mit unverhohlener Neugier zu Annabelle hinüber. Rechts neben Georgie sitzen seine beiden Brüder, Alex und dann Ron junior, der sein jüngstes Kind, ein Mädchen, in einem Hochstuhl an seiner Seite hat, und dann kommt der Großvater der Kinder, der, je mehr die Weinflasche vor ihm sich leert, umso zutraulicher mit Mrs. Dietrich umgeht. Ihre ledrige Gestalt ist mit schwerem Metallschmuck behängt wie zu einem ganz anderen Anlass, einem modisch aufwendigeren, als dieses Familientreffen es ist. Die Dietrichs zieren die Tafel mit dem Charme des

Geldes, des Reichtums solider Textilindustrie, deren Maschinen in den Süden verkauft und deren Arbeiter längst entlassen sind und gestorben an Staub und Flusen und toxischen Weichmachern, deren Gewinne jedoch, klug angelegt, den Gründererben, bis ins dritte Glied nun schon, zum Wohl gereichen.

Janice, mit dem würdevollen Deet zu ihrer Rechten, sitzt an der einen Schmalseite des Tisches und ihr Mann ihr gegenüber an der anderen, aber sie wirkt nicht wie die Gastgeberin, sondern eher wie ein Gast, der das Vergnügen hat, hier zu sein; sie schenkt sich immer wieder Wein nach, und ihre Benommenheit wird stärker, während das Essen, das sie unter Mühen zubereitet hat, pflichtschuldig verzehrt wird. Der Truthahn ist trocken gewesen und die Bratensauce ein bisschen zu dick und kalt, aber alles andere, Füllung, Kartoffelpüree, Preiselbeerkompott, ist aus einer Fertigpackung gekommen und war ausgezeichnet, abgesehen vielleicht von dem letzten geschmacklichen Pfiff – eine Prise Pfeffer, ein Spritzer Zitrone –, den nur eine versessene, zu Wagnissen bereite Köchin hinzufügen kann. Aus Janices Verhalten spricht die Erleichterung, dass sie das hier so bald nicht wieder zu veranstalten braucht, ein ganzes Jahr lang nicht. Sie sitzt da und nickt bei Deets Schilderung der unzähligen Tempel von Myanmar, vormals bekannt als Burma, das dank seiner zähen kleinen Generale das am wenigsten durch Westtouristen verdorbene Land in Südostasien ist, und hält derweil die glasigen Augen auf ihres Mannes Kopf geheftet, der immer näher an Doris' kupfernes Ohrgehänge heranrückt. Und obwohl Ronnie so hingebungsvoll beschäftigt ist, schickt er dennoch dann und wann einen schnellen Blick zu Annabelle hinüber, der sie wie ein Hieb trifft. Ihr ist beklommen zumute bei diesem Blick, er rührt an ihr Innerstes.

«Und jetzt will das Weibsstück kandidieren!» Doris' keinen Widerspruch duldende Stimme schrillt aus dem Tête-à-Tête mit Ronnie heraus. «Die kennen keine Scham, diese beiden.»

Die kleinen Jungen, zehn und acht und so angeödet, dass sie es nicht mehr aushalten konnten, haben bis zum Nachtisch freibekommen und poltern jetzt auf der Sonnenveranda hinter der Küche herum. Annabelle beobachtet Janice, sie will ihr beim Abräumen helfen und wartet nur darauf, dass Janice aufsteht. Aber die denkt gar nicht daran, sie sitzt da und nippt an ihrem Glas, obwohl Mr. Dietrichs lautstarke Betrachtung seiner überseeischen Abenteuer vorübergehend ins Stocken geraten ist. Die Stimme seiner Frau, unüberhörbar für alle, hat Ruhe am Tisch geschaffen.

Nelson betrachtet eingehend seinen verschmierten Teller. Preiselbeerkompott hat sich mit Kartoffelpüree vermischt. Stirnrunzelnd darauf niederblickend fragt er: «Wofür soll sie sich denn schämen?»

«Na, sie dreht krumme Dinger, so geht's schon mal los», springt Ron junior ein, für den Fall, dass Doris Dietrich keine Antwort parat hat.

«Und sie stammt nicht aus New York, genauso wenig wie ich», sagt Alex überraschend prompt, seine Daten eingebend.

Der dritte Bruder kann da nicht zurückstehen. «Wer stammt schon aus New York», sagt Georgie. «Wir alle sind dort Zugereiste.»

«Wählst du sie?», fragt Ron junior ihn.

Annabelle spürt, wie Georgie neben ihr zusammenzuckt, sich aber ein Herz fasst, um zu antworten. «Wahrscheinlich. Wenn Giuliani der andere ist. Der ist ein zwanghafter Erbsenzähler und hat mit dem Theater wegen des Brooklyn-Museums gründlich gezeigt, zu was er fähig ist. Er wollte Gelder einbehalten, die der Stadt gehören, bei den Kommunisten geht's der Kunst auch nicht schlechter.»

Doris sagt, und die Reifen an ihrem Arm klirren, als sie den Ellbogen aufstützt und sich die qualmende Zigarette aus dem Mund nimmt: «Die Stadt ist jetzt so sicher, wie sie's seit zwanzig Jahren nicht gewesen ist. Deet und ich hatten immer Angst, dorthin zu fahren, jetzt haben wir keine mehr.»

«Vielleicht ist das rein demographisch bedingt», sagt Nelson. «Es gibt weniger junge Schwarze. Und dank Clintons Aufschwung haben mehr von ihnen Arbeit.»

Alex tut kund: «Clinton kommt nach meinem Dafürhalten kein Verdienst an der Prosperität zu, aber auch gar keines. Die Ehre gebührt ganz allein der amerikanischen Elektronikindustrie. Alles, was er beigetragen hat, ist, ihr mit seinen Steuern Knüppel in den Weg zu werfen. Und jetzt ist das Justizministerium hinter Microsoft her – so viel zur Gans, die man schlachtet, obwohl sie goldene Eier legt.»

«Und Alan Greenspan», meldet Deet, als er ungefähr mitbekommen hat, worum es geht.

«Nelson verteidigt gerade Clinton, Schatz», ruft Doris ihm vom anderen Ende des Tisches zu.

«Und Mrs. Clinton auch», sagt Nelson. Er hat eine aufsässige Ader, erkennt Annabelle – eine Unehrerbietigkeit, die er vielleicht von ihrer beider Vater geerbt hat.

«Ich finde, sie sind beide ekelhaft», sagt die pausbäckige Margie, als sie aus der Küche zurückkommt, wohin sie gegangen war, um nach ihren geräuschvollen Söhnen zu sehen. «Ich gebe ihr an der Monica-Malesche genauso viel Schuld wie ihm.»

«Wie das?», fragt Nelson.

«Spiel nicht den Naiven, Nelson. Sie ermöglicht ihm seine Affären schon seit Jahren – wenn sie ihn nicht in Schutz genommen hätte, als das mit Gennifer Flowers aufflog, wäre er gar nicht erst gewählt worden.»

«Sie hält ihn knapp», sagt der Gastgeber zu Häupten der Tafel. Sein Kopf ist von einem lebhaften Rosarot überflogen, die Schädelhaut, die zwischen dem spärlichen Haar hervorlugt, leuchtet im gleichen Ton wie die entzündet aussehenden Lider und die wie von hinten illuminierten abstehenden Ohren. «Wie man das früher mit Preisboxern gemacht hat.» Es ist eine andere Generation, die so redet, denkt Annabelle. Eine derbere, mehr vom Physischen geprägte Rostgürtel-Mentalität. Dieser Mann hat ihren biologischen Vater gekannt – hat in denselben Sporthallen vor denselben Zuschauern gespielt, hat dieselbe nach Kohlenrauch schmeckende Luft geatmet.

«Und was ist mit ihr und Vince Foster?», fragt Ron junior. «Glaub nicht, dass das nicht nochmal hochkommt, wenn sie kandidiert.»

«Der König und die Königin von Skandalien», fährt seine Frau in einer Art Verzückung fort. «Ich kann sie nicht *aus*stehn!» Das ist Ehe, denkt Annabelle, diese gemeinsame Verzückung.

«Ja», unterbricht Georgie, seine Stimme vibriert, so straff ist sie in ihm aufgespult worden. «Ich *werde* sie wählen. Sie hat das Herz am richtigen Fleck, im Gegensatz zu euch Republikanern. Sie ist für Abtreibung, für freie Meinungsäußerung, für das Recht d-der Armen auf eine f-faire Chance.» In seiner Aufgeregtheit fängt er zu stottern an; die anderen Harrisons schließen kurz die Augen und seufzen in einem alten Reflex des Mitleids und der Ver-

achtung; er ist nicht der Sündenbock, auf den sie es heute abgesehen haben.

«Die armen Palästinenser, zum Beispiel. Mrs. Arafat. Die fand das toll in New York. ‹Hach Süße, hier, noch'n Schmatz›», redet Ron junior weiter.

«Ihr New Yorker», sagt Alex überheblich zu seinem Bruder Georgie, «ihr seid alle –» Er hält bei einem Anfangsbuchstaben inne, der sich wie «T» anhört, und Georgie springt ein:

«Tucken, willst du sagen.»

«Total mit Scheiße abgefüllt, wollte ich sagen und habe es mir dann anders überlegt. Wir haben Damen und ein kleines Mädchen bei uns am Tisch.» Er kneift seinen kleinen Mund noch enger zusammen.

«Er hat keinen Einfluss mehr», sagt Ron senior, wie immer praktisch denkend. «Der Penner hätte ein Impeachment-Verfahren an den Hals kriegen müssen, und wir alle wissen das.»

«Es *hat* ein Impeachment-Verfahren gegeben», sagt Nelson zu seinem Stiefvater. «Nur sind die, die ihn weghaben wollten, damit nicht durchgekommen, falls du dich erinnerst.»

Aber auch Nelson ist nicht der gewünschte Sündenbock. Sein Stiefvater sagt geduldig: «Nellie, er hat uns angelogen, uns, das amerikanische Volk. Er hat uns aus dem Fernseher raus mitten ins Gesicht gesagt: ‹Ich hatte keinen Sex mit dieser Frau Wie-heißt-sie-noch-gleich.›»

Annabelle hat das Bedürfnis zu widersprechen. «Ich halte ihn für einen ausgezeichneten Präsidenten», sagt sie. Ihre Stimme ist behutsam, aber rein und klar, alarmierend. Die aufgeregte Tischrunde, über der ein Geruch nach Essen – verzehrtem und übrig gelassenem – liegt, verstummt. Diese Person ist bloß zu Gast. Ist mit ihrem runden blassen Gesicht aus dem Nichts aufgetaucht – wer ist sie eigentlich?

«Wie kommen Sie darauf, meine Liebe?», fragt Doris Dietrich vom anderen Ende des Tisches her. Ihre schrillen Ohrgehänge, Bänder aus Kupfer, zittern, als sie, gespannt auf die Antwort, den Kopf vorreckt.

Annabelle spürt, wie ihr die Röte ins Gesicht steigt, und kämpft dagegen an. Sie streckt den Hals, damit die Hitze sich verteilen kann. Sie liebt Clinton, geht ihr auf: so viele Stunden hat sie sich vor dem Fernseher seiner Klassenbesten-Ernsthaftigkeit überlassen, seiner Art, beim Reden innezuhalten und, sich auf die Lippen beißend, nach dem richtigen Wort zu suchen, und dann dieser weichraue Hillbilly-Akzent. «Oh, das sehen doch viele so», sagt sie. «Er gibt einem das Gefühl, dass man ihm nicht egal ist – dass er einen wahrnimmt. Er hat es am eigenen Leib erfahren, arm zu sein in einer schäbigen kleinen Stadt und einen prügelnden Stiefvater zu haben. Und seine Intelligenz – er kennt sich auf jedem Gebiet aus und hat immer Recht. All die Experten im Fernsehen, George Will zum Beispiel, die gesagt haben, den Kosovo bombardieren, das klappt nie, und dann hat es doch geklappt. Und wie er in Haiti eingegriffen hat. Und Nordirland Frieden gebracht hat.»

Ron junior kann nicht an sich halten. «Er hat sich vorm Wehrdienst gedrückt! Wenn ich Soldat wär, würd ich ihm sagen, steck dir deine Befehle sonst wohin! Mich schickst du nicht nach Bosnien!»

«Man hat ihr eine Frage gestellt, lass sie antworten», sagt Nelson; er ist es gewohnt, Gruppen zu leiten.

Sie redet weiter, obgleich es ihr zuwider ist, Reden zu halten, und ihr Gesicht jetzt ganz heiß und rot ist, aber sie ist mit so vielen Sterbenskranken umgegangen und weiß, was auf uns zukommt, auf uns alle, auch auf uns alle hier an diesem Tisch, dass sie sich nicht fürchtet, ihre Meinung zu sagen, schon gar nicht, wenn sie daran denkt, wie ihr Präsident eisern seinen Job weitermacht, während im ganzen Land billige, hässliche Witze gerissen werden. «Er mag Menschen, er mag sie wirklich. Und er hat Mut und Augenmaß. Er weiß, wann er etwas riskieren kann und wann er vorsichtig sein muss. Und er hat keine Ressentiments, auch nicht gegen die Kongressabgeordneten, die ihn hassen und versucht haben, ihn fertig zu machen. Ja, es ist sehr schade, dass er – dass er ein bisschen Zuneigung brauchte, aber vielleicht hat er ein Recht darauf gehabt. Geht es uns nicht allen so?»

«Einem Kerl einen zu blasen ist ein bisschen Zuneigung?», fragt der Gastgeber und bedenkt sie wieder mit einem dieser Blicke, einem Hieb aus einer Vergangenheit, in der es sie noch nicht gab.

«Also –»

«Selbstverständlich», antwortet Nelson an ihrer statt. «Genau das ist es.»

«Stimmt das, Georgie?», fragt Alex seinen jüngeren Bruder.

«Scher dich zum Teufel, Lex. Geh zurück in den Bibelgürtel. Ich bin im Prinzip völlig einer Meinung mit Annabelle, ich finde es nur traurig, dass diese idiotische puritanische Nation ihren Präsidenten in die Lage bringt, herumzudrucksen wie ein ertappter Teenager. In jedem andern Land der Welt könnte er sich einen Harem halten, Hauptsache, er macht seinen Job.»

Deet hat genug aufgeschnappt, um zu wissen, dass sie über Clinton reden. Er sagt in diesem gebieterischen tauben Ton: «Der Mann mag gute Vorsätze haben, aber er ist zu extrem – wer keine Lust hat zu arbeiten, wird von ihm aus der Staatskasse finanziert. Wenn man den Reichen immer höhere Steuern auferlegt, schadet man der Wirtschaft insgesamt, das zeigt sich immer wieder in der Geschichte.»

«Er ist *für* Arbeitsbeschaffungsmaßnahmen», sagt Nelson; er erstickt fast an der Ignoranz rings um ihn her. «Die Liberalen hassen ihn deswegen.»

«Er hat es geschafft, dass ich mich schäme, Amerikanerin zu sein», bricht es aus Margie heraus. In ihr ist etwas ausgelöst worden, das sexueller Leidenschaft ähnelt. Ihr Gesicht zeigt Spuren einer überwundenen Akne. «Er macht Amerika lächerlich, er stürzt uns in diesen Sumpf und fliegt dann in der Weltgeschichte herum, als ob nicht das Geringste passiert wäre. Das ist dermaßen *dreist.*»

Ihre kleine Tochter, zwei vielleicht, ist schon zu groß, um so lange auf einem Hochstuhl eingepfercht zu sitzen; sie hört, wie die Stimme ihrer Mutter sich verzerrt, spürt, wie das Blut ihrer Mutter kocht, und fängt zu strampeln und zu wimmern an. Mit gereizter Rückhand schnippt sie die Erbsen und die Truthahnhäppchen von ihrem Tablett auf den Boden. «He, immer mit der Ruhe, Alice», sagt Ron junior, der ein paar von den Erbsen auf seinen Schlips bekommen hat.

«Also», sagt sein Vater, «eins muss man Slick Willie lassen, durch ihn kennt jetzt jeder den Ausdruck. Als ich jung war, musste man den Mädchen erklären, was das ist. Die wollten nicht glauben, dass man so was von ihnen verlangte.»

Janice findet, dass Ronnie müde aussieht – blaue Schatten unter den Augen, die Haare oben auf seinem Kopf nur noch ein dünnes Gefluse, die Ohren fiebrig glühend. Einen Ehemann hat sie vor der Zeit verloren, deshalb hat sie ein wachsames Auge auf diesen hier mit seiner seidigen Haut, seiner Ausdauer.

Nelson wendet sich zu Margie und sagt leise, dass nur sie es hört: «Dreist – Himmel nochmal, er ist immer noch Präsident», und zu Deet sagt er laut: «Übrigens, Mr. Dietrich, finanzpolitisch ist er so konservativ, wie ein Demokrat überhaupt sein kann. Bei uns im Therapiecenter klemmt es an allen Ecken und Enden, kann ich Ihnen sagen.»

«Mach dir nichts vor, Nellie, der Kerl stinkt», sagt Ron junior und hält seine strampelnde Tochter auf dem Schoß; sie ist froh, aus dem Hochstuhl heraus zu sein, will sich aber auch von den väterlichen Armen nicht in ihrer Bewegungsfreiheit einschränken lassen. «Er ist vergammeltes Fleisch. Irgendein Rest, der hinten im Kühlschrank liegt und 'n Schimmelpelz kriegt.»

Alex sagt prüde: «Im Vergleich zu ihm kommt Nixon einem wie ein Heiliger vor. Zumindest hatte Nixon den Anstand, uns aus den Augen zu gehen. Der *hatte* noch Schamgefühl.»

«Nixon? Ich habe nie gehört, dass der irgendetwas zugegeben hätte, außer, wie sehr er sich selbst bedauert», sagt Nelson.

«Diese Obszönität!», schreit Margie in einer Art Orgasmus und bebt sichtlich. Alice wimmert mitfühlend. Ihre Mutter weist mit einer Handbewegung auf sie. «Was sollen die Kinder denken? Was sagt man den Pfadfindern?»

«Den Pfadfindern!», ruft Georgie, und ein breites Grinsen zerkrumpelt ihm das Gesicht. «Bleibt mit euren Gedanken dem Schmutz der Gosse fern, hat unser Pfadfinderführer uns gesagt. Aber keiner von uns hat sich daran gehalten. Pfadfinder sind keine Heilige. Und er war auch keiner, wie wir feststellen konnten.»

Deet hat den Namen «Nixon» gehört und verkündet: «Ein viel geschmähter Mann. Was der damals getan hat, würde man heute einfach vom Tisch wischen.»

«So wie Reagan es mit der Iran-Contra-Sache gemacht hat», sagt Nelson. «Nicht, dass er auch nur einen blassen Schimmer gehabt hätte, wovon überhaupt die Rede ist. Apropos Altersdemenz!»

«Er hat den Iwan kleingekriegt, das ist mal sicher. Er hat die verdammte Mauer zum Einsturz gebracht», sagt Ron senior; er greift nach der Flasche, die vor ihm steht, und stellt fest, dass sie leer ist. «Janice!», ruft er. «Ist noch Wein da? Oder habt ihr bei euch da hinten alles ausgetrunken?»

«Janice!», ruft auch Doris Dietrich neben ihm. «Was sagst *du* dazu, dass Hillary kandidiert?»

Janice versucht, sich zu konzentrieren. Sie hat die ganze Zeit denken müssen, wie sehr Nelson Harry ähnelt, wenn es darum geht, Präsidenten zu verteidigen. Ihr Sohn sieht blass und angestrengt aus – «er ist weiß um die Kiemen», hat Harry immer gesagt, wenn Nelson diesen Ausdruck im Gesicht hatte. Warum tun sie das, bringen so viel Interesse auf für diese fernen Männer? Sie identifizieren sich. Sie denken, das Land sei genauso schwach, wie sie selbst es sind. Ihr Vater hat Roosevelt bis zu dessen letztem Atemzug gehasst und wurde immer ganz wild und sagte, die Demokraten begingen Verrat am Land. Sie teilt der erwartungsvollen Tischrunde mit: «Ach … lasst sie doch kandidieren, vielleicht fühlt sie sich dann besser. Irgendwie muss sie sich's ja von der Seele schaffen. Ronnie, du hast genug getrunken. Zeit zum Abräumen, aber außer Annabelle bleiben alle sitzen. Annabelle kann mir helfen.»

Ihr Versuch, das Mädchen aus der Schusslinie zu nehmen, scheitert, denn alle, außer den Dietrichs und Margie und Alice, sammeln schmutzige Teller ein und drängen sich in die Küche. Die beiden Söhne von Ron junior, Angus und Ron III., haben die Golfschläger ihres Großvaters Ron senior aus dem Wandschrank geholt und auf die Veranda geschleppt und dort zwischen umgekippten Gartenstühlen eine Art Minigolfbahn angelegt. Sie holen in immer kräftigeren Schwüngen aus, und ihr Vater fällt ihnen eben noch rechtzeitig in den Arm, bevor etwas zu Bruch geht – der geriffelte Glastisch, an dem sie im Sommer manchmal essen, oder eines der Fliegengitterelemente, die er gerade erst mit neuem Glasfasergeflecht bespannt hat. «Gleich gibt's was Süßes, Jungs», verspricht Janice ihnen, und dann fällt ihr ein, dass sie die Obstkuchen, der eine mit Apfelschnitzen, der andere mit einem Püree aus Rosinen, Äpfeln und Rum, im Backofen hätte aufwärmen sollen, anstatt am Tisch sitzen zu bleiben und zuzuhören, wie alle sich streiten.

Das Gedränge am Küchentresen ist groß, als die Gäste dort die Teller und Gläser und das Besteck deponieren. Annabelle macht sich daran, das Geschirr unterm Wasserhahn abzuspülen und in die Maschine zu stellen, die innen babyblau ist – so eine Geschirrspülmaschine hat sie noch nie gesehen. Ihr Gastgeber kommt um den Tresen herum und will helfen, was sein Recht ist, denn es ist seine Küche. Aber er steht jetzt sehr nah neben ihr, das Sportsakko hat er ausgezogen, und seine Hemdsärmel sind aufgerollt, sodass der weißblonde Pelz auf seinen Unterarmen zu sehen ist. Er schubst sie beiseite und greift nach den nassen Tellern. Er hat etwas Massives, etwas so Blutsattes, dass sie es in ihren eigenen Adern spüren kann. «Wir räumen die großen Teller alle unten ein und warten mit den kleineren, bis die Maschine nachher ein zweites Mal gefüllt wird.»

«Ich mache gern Platz, Mr. Harrison, wenn Sie's lieber selbst tun möchten.»

«Wieso? Klappt doch gut. Sie spülen, ich räume ein.» Er steht so dicht neben ihr, dass sie den süßen Sauternes um seinen rotohrigen Kopf herum riecht. «So», sagt er, «jemandem einen zu blasen ist also ein Zeichen von Zuneigung.»

«Ja, das sagte ich.» Sie hat in ihrem Leben mit vielen älteren Männern zu tun gehabt, die gern ein bisschen anzüglich wurden: so etwas bringt sie nicht aus der Ruhe, sie ist sicher, dass sie mit der Situation fertig wird.

«Sie sind die Tochter Ihrer Mutter, das steht fest.»

«Tatsächlich?»

«Ich war mal mit Ihrer Mutter zusammen. Bevor sie was mit Angstrom angefangen hat, dieser Pfeife.»

«Oh?» Furcht und Faszination zittern in ihr zusammen. Ihre Hand bebt, als sie die zerbrechlichen alten Weingläser, Familienschätze mit eingeätzten Mustern, in das obere Gestell räumt. Er nimmt ihr jeweils zwei ab und stellt die, die sie schon in die Maschine geräumt hat, anders hin.

«Sonst klappern sie und gehn kaputt», erklärt er.

«Wie war sie denn?», fragt sie, obwohl sie schon weiß, dass sie diese Unterhaltung nicht fortsetzen möchte. Sie wendet ihm halb den Rücken zu und sieht sich nach einem Handtuch um, an dem sie sich die Hände abtrocknen könnte.

Ronnie spricht leise, damit Janice, die ihre Obstkuchen verspätet in den Ofen schiebt, ihn nicht hören kann. «Sie hat mit jedem gevögelt», sagt er sanft in das feine Haar seitlich an Annabelles Hals.

«Warum hast du das nicht eher gemacht?», sagt Nelson quengelig zu seiner Mutter.

«Ach, ich hab nicht dran gedacht», sagt sie, «alle waren so in Fahrt wegen Clinton. Ist seine Amtszeit nicht überhaupt schon um?»

«Leider noch nicht ganz», ruft Ron junior von der Veranda her, wo er Ordnung zu machen versucht.

«Muss 'n komisches Gefühl sein», flüstert Ronnie Annabelle zu, «wenn man die uneheliche Tochter von 'ner Hure und 'nem Rumtreiber ist.»

Tränen springen ihr in die Augen, wie wenn bei einem Waldspaziergang ein Zweig sie ins Gesicht gepeitscht hätte. Nelson sieht die Veränderung, die in ihrem Gesicht vorgeht, sieht, wie sie, die nassen Hände hochhaltend, sich in rascher Drehung vom Ausguss wegwendet, und ist mit zwei Schritten bei ihr. «Was ist passiert?», fragt er, sein Atem ist heiß, seine Augen sind tiefer in die Höhlen gesunken.

«Nichts», keucht sie und kämpft gegen das Schluchzen an.

«Was hat er gesagt?»

«Er hat nichts gesagt.»

«Ich habe sie gefragt», sagt Ronnie im Plauderton zu seinem Stiefsohn, «was für ein Gefühl es ist, der uneheliche Balg von einer Hure und einem Herumtreiber zu sein. Ich habe sie aber nicht gefragt, ob sie mir einen bläst.»

«Ronnie!», schreit Janice und lässt die Backofentür zuknallen.

«Ach Scheiße, ist doch wahr», sagt er und lässt höchstens einen Hauch von Verlegenheit erkennen. «Was will sie hier überhaupt, macht sich madig und erzählt uns, was für 'n toller Typ Clinton ist.»

Nelson baut sich vor ihm auf, obwohl er ein bisschen kleiner ist und nie besonders sportlich war. «Du hast Mom *gesagt*, sie kann kommen! Du hast gesagt, du würdest gern sehen, wie Ruth Leonards Tochter sich rausgemacht hat.»

«Nun weiß ich es. Sieht genauso aus wie sie, nur der gelbliche Rotton im Haar fehlt. An der Möse auch, vermute ich.» Rechtschaffener Groll, seit Jahrzehnten in ihm begraben, kommt in dieser kühlen Vermutung an die Oberfläche.

«Du bist nie damit fertig geworden, nicht?», sagt Nelson. «Dass du immer den Kürzeren gezogen hast. Jedes Mal, wenn du dich mit meinem Vater messen wolltest, hast du den Kürzeren gezogen. So war er, Ronnie. Ein Sieger. Du, du bist ein Verlierer.»

«Du hast es gerade nötig», sagt Ronnie.

Andere sind in die Küchenmitte vorgedrungen, die beiden älteren Harrison-Söhne. «Was ist hier los?», fragt Georgie.

«Mom», fragt Nelson seine Mutter. «Warum hast du ihn geheiratet? Wie konntest du uns das antun?» Das «uns», erkennt er, schließt auch seinen toten Vater ein.

Janice schaut drein, als führe sie dieses Gespräch nicht zum ersten Mal mit ihrem Sohn und als sei sie es sterbensleid. «Er ist gut zu mir», sagt sie. «Er hat zu viel getrunken. Hast du doch, Ron.»

«Nein», sagt er, «noch lange nicht genug. Du hast mir an deinem Tischende alles weggetrunken.»

«Bitte, vergessen Sie, was immer er gesagt hat», sagt sie zu Annabelle. «Wir wollen ein bisschen an die Luft gehen, ein paar von uns. Bis die Kuchen so weit sind.»

«Es regnet wieder», sagt Alex.

Ron junior kommt von der Veranda herein und möchte seinen Vater verteidigen, weiß aber nicht so genau, gegen wen oder was. «Du Wichtigtuer», sagt er zu Nelson, «schleppst *die* da an – auf so eine kranke Idee kannst bloß du kommen.»

«Er ist durcheinander», bietet Georgie aus seiner New Yorker Sicht als Erklärung an; er betrachtet seinen Vater mit einer gewissen Objektivität, die die beiden anderen noch nicht aufbringen können, sieht ihn als alten Mann, der mit jedem Tag älter wird. «Sie hat ihn aufgewühlt, Erinnerungen werden wach.» Sein jungaltes Gesicht mit den übertrieben großen Zügen verrät in der Art, wie der eine Mundwinkel sich zu einem Lächeln verzieht, was er mit seinen Brüdern gemein hat: die Genugtuung, dass es endlich so etwas wie einen Vergeltungsschlag gegeben hat dafür, dass Rabbit Angstrom ihre Mutter zur Ehebrecherin gemacht hat.

«Ich bin nicht aufgewühlt», sagt Ronnie mit der Dickfelligkeit des Versicherungsvertreters, den man nicht loswird, der erst dann geht, wenn er eine Police verkauft hat. «Dies ist mein Haus, und ich möchte gern die Übersicht behalten, wer hier so alles reinkommt.»

«Wie du meinst. Wir gehn jetzt jedenfalls», sagt Nelson. «Das war's dann. Mom, ich komme vorbei und hole meine Sachen, wenn dies Schwein nicht da ist.»

«Nelson, du weißt doch gar nicht, wohin!»

«Ich finde schon was. Komm, Annabelle. Hier», er duckt sich so schnell, dass alle zusammenzucken, an Ronnie vorbei, reißt ein großzügig bemessenes Stück Küchenpapier von der Rolle am Halter unter den altmodischen Hängeschränken aus Holz und gibt es seiner Schwester, damit sie sich die nassen, seifigen Hände abtrocknen kann.

Benommen, überhäuft mit Schande, folgt sie ihm zurück ins Esszimmer, vorbei an dem hohen Schrank mit dem vorspringenden Mittelteil, in dem Ma Springers kostbares Koerner-Porzellan bei diesem zweifachen Abgang leise klirrt. Annabelle muss ihre unsicheren kleinen Schritte beschleunigen, um nicht zurückzubleiben. Sie hat sich zur Feier des Tages ein weißes Cashmerejäckchen angezogen und einen zimtbraunen Rock, der vielleicht ein bisschen zu eng und zu kurz für diese Gelegenheit ist.

Aber so sind die Röcke heute nun einmal, die die Einkäufer der Boutiquen in den Malls aus New York mitbringen.

Nur Margie, die kleine Alice und die Dietrichs sitzen noch am Thanksgiving-Tisch. Unter der Decke hängt eine Wolke von Doris' Zigarettenrauch und wabert um die messingfarbene Lampenkuppel. Nelson bleibt einen Augenblick stehen, beugt sich zu Mr. Dietrich hinab und sagt laut: «Mr. Dietrich, verzeihen Sie bitte, wir müssen uns beeilen, es ist etwas dazwischengekommen, wir können leider nicht bis zum Nachtisch bleiben. Frohes Thanksgiving. Ihnen auch, Mrs. Dietrich. Bleiben Sie Mom eine Freundin, sie braucht Sie. Margie, mir scheint, wir sind in puncto Clinton nicht ganz einer Meinung, aber deine Tochter ist ein sehr süßes kleines Mädchen.»

«Adieu», sagt Annabelle kaum hörbar krächzend zum Tisch hin, ihre Kehle ist wund vom unterdrückten Schluchzen. Mit dem Küchenpapier, das sie in der Hand hat, die Nelson nicht umklammert hält, während er sie hinter sich herzieht, tupft sie sich die nassen Wangen ab. Die beiden kleinen Jungen sind vor ihnen ins Wohnzimmer gestürmt und haben den Zenith-Fernseher eingeschaltet. Ein Footballspiel: blausilberne Uniformen marschieren auf leuchtend grünem Feld mit gelber, als Computergraphik eingeblendeter 10-Yard-Linie auf. Oben auf dem Apparat drängt sich Zierkram aller Art, ein schweres blassgrünes Glasei ist dabei, das Nelson seit frühester Kindheit als etwas Unbegreifliches erschienen ist. Wie hat man diese tränenförmige Blase hineingebracht? Er ist ohne Mantel gekommen, und Annabelles Blazer hängt in der Diele. Die Eingangstür zwischen den dünnen, dekorativ gemusterten Mattglasscheiben klemmt an diesem feuchten Tag, springt dann aber mit einem Kreischen auf und entlässt sie auf die Vorderveranda, hinaus in die frische Luft. Es regnet; die

Luft ist kühl, prickelnd. Als Kind hat er diese Veranda immer geliebt, die Veranda seiner Großeltern Springer, auf der eine gepolsterte Hollywoodschaukel stand, die quietschte und wie die Wachstuchmatte in seinem Laufstall roch. Und es hatte einen Korbsessel gegeben, einen, der nicht lackiert war. Die Leute benutzen ihre Veranden nicht mehr; die Möbel sind auf der inzwischen geschlossenen Müllkippe von Mt. Judge gelandet, irgendwann während eines Jahrzehnts, als er keine Augen dafür hatte. Erwachsen zu sein, scheint es, besteht darin, keine Augen zu haben fürs Wichtige. Das Korbgeflecht hat für Nelsons Kindernase damals nach seinem pflanzlichen Ursprung gerochen, nach einem Weidenbaum in einem Märchenbuch, der sich über einen Teich neigt und seine niederhängenden Zweige und die schmalen Blätter im kristallklaren Wasser schleifen lässt. Seine Sinne sind wieder rein, er fühlt den scharfen Regen im Gesicht und hört das Prasseln auf den Ahornblättern über seinem Kopf, hört jeden Tropfen, als er seine Schwester zum müden weißen Corolla hinüberzerrt, in dem er sie hergefahren hat. Das Haus gegenüber, in dessen Fenstern der Kürbis und die Frau im BH geleuchtet haben, ist dunkel, leer. Die Nachbarn sind fort, verbringen den Feiertag anderswo, und so entgeht ihnen der Anblick, wie der Erbe das Haus Nummer 89 an der Joseph Street für immer verlässt.

iv.

«Okay, okay, ich bin ausgerastet», gibt Ronnie zu. «Es bestand kein Grund, sich so rüde zu benehmen, kein Mensch kann etwas dafür, wie er zustande gekommen ist.»

«Du solltest anrufen und um Entschuldigung bitten.» Der Zwischenfall hat Janice einen Vorteil verschafft, und sie ist wütend genug, den auch zu nutzen. Ronnie hat in dem Mädchen die Frau gesehen, die er mal gevögelt hat und die jetzt tot ist, und hat sich an die Junge herangemacht und sie dann aus Frustration angegriffen. Das hat nichts Gutes über die Bedeutung ausgesagt, die seine Ehefrau für ihn hat. Sie bedeutet, erkennt sie, als sie wieder klar denken kann, eine Art Rache an Harry und den Besitz des Hauses. *Dies ist mein Haus*, hat er gesagt, aber es ist nicht sein Haus, es ist ihr Haus, das Haus, in dem sie aufgewachsen ist, das ihre Mutter stolz geputzt und gewienert und ihr Vater mit seinem Geld instand gehalten hat. Sie leben inmitten von Koerner- und Springermöbeln; die Angstroms und die Harrisons haben so gut wie nichts zur Einrichtung beigesteuert, sie sind Niemande im County, von ihnen wird nichts bleiben, nur Grabsteine.

«Ich bin noch nicht so weit», sagt Ronnie. «Ich trau mir noch nicht zu, dass ich's hinkriege. Sie schwärmt für Clinton, du lieber Himmel. Wahrscheinlich gluckt sie dauernd mit so einer ausgeflippten North-Brewer-Blase zusammen.»

Er hat das Mädchen vögeln wollen, spürt Janice und ist Ehefrau genug, um Mitleid mit ihm zu haben beim Gedanken an seinen schweren Schwanz, der so unerlöst, so ohne zu wissen, wohin mit sich, unter seinem pelzigen Dickbauch hängt, ein Schwanz mit abgeplatteter Oberseite, ein dicker trauriger Knüttel, beschnitten, im Gegensatz zu Harrys. Kann nirgends seinen Kopf verstecken. «Dann ruf wenigstens Nelson an», sagt sie.

«Wir wissen aber nicht, wo er ist, oder wissen wir's doch?» Er vermutet zu Recht, dass sie mehr weiß als er.

Ein langes Wochenende ist seit Thanksgiving vergangen. Nelson ist am Sonntag vorbeigekommen, als Ronnie in der Kirche war. Ronnie besucht getreulich die namenlose Fundamentalistenkirche hinter Arrowdale, in die er früher immer mit Thelma gegangen ist. Als Janice ihn einmal fragte, warum er sich das antut, fuhr er sie an: «Aus demselben Grund, aus dem alle hingehen. Weil wir alle Sünder sind.» Janice empfand das als einen Schlag ins Gesicht. Harry hätte das nie gesagt; er hat sich nie für einen Sünder gehalten. Sie gibt sich Mühe, Thelma nicht zu hassen, nun da sie tot ist, aber beide Ehemänner mit ihr zu teilen, das ist schon eine Zumutung. Janice gehört durch ihre Mutter der Episkopalkirche an, hat aber nicht Bessie Springers Gewohnheit übernommen, zum Gottesdienst zu gehen. Jahrelang hat es am Sonntagmorgen zu viel anderes zu tun gegeben, im Sommer die Damentennisgruppe im Flying Eagle und im Winter das Training auf dem Stepmaster im Fitnesscenter in der sterbenden Mall auf dem Weg nach Brewer. Sie ist entschlossen, nicht dick zu werden wie Mutter. Ihre straffe kleine Figur ist das, was sie am liebsten an sich mag. Außerdem hat Mutter Freundinnen gehabt, die mit ihr gingen, als Daddy nicht mehr da war – Grace Stuhl, Amy Gehringer –, und Janice hat keine. Also bleibt sie sonntagmorgens mit dem Brewer-*Standard* und seinen vielen Farbdruckbeilagen zu Hause, während ihr Mann mit den Toten Zwiesprache hält.

Nelson weiß das: fünf Minuten nachdem Ronnie zur Tür hinaus war, kam sein Anruf, und eine Viertelstunde später war er mit dem Auto da. Er hat zwei Arme voll Kleidungsstücke mitgenommen und gesagt, sobald er eine feste Bleibe habe, komme er nochmal vorbei, um einen der Fernsehapparate und ein paar Stühle aus dem ersten Stock abzuholen. Fürs Erste schlafe er bei Annabelle drüben an der East Muriel Street auf dem Fußboden, am Montag könne er dann anfangen, sich nach einem Zimmer umzusehen. Es gehe ihr gut, sie weine bloß viel, weil alle Harrisons sie so hassten. Georgie hasse sie ganz gewiss nicht, hat er ihr gesagt, und den anderen seien ihre wahren Empfindungen fremd. Außerdem habe der Fehler allein bei ihm gelegen. Und ein anderer Fehler sei es gewesen, so lange in diesem Haus wohnen zu bleiben, nur weil ihm nichts Besseres eingefallen sei und weil er sich vorgemacht habe, seine Mutter brauche ihn. «Du brauchst mich nicht, Mom. Es geht dir gut. Ronnie ist in Ordnung, auch wenn er ein dämlicher Hornochse ist. Sag ihm bei Gelegenheit, dass es nett von ihm war, es so lange mit mir auszuhalten.»

Sie hat nicht ernstlich widersprechen können. Sie liebt Nelson um der gemeinsam durchlebten guten und schlechten Zeiten willen, aber sie ist über das Alter hinaus, da sie sich noch um das kümmern könnte, was er braucht. Sie und Ronnie, fortan zu zweit, können sich ganz einander widmen, einer nimmt sich der Bedürfnisse des andern an, und eines dieser Bedürfnisse, nie ausgesprochen, ist, sich für den Tod bereit zu machen, der jetzt jederzeit anklopfen kann. Ein Schmerz in der Nacht, ein vom Arzt veranlasster Labortest, der einen bedenklichen Wert ergibt, und das Abwärtsgleiten beginnt. Sie haben ihre früheren Ehegefährten auf diese Weise hingehen sehen. Sie hat erleiden müssen, dass ihre kleine Tochter ihr aus den seifenglatten Händen rutschte und ganz wenige Sekunden nur nicht zu finden war in dem undurchdringlichen grauen Wasser der Badewanne. Wenn an dem, was die Kirchen sagen, etwas Wahres ist, wird sie in nicht allzu ferner Zukunft wieder vereint sein mit ihrer

Tochter, ihrem Baby. Das ist das Angebot des Todes an sie.

Sie hat Nelson das Stück Kuchen gegeben, das sie im Tiefkühlfach für ihn aufgehoben hat, und gesagt, wie sehr es sie bekümmere, was passiert sei. Alle hätten ein schlechtes Gewissen deswegen, außer Deet und den drei Kindern, nehme sie an. «Nein», sagte Nelson, «es hat zur Klärung beigetragen. Es hat mir gezeigt, was für eine erbärmliche Klette ich sein kann, was für ein aufdringliches Würstchen. Es gab keinen Grund, euch alle in die Sache reinzuziehen. Meine Schwester hat nur mit Dad und mir zu tun, nicht mit euch.»

Das war gestern. Sie sagt jetzt zu Ronnie: «Du könntest ihn auf seiner Arbeitsstelle anrufen.» Er versteht das als Strafbefehl, weil er zu weit gegangen ist.

Der Anruf fällt ihm nicht leicht, aber es ist auch nicht schlimmer, als einen prospektiven Kunden zum Kauf einer Versicherung zu drängen. Man umgibt sich mit einem Panzer und redet aus dem schützenden Innern. «Nelson, hast du eine Minute?»

«Eine Minute, ja.» In zehn Minuten hat er seine Beziehungsgruppe.

«Hör zu, ich fühle mich saumäßig wegen der Art, wie ich mit Annabelle umgegangen bin.»

Dass er ihren Namen in den Mund nimmt, empfindet Nelson als Beleidigung, aber er hört zu.

«Ich muss betrunken gewesen sein», fährt Ronnie fort.

«Warst du *so* betrunken? Musstest du die Möse ihrer Mutter erwähnen?» Die Klienten im Center mögen gestört sein, aber sie haben Ohren wie die Hasen. Durch die offene Tür seines winzigen Büros sieht Nelson, wie sich draußen im Mittelraum etliche Köpfe umdrehen, auch der von Rosa, die mit Jesus redet. Sie ist mit einer neuen

Klientin zusammen, einer siebenundvierzigjährigen Zwangsneurotikerin. Bei der Aufnahme sind ihm die Hände der Neuen aufgefallen, so quälend gründlich geschrubbt und ganz rissig und die Fingernägel abgeknabbert bis aufs Fleisch. Pru hat solche langen roten Hände gehabt, erinnert er sich – die Handgelenke grobknochig, die Fingerspitzen zart.

«Hör mal», drängt Ronnies Stimme, «ich ruf an, um zu sagen, dass es mir Leid tut, du brauchst es mir nicht noch schwerer zu machen.»

«Nein? Manche würden sagen, dass du dich nicht bei mir entschuldigen musst, sondern bei Annabelle.»

«Ich traue mir nicht zu, dass ich mit ihr reden kann. Dies mitfühlende Getue um Clinton kotzt mich immer noch an.»

«War es wirklich das mit Clinton, was dich angekotzt hat? Sag mir, Ronnie – als du sie angesehn hast, was hast du da gesehn?»

«Ich hab eine gefühlsduselige Tussi gesehn, die für 'n Minirock zu dick ist.»

«Und außerdem? Komm schon. Du tust dir einen Gefallen. Denk nach.»

«Ich hab Ruth Leonard gesehn, die Ruth aus den fünfziger Jahren. Die hat's mit jedem getrieben.»

«Weiter. Wen hast du sonst noch gesehn?»

Ronnie schweigt, aber sein Schweigen ist nicht feindselig, es ist eher nachdenklich. Dies ist die beste Unterhaltung, die Nelson je mit Ronnie geführt hat. Sein Auszug hat das bewirkt, in nur vier Tagen. Zum ersten Mal bringt Ronnie ihm einen gewissen Respekt entgegen. «Du willst, dass ich sage, ich habe deinen Vater gesehn», sagt er schließlich.

«Nur, wenn es so ist.»

«Es ist so. Sie hat mehr von ihm als du. Hör auf, mir alle diese Fragen zu stellen und mich dazu rumkriegen zu wollen, dass ich auspacke. Du bist sauer auf mich, bist es immer gewesen, weil ich es deiner Mutter besorge.»

«Bist du dir da so sicher? Vielleicht mag ich dich deswegen; *ich* kann's ja nicht. Die Wahrheit ist, ich habe nichts gegen dich, Ronnie. Du hast nichts Bedrohliches für mich, wie du es aus irgendeinem Grund für Dad gehabt hast. Ich mag dich. Ich mag die liebevolle Art, die du mit Mom hast, und wie du dich um diesen hässlichen Riesenschuppen von einem Haus kümmerst. Du bist ein fürsorglicher Mensch. Versicherungsvertreter sind fürsorgliche Leute, sie sind für die Angehörigen da, wenn der Ernährer dran glauben muss. Dir ist daran gelegen, dass die Toten Nutzen bringen, so wie mir daran gelegen ist, dass die Verrückten noch zu etwas nutze sind. Wir haben nicht das Pulver erfunden, aber wir sind verantwortungsbewusste Bürger. Was dich an Clinton so fuchst, ist, dass er sich scheinbar alles erlauben kann. Wie mein Vater. Ich will dir was sagen, Ronnie, etwas, das ich beobachtet habe: niemand kann sich alles erlauben. Diejenigen, die der Strafe entgehen, erlegen sie sich selber auf. Wir alle tun das. Wir führen selber Buch über uns.»

Ronnie schweigt, erwägt das eben Gehörte und überlegt, wo der Haken sein könnte. «Was für ein Gesülze», sagt er schließlich. «Nellie, aus dir ist ein aufgeblasener Sülzkopf geworden.»

«Es gibt noch einen Grund, weshalb ich dich mag, Ronnie», redet Nelson überstürzt weiter; ihm ist eben mit Macht eine Erkenntnis gekommen, die unbedingt heraus muss. «Du und ich, wir sind wahrscheinlich die Einzigen auf der Welt, denen mein Vater immer noch ein Stachel im Fleisch ist. Wir wollten, dass er eine gute Meinung von uns hat, aber das war nicht zu schaffen. Er war schlechter, als wir es sind, aber gleichzeitig war er besser. Er hat uns ausgestochen. Ein Blick auf Annabelle, und du siehst den lebendigen Beweis dafür, dass er dich ausgestochen hat – du hast Ruth vielleicht gevögelt, aber er hat ihr ein Kind gemacht, und wenn du Annabelle ansiehst, starrt er dich aus ihrem Gesicht heraus an. Habe ich Recht?»

«Das ist mir zu hoch», sagt Ronnie. «Verrat mir mal, was bedeutet dir dies Mädchen?»

«Was sie mir bedeutet – es ist, als ob sie etwas wär, das mein Vater mir hinterlassen hat, damit ich mich darum kümmere, und ich habe keine Ahnung, wie ich das machen soll. Die Einladung zu Thanksgiving hat's nicht gebracht. Deine Söhne waren weiß Gott keine Hilfe.»

Ron Harrisons Stimme wird scheinheilig. «Nellie, ich werde die Wahrheit sprechen in Liebe. Und was ich sage, wird dir eine Hilfe sein. Sie ist eine clevere kleine Fotze, die selber auf sich aufpassen kann. Lass mich noch etwas hinzufügen, das dich schockieren wird. Letzte Woche in der Küche war sie scharf auf mich. Sie wollte, dass ich sie durchziehe. Ich habe das gespürt und musste unangenehm werden, um der anderen willen. Ich habe mich geopfert.»

«Wo wir grad von Gesülze reden», sagt Nelson und legt auf. Er hat so lange am Telefon gehangen, dass Rosa und die Neue sich verdrückt haben, entsetzt von dem, was sie mit anhören mussten. Er geht in den Mittelraum, um sie zu suchen und zu fragen, was sie wollten, und um ihnen zu zeigen, wie vernünftig und normal und vertrauenswürdig er im Grunde ist.

Von: Dad [nelsang.harrison@qwikbrew.com]
Datum: Freitag, 10. Dezember 1999, 17:11
An: royson@buckeyemedia.com
Betrifft: neue Adresse

Lieber Roy – tut mir Leid, dass Deine Mitteilungen und Witze sich angesammelt haben und so lange ohne Antwort geblieben sind. Der, bei dem es darum geht, wie viele Texas-A&M-Studenten nötig sind, um eine Glühbirne einzuschrauben, ist lustig, erscheint aber ein wenig herzlos angesichts der zwölf jungen Leute, die beim Anzünden dieses schrecklichen Freudenfeuers umgekommen sind – die meisten waren im ersten Semester und haben bloß befolgt, was ihnen Leute gesagt haben, die es hätten besser wissen müssen. Wenn Du aufs College kommst, denk dran, dass Du Dir Dein eigenes Urteil bildest und danach handelst. Ich habe eine Menge Zeit mit bierseligem Studentenunfug an der Kent State vergeudet, bis Deine Mutter mich an die Hand nahm. Sie war ein bisschen älter als ich, und bei ihrer Erziehung ist es wirklichkeitsnäher zugegangen.

Der Grund, weshalb meine Antwort einige Zeit auf sich warten ließ, ist, dass ich ausgezogen bin aus dem Haus, in dem Deine Großmutter und Mr. Harrison leben, ich habe also keinen täglichen Zugang mehr zu diesem Computer und benutze ihn jetzt heimlich, solange beide unterwegs sind und Weihnachtseinkäufe machen und hinterher vielleicht noch ins Kino gehen, in den neuen James Bond oder den neuen Tom Hanks. Einige unschöne Worte am Thanksgiving-Tag haben mich dazu veranlasst auszuziehen, aber ich habe mich schon seit einiger Zeit mit dem Gedanken getragen. Deine Mutter und ich haben es immer wieder erwogen, als Ihr alle noch hier wart und Du und Judy größer wurdet, aber wir haben uns nie dazu durchringen können, die Miete war zu günstig ($ 0.00).

Für etwas mehr (genau gesagt, für $ 85 pro Woche, sag Deiner Mutter also, dieser Kostenpunkt käme jetzt für mich dazu) habe ich an der Almond Street, gleich um die Ecke von der Eisenhower Avenue, drei Blocks von der Unterführung entfernt, ein großes, nach vorn hinausgehendes Zimmer im ersten Stock gemietet, wo für uns alle Platz ist, für Dich und Judy und auch für Mom, falls sie mag, wenn Ihr nach Weihnachten herkommt. Wir können Matratzen auf den Boden legen und uns Schlafsäcke von den beiden Mädchen leihen, die auf der andern Seite der Etage wohnen. Sie sind beide Anfang oder Mitte zwanzig und das, was wir früher Sekretärinnen nannten, haben aber Berufsbezeichnungen wie Verwaltungsassistentin und betriebliche Organisationskraft. Ich sehe sie fast nie, kann sie aber manchmal hören, wenn sie spät abends irgendwelche grässlichen Kerle anschleppen.

Ich wohne zwar erst seit einer Woche an der Almond Street, fühle mich aber schon ziemlich wohl hier. Das Apartment hat Kabelfernsehen, ist möbliert und hat ein Bad mit Dusche. Es gibt keine Küche, aber Deine Großmutter hat mir eine kleine Mikrowelle spendiert, einen 37-Kubikzentimeter-Magic-Chef, für Kaffee am Morgen und ein Fertiggericht am Abend. Gleich unten an der Ecke ist ein 7-Eleven. In dem Zimmer hat früher die Tochter der Vermieterin gewohnt, bis sie geheiratet hat und weggezogen ist, und es gibt noch allerlei Hübsches, Rüschiges, das an sie erinnert.

Wenn Du kommst, musst Du Annabelle kennen lernen, Deine neue Tante – Halbtante, wenn es so etwas gibt. Sie ist schüchtern, aber sehr nett und weiß alles von Dir. Diese Demonstrationen in Seattle haben mich an die Zeit erinnert, als ich ungefähr in Deinem Alter war und die Leute gegen alles protestierten und auf den Straßen Randale gemacht haben. Polizisten wurden Bullenschweine genannt, und der Präsident bekam noch viel üblere Namen, genau wie jetzt. Ich nehme an, die Dinge bewegen sich in Zyklen.

Ich bin froh, dass Dein Geburtstag so angenehm verlaufen ist, und es tut mir Leid, dass ich ihn vergessen habe. Lass mich wissen, was für ein Geschenk Du gern von mir hättest, wir besorgen es dann, wenn Du hier bist. Ein eigenes Mobiltelefon erscheint mir ein bisschen übertrieben, auch wenn die anderen Kids eins haben. Vergiss nicht, dass monatliche Gebühren anfallen, für die Du dann aufkommen müsstest. Du kannst Deine E-Mails an mich weiter an diese Adresse schicken, aber wie ich schon sagte, ich kann Dir nicht mehr so schnell antworten. Im Center sehen sie es nicht gern, wenn man die Computer für private E-Mails benutzt. Aber ich habe ein Telefon in meinem Apartment: 610-846-7331. Ruf mich an, wenn Dir nach einem Schwätzchen ist. Dir und den anderen fabulösen Akron-Angstroms alles Liebe, Dad.

Er ist nicht überrascht, als Pru am nächsten Abend anruft. Ihre Stimme ist heller, mädchenhafter, als er sie in Erinnerung hat. «Nelson, was ist in dich gefahren, dass du schließlich doch noch bei der Mutter ausgezogen bist?»

«Es wurde mir alles zu viel. Ronnie ist ein Wichser, mein Vater hat das schon immer gesagt.»

«Diese so genannte Schwester – hat *sie* dich dazu angestiftet?»

«Nein, Annabelle würde nie auf diese Weise Druck ausüben.»

«Na, immerhin hat sie bei dir etwas erreicht, das mir nie gelungen ist.»

«Oh? Du warst aber auch nie so eindeutig. Du warst ambivalent, wie ich. Wir haben freie Wohnung gehabt, mit integrierter Babysitterin.»

Sie legt eine Pause ein, um zu überprüfen, ob ihre Erinnerung sich mit seiner deckt. Er sieht ihre Lippen vor sich, die sich in ihrem knochigen Gesicht langsam in die Breite ziehen, wie die eines Astronauten, wenn die G-Kräfte anfangen, ihm die Züge zu verzerren. Sie sagt: «Vielleicht lag es an Pennsylvania, dass ich weg musste. Alles ist da sehr lieb und nett, aber es herrscht so eine dumpfe Luft dort, so ein moralischer Unterton. Ich glaube, für Judy ist es besser, dass sie sich gegen all das nicht mehr auflehnen muss.»

«Und Roy?»

«Es kann einem natürlich bange werden, wie viel Zeit der vor dem Computer verbringt, aber viele seiner Freunde sind genauso. Wo du und ich einen Bildschirm sehen, auf dem sich mehr oder weniger immer derselbe Unsinn abspielt, sehen die einen magischen Raum mit Tunneln und Korridoren und Krügen voll Gold. Er ist damit aufgewachsen.»

Er wird dazu aufgefordert, begreift er, als Elternteil zu sprechen, als Beteiligter an dem ungeheuren zufälligen Unternehmen, ein anderes Menschenwesen in die Welt zu setzen. «Ja, na ja, irgendwas gibt es immer. Fernsehen, Autos, Filme, Baseball. Sachen, die man wissen will. Mythen. Die Menschen brauchen das. Und Roy hat doch schon immer etwas von einem Weltraumbewohner gehabt.»

«Aber er masturbiert wie ein Wahnsinniger. Im Internet gibt es doch dies ganze Pornozeug. Und er hat nicht den häuslichen Sinn dafür, das Laken mit einem Taschentuch abzuwischen.»

Nelson seufzt, er sieht die Sexualität als etwas düster Drohendes, grausam Allverschlingendes auf Roy zukommen. «Na ja. Er denkt, es fällt nicht auf. Ich habe wahrscheinlich genauso gedacht. Übrigens, wie läuft's denn so bei dir in Sachen Liebe?»

Vor einer Woche hätte er nicht gewagt, sie das zu fragen, aber seit er ausgezogen ist, hat er nicht nur zu seinem Stiefvater ein entspannteres Verhältnis, sondern auch zu seiner ihm entfremdeten Frau. Pru ist ein Jahr älter als er, und dieses Jahr hat in ihrer Beziehung von Anbeginn eine Rolle gespielt, hat sie damals an der Kent State, als sie miteinander gingen, als tollen Fang erscheinen lassen, dessen Wert noch gesteigert wurde durch so erwachsene Attribute wie ein Sekretärinnengehalt und ein Auto (ein salzzerfressener gelbbrauner Valiant) und ein eigenes Apartment in Stow und eine Kundigkeit im Ficken – sie rieb ihre Klitoris an seinem Beckenknochen und kam so sachlich und selbstverständlich, als ob das ihr natürliches Recht als Frau sei. Aber sobald sie dann verheiratet waren, wurde der Altersunterschied ihm peinlich, es war, als hätte er die Mutter gewechselt. Kein Wunder, dass sie und Dad sich zusammengetan haben. Als das Jahr dann überstanden war, in dem sie vierzig wurde und er erst neununddreißig, schwang das Pendel wieder zurück, und der Altersunterschied bedeutete nicht mehr so viel, allenfalls eine kleine Irritation, wie ihre Linkshändigkeit. Er war einundvierzig, als sie ihn verließ, in der drückenden Augusthitze aufbrach, um die Kinder in Schulen in Akron anzumelden. Jahrelang hat sie sich darüber beschwert, dass sie mit seiner Mutter und Ronnie unter einem Dach leben muss und dass er diesen chancenlosen Job macht, sozusagen die Tagesmutter für diese bemitleidenswerten gestörten Menschen spielt und sein Ego auf deren Kosten aufpoliert und sich mehr um die kümmert als um seine Frau und seine Kinder, aber alle diese Anklagen sind für ihn, ratlos wie er war, auf einen einzigen Satz hinausgelaufen, den sie ihm einmal, die grünen Augen funkelnd wie zersprungenes Glas im geröteten Gesicht, entgegengeschleudert hat: *Mein Leben mit dir ist zu klein!* Zu klein.

Als ob Organisationskraft und Betthase eines levantinischen Anwalts zu sein größer wäre. Aber die Größe eines Lebens richtet sich wohl danach, wie man es empfindet. Pru ist eines von sieben Geschwistern, und auch wenn ihr Vater, ein ehemaliger Heizungsmonteur, an zu viel Budweiser gestorben ist und ihre schmächtige kleine, spitzengardinenhaft irisch-katholische Mutter in einem Seniorenheim lebt, hat sie noch die sechs Geschwister und deren Sprösslinge, die ihr ein großes geräuschvolles Theater sind, in welchem sie die Tantennummer geben kann. Tante Mim hat immer nur ihn gehabt. Und jetzt Annabelle.

«Es läuft phantastisch, Mr. Neugierig», sagt Pru. «Ich habe bei Gekopoulos übrigens zum Jahresanfang gekündigt. Ich suche etwas, wo ich mehr mit Leuten zu tun habe, so in Richtung Public Relations. Schadensersatzforderungen und Scheidungsverträge in vorgestanzten Sätzen runterzutippen ist nicht besonders abwechslungsreich.»

Er behält die Erkenntnis für sich, dass das Leben insgesamt nicht besonders abwechslungsreich ist. «Es klingt nicht so, als ob der Job deinen Fähigkeiten gerecht würde.»

«Oh, vielen Dank, aber *welchen* Fähigkeiten, könnte man fragen. Trotzdem habe ich die verrückte Idee, dass ich zu irgendetwas gut sein muss. Ich meine, ich kann liebenswürdig sein. Die Leute mögen mich, zumindest am Anfang. Vielleicht sollte ich mich mit Judy zusammen für die Stewardessenausbildung bewerben. Bloß dass ich immer nasse Handflächen kriege, wenn ich fliege. Ich finde es schrecklich, wie lange der Landeanflug dauert, und dass man dabei immer tiefer über all die Highways und Friedhöfe hinfegt.»

Sie verbringt Weihnachten mit ihrer Mutter und ihren Geschwistern und fährt dann zu ihm, fährt den weiten Weg quer durch das große Commonwealth mit seinen Bergen und Steinbrüchen, seinen Fabriken und Farmen, eine Fahrt von acht oder neun Stunden auf der Turnpike: Judy löst sie am Steuer ab, und Roy macht sich in jeder Raststätte, an der sie halten, über die Videospiele her. «Wenn ihr nach Weihnachten herkommt, wo wollt ihr alle schlafen?», fragt er. «Ich habe nur dies eine Zimmer. Du könntest zu Mom und Ronnie gehn, und die Kinder schlafen bei mir, in Schlafsäcken. Oder ist Judy zu alt dafür?»

«Das können wir uns immer noch überlegen», sagt Pru. «Hauptsache, die Kinder sind mit ihrem Vater zusammen.»

«Ja. Aber darf ich etwas sagen? Ich finde es schön, auch mit dir zusammen zu sein.»

«Uuh-huh», sagt sie, und ihr Ton ist der einer schnöden Göre aus Akron.

«Wir wollen es uns ein bisschen nett machen, wenn ihr kommt, bitte», drängt er. «Das Leben ist so kurz.»

«Ich gebe dir Roy», sagt sie. «Judy ist nicht da.»

«Wie geht's?», fragt er seinen Sohn.

«Okay, gut», antwortet der zugeknöpft. Roy hat immer diese eigenartige tiefe Stimme gehabt, die Nelson überrumpelt. Judy hat er vom ersten Augenblick an ganz selbstverständlich lieben können – ihren ernsten haselnussbraunen Blick, die eckigen Füßchen, die Knöchel biegsam wie Handgelenke, das kleine gekerbte Brötchen zwischen ihren Beinen. Roy mit seinem strengen Starren und dem in die Höhe stehenden knopfartigen Penis hat etwas von einem außerirdischen Eindringling, einem unerbittlichen Rivalen gehabt, der Platz, Nahrung, Aufmerksamkeit heischte.

«Meine E-Mail hast du ja wohl bekommen.»

«Hm. Danke.»

«Wie geht's in der Schule?»

«Gut.»

«Nehmt ihr gerade irgendwas Spannendes durch?»

«Im Grunde nicht. Der Lehrer, der uns Computerunterricht gibt, hat uns ein paar Fehler in der Programmierung bei Windows 98 gezeigt. Er glaubt, Bill Gates verzögert gerade absichtlich die Weiterentwicklung der Net-Surfing-Technologie, die Regierung hat Recht.»

Dies ist wahrscheinlich die längste, wortreichste Äußerung, die er je von Roy gehört hat. Er sagt: «Du bist mir da meilenweit voraus. Du bist jetzt schon so vertraut mit alldem, wie ich es mein Lebtag nicht sein werde.»

«Ist doch einfach. Alles nur Boole'sche Algebra.»

«Worauf hast du Lust, wenn du herkommst – gibt es im Diamond County irgendwas, das du gern tun möchtest? Zu den Fabrik-Outlets fahren und Klamotten kaufen? Essen gehn oben auf dem Mt. Judge, in dem Restaurant dort? Nochmal die Kalksteinhöhle besichtigen? Aber die ist im Winter wahrscheinlich geschlossen.» Während er diese öden Möglichkeiten aufzählt, wird ihm bewusst, dass es nichts gibt, was man im Diamond County tun könnte – bloß geboren werden, leben und sterben.

Aber Roys schwere, dumpf tönende Stimme ist auf einmal schneller, lebhafter. «Dad, du weißt es vielleicht nicht, aber eine der bedeutendsten neuen Biotech-Firmen der Welt hat ihren Sitz im Diamond County. In Hemmingtown, du weißt, wo das ist?»

«Ja, weiß ich.» Nelson ist es langsam leid, der zuvorkommende Vater zu sein. Sein Sohn ist ein penetranter Fachidiot, ein Langweiler für seine Mitschüler, eine Nervensäge für seine Lehrer.

«Genomics dot com. Sie sind berühmt im Internet. Sie sind dabei herauszufinden, ob man mit Genverpflanzung Viren erzeugen kann, die die Krankheitserreger im menschlichen Organismus vertilgen. Und in der Zelle diejenigen Teile neutralisieren, die das Altern bewirken. Und noch mehr so tolle Sachen.»

«Roy, das klingt furchtbar, nimm's mir nicht übel. Wenn niemand stirbt, wo sollen dann all die neu entstehenden Menschen hin? Aber ich höre mich mal um. Du möchtest dort einen Besuch machen?»

«Na, zumindest würde ich mir das Gebäude gern von außen ansehen.»

«Wenn du reingehst, erwischt du vielleicht ein Virus.»

«In *den* Teil des Gebäudes würden sie einen gar nicht reinlassen.»

«Also wie gesagt, ich werde mich erkundigen. Ich bin begeistert, dass die hier etwas machen, wovon du gehört hast.»

Der Junge kommt in Schwung. «Dad, wusstest du, dass Computerchips demnächst nicht mehr industriell hergestellt werden, sondern dass man sie *züchtet,* wie Bakterien in einer Petrischale? Und einfach geladene Ionen fungieren dann als Transistoren.»

«Roy, ich möchte dich nicht von deinen Schularbeiten abhalten.»

«Ja. Okay. Wiedersehn.» Und der Hörer scheppert auf den Apparat, bevor Nelson sagen kann: «Ich hab dich lieb.»

In Brewer ist die Weihnachtsbeleuchtung eingeschaltet, von bunten Blinkbirnchen an einer girlandenartig aufgehängten Schnur im Fenster des 7-Eleven an der Almond Street bis zu den grün und rot angestrahlten Betonadlern am Dachsims des zwanzigstöckigen County-Verwaltungsgebäudes. Nelson kann dieses Dach mit dem an der Spitze rot angemalten Fahnenmast vom Seitenfenster seines Apartments aus sehen, wenn er das Gesicht an die Scheibe presst. Der Discountmarkt für Bürobedarf nicht weit vom Therapiecenter hat in seinem Schaufenster Druckerpapier in Packen von je fünfhundert Blatt und Drehbleistifte und Schachteln mit Computerdisketten zu konischen Stapeln aufgeschichtet und die mit Lametta und Konfetti überschüttet, und Printsmart hat von jedem Buntpapier, das es liefern kann, einen Bogen genommen, das Bild von einem Kranz draufgedruckt und diese Kranzbilder alle an einer langen Leine aufgehängt wie Wäschestücke, Wäsche für eine Regenbogenwelt. Im Center haben die Klienten, unter Aufsicht der Betreuer, den tapferen Versuch unternommen, die Weihnachtsmelancholie mit Watteschnee zu bekämpfen, mit funzligen elektrischen Kerzen in den Fenstern und mit einem zwei Meter hohen Baum, der von selbst gemachtem Schmuck so übervoll ist wie ein gestörter Geist von unpassenden Gedanken.

Nelson kann jetzt nach der Arbeit zu Fuß nach Hause gehen, und er genießt den Weg diese zehn Blocks westlich von der Weiser Street entlang, vorbei an der alten Hustenbonbonfabrik, die seit vielen Jahren leer steht, aber immer noch nach Menthol riecht, und dann kommen die Straßengevierte mit den Reihenhäusern, die, immer nur ein Block zur Zeit, von Arbeitergenossenschaften gebaut worden sind in dem Jahrhundert vor diesem, das in wenigen Tagen zu Ende geht. Manche der derzeitigen Bewohner haben ihre kleinen Veranden, die von Lünetten gekrönten Türen und vorderen Fenster mit katholischer oder pfingstkirchlicher Inbrunst geschmückt – zwei oder gar drei nebeneinander gespannte leuchtend bunte Lichterketten und dicke Lamettabüschel und hier und da eine Krippe aus Gips oder ein Öldruck, den erwachsenen Jesus darstellend, wie um zu sagen: Seht her, dies ist aus dem sternbeschienenen Baby geworden, dieser bärtige Gottmensch, geboren, um gekreuzigt zu werden.

Im 7-Eleven kennt man Nelson schon, und er kennt die Leute, die am Tresen bedienen und die Kasse bewachen: die stämmige gebleichte Blondine mit der saloppen Ausdrucksweise, die manchmal ihren kleinen braunen Jungen dabei hat und ihn in der Ecke hinterm Zehn-Cent-Fotokopierapparat seine Schularbeiten machen lässt; die stirnrunzelnde junge Weiße mit der unreinen Haut, der Bürstenschnittfrisur und dem einsam stehen gelassenen grün gefärbten Haarpuschel, die ständig in einem dicken College-Lehrbuch liest und verärgert reagiert, wenn man etwas Freundliches zu ihr sagt; der ältere Mann mit dem bittenden, wässerigen Blick und dem dürftigen Englisch, vermutlich ein Flüchtling aus dem verdunsteten Reich des Kommunismus; der beunruhigend große Schwarze mit dem rasierten Schädel, der im Radio laut einen Rap- und HipHop-Sender eingestellt hat und meistens am Telefon hängt und in unverständlichem karibischen Englisch redet; das winzige Hispanic-Mädchen mit dem krausen Haar und dem Silberknopf in der Zunge. Sie blicken inzwischen kaum noch auf, wenn Nelson gegen halb sechs vorbeikommt und ein Mikrowellengericht für den Abend kauft und fürs Frühstücksmüsli eine Viertellitertüte Milch, die über Nacht draußen auf dem Fenstersims stehen muss. Die Dezembernächte sind bislang unverhältnismäßig warm, da wird die Milch schnell sauer.

Nelson findet Fernsehen stupid, aber er mag dieses Technicolor-Feuer, die Art, wie es innerhalb weniger Sekunden aufflammt, kaum dass er zur Tür herein ist und auf die Fernbedienung drückt. Ein Dschinn, der erscheint, wenn man die Lampe reibt, eine Vielzahl von Dschinns. Er schaut zu, bis er sich in seiner Intelligenz allzu grob beleidigt fühlt oder bis seine Geduld zu unverschämt auf die Probe gestellt wird durch die Werbespots, die das Programm in immer gierigerem Takt unterbrechen, gerade wenn es interessant wird. Es gibt aber auch Werbung, auf die wartet er geradezu. Der Nicoderm-Spot zum Beispiel, in dem diese distinguiert aussehende Frau auftritt, sie ist ungefähr so alt wie er, trägt ein Kleid mit gerade geschnittener Schulterpartie, hat ein Knitterfältchen im Kinn, das auf Reife und Erfahrung hindeutet, und erklärt einem, wie vernünftig und wirksam es ist, dieses Pflaster anzuwenden, wenn man mit dem Rauchen aufhören will. Er liebt den ruhigen Blick, dies Beinahlächeln, mit dem sie einen ansieht – ein Blick, der sagt: hör auf zu rauchen, und es wird mit dir und mir auf einer geläuterten Basis weitergehen. Und noch besser gefällt ihm die Junge, die für Secret Platinum wirbt, «das stärkste Deodorant, das Sie ohne Rezept kaufen können». Sie hat eine brünette Haut und kein Gramm Fett am Leib, abgesehen von ihren ziemlich vollen Lippen, und während sie das Tempo steigert und ihr Körper über den Bildschirm zuckt und zackt, schwitzt sie in immer mächtigeren Strömen, und auf dem Höhepunkt des Spots lässt sie den Bizeps aufhüpfen und mit einem übermütigen Blick von der Seite ihren Arm direkt auf Nelson zuschnellen. Sie ist gut beim Training und wäre auch gut beim Ficken, soll das heißen. Er braucht eine Frau, Herrgott. An manchen Abenden – wie in dem Witz, den sein Sohn ihm per E-Mail geschickt hat – ist nicht genug Haut übrig, die er sich über die Augen ziehen kann. Er versucht, sich zu analysieren: warum reizen ihn diese beiden Frauen aus den Werbespots? Beide sind stark, erkennt er. Er möchte eine Frau, die das Heft in die Hand nimmt. Die Möglichkeiten, die sich ihm bei der Arbeit bieten, sind kläglich: Klientinnen sind tabu, und Kolleginnen sollten es auch sein, selbst wenn sie ansprechender wären als die unscheinbare, ernste Katie Shirk oder die schmollmundige, hochnäsige Kunsttherapeutin Andrea oder Elenita, die dominikanische Empfangssekretärin, die ihre orange gefärbten Haare zu krisseligen Knäueln aufgetürmt trägt, wie Sideshow Bob bei den *Simpsons*, oder Esther, die Jüdin ist und älter als er und verheiratet mit einem Anwalt aus der Innenstadt und die *zu* stark ist. In den Bars, die er früher besucht hat, sind die Mädchen inzwischen sehr viel jünger als er, so jung, dass sie ihm albern vorkommen, wie die beiden auf der anderen Seite der Wand. Sie haben eine merkwürdige Art, die Wortenden auszusprechen, stopfen sich die «R»s tief in die Kehle hinein. Zuerst hat er gedacht, sie nehmen ihn hoch und machen Lisa Kudrow nach, aber sie denken sich gar nichts dabei, es ist einfach ihre natürliche Sprechweise. Wenn eine seiner Nachbarinnen auf der anderen Seite der Zimmerwand mit dem Kichern aufhört und zwischen ihrer hellen Stimme und der brummelnden des Mannes, den sie mitgebracht hat, immer weniger Worte hin und her gehen, bis es still wird und aus der Stille dann animalische Geräusche erwachsen, empfindet er nicht allzu viel Eifersucht; es ist, als ziehe er im Geiste eine Barbie-Puppe aus und stelle fest, dass sie glatt und steif ist, keine Nippel hat und ihre Beine sich nicht biegen lassen.

Er wartet darauf, dass eine Frau ihn anruft. Mom ruft an, um sich zu erkundigen, wie es ihm geht, aber die Abstände zwischen ihren Anrufen werden immer größer.

Der örtliche Immobilienhandel floriert, als ob jetzt, am Ende des Jahres – des Jahrhunderts, des Jahrtausends, der Welt, wie wir sie kennen –, die Leute von einer Unruhe überkommen seien und sich von einem Wohnungswechsel so etwas wie einen Neuanfang erhofften. Sie selbst freut sich auf Florida, auf Deleon, wo sie noch immer das Apartment besitzt; wenn sie Weihnachten und den Besuch ihrer Enkelkinder hinter sich hat, will sie gleich hinunterfliegen. «Um ehrlich zu sein, Nelson, ich habe fast Angst vor Weihnachten, mir ist ganz mulmig zumute, wenn ich denke, dass du dann nicht im Haus bist.»

Er bleibt fest. «Ronnie hat sich meiner Schwester gegenüber wie ein Schwein benommen, und die anderen Harrisons waren nicht viel besser. Du warst in Ordnung, aber nur so eben. Immerhin warst du dreiunddreißig Jahre mit Dad verheiratet.»

«Na, dass er ein Kind der Liebe hat, versüßt mir nicht gerade die Erinnerung an ihn.»

Er lächelt über den altmodischen Ausdruck «Kind der Liebe». Nelson ist seiner Mutter immer nah gewesen. Von früh auf ist ihm eingebläut worden, dass er nach den Springers kommt – klein und dunkeläugig und ein ähnlich gewiefter Bursche wie sein Großvater, und er fragt sich jetzt, ob es nicht besser wäre, wenn er sich davon frei machte. Diese plötzlich aufgetauchte Schwester, dieses Kind der Liebe, ist eine Chance, Dad näher zu kommen, der Angstrom-Seite in ihm.

Doch sein drittes Treffen mit Annabelle im Greenery ist enttäuschend. Die Elm Street ist trist im Dezember, und die unheimliche Wärme, siebzehn Grad heute, verschlimmert die Tristesse, macht jede Hoffnung auf weiße Weihnachten zunichte, und die Angst vor globaler Erwärmung wird wieder wach, wie bei der Dürre im Sommer.

Der Planet wird überhitzt. Die Meere steigen, fruchtbares Land wird zur Wüste. Das Greenery wirkt demoralisiert. Der einzige Weihnachtsschmuck, den sie aufgehängt haben, im Fenster und vor den Spiegeln hinter dem Tresen, sind ein paar abgeplattete weiße Sphäroide aus irgendeinem glitzernden Kunststoff: keine richtigen runden Weihnachtsbaumkugeln, sondern Kugeln in zweieinhalb Dimensionen, an Computergraphik erinnernd. Abermals bittet er Annabelle um Entschuldigung für das schlechte Benehmen seiner Stieffamilie.

«Es konnte nur peinlich werden», sagt sie. «Ich hätte nie kommen dürfen.»

«Meine Schuld. Ich konnte mir nicht vorstellen, dass es Leute gibt, die dich nicht so sehen, wie ich dich sehe.»

«Und wie siehst du mich, Nelson?»

«Als einen liebenswerten Menschen», sagt er. *Ein Kind der Liebe.* Er hat den jähen Drang, seine Hände auf ihre zu legen, die breit und mit kurz geschnittenen Nägeln auf der Resopalplatte des Tisches ruhen. Sie zieht ihre Hände zurück, als lese sie seine Gedanken.

«Ich bin nicht so liebenswert, Nelson», sagt sie. «Ich habe so einiges getan und mit mir tun lassen.»

«Das haben wir doch alle», sagt er und spürt, dass es läppisch nach großem Bruder klingt. «So ist das Leben», setzt er hinzu, und das ist genauso läppisch. Aber wovon genau redet sie eigentlich?

«Ich glaube», sagt Annabelle, «wir sollten einander eine Weile nicht sehen. Du lebst jetzt allein und hast einiges mit deiner Familie zu klären. Ich bin kein richtiges Familienmitglied.»

Wie die weißen Weihnachtskugeln, die keine richtigen Kugeln sind. «Klar bist du das, verdammt nochmal!»

«Ich werde über Weihnachten einige Tage weg sein.

Die Freundin, mit der ich im St. Joe's zusammen war, ich habe sie mal erwähnt, die und ihr Mann haben mich eingeladen, mit ihnen nach Las Vegas zu fliegen, und ich habe mir gedacht, warum eigentlich nicht, ich war noch nie da, ich war überhaupt kaum je von hier weg. Sie sagen, alles ist ziemlich preisgünstig dort, man darf nur nicht spielen. Alle diese phantastischen neuen Gebäude, in denen kann man herumlaufen, ohne dass es etwas kostet.»

«He, du musst meine Tante Mim besuchen. *Deine* Tante Mim. Die Schwester deines Vaters. Im Ernst. Ich hab ihr von dir erzählt, und sie war begeistert. Sie ist eine tolle Person, ehrlich. Sie betreibt einen Kosmetiksalon. Ich weiß nicht, welchen Namen sie jetzt benutzt, sie war ein paar Mal verheiratet, aber ihr Mädchenname ist Miriam Angstrom, ich gebe dir ihre Telefonnummer. Ich rufe sie an und sage ihr, dass du kommst. Bitte, besuch sie. *Bitte.* Das wird nicht peinlich werden, ich versprech's dir. Tante Mim ist echt in Ordnung.» Es erleichtert ihn zu denken, dass Annabelle über die Feiertage versorgt ist, er kann dann zu Ronnie und Mom hinüberhuschen, ohne ein schlechtes Gewissen haben zu müssen. Er fragt sich, ob wohl jeder so ein Gewissen hat wie er, früh angeknackst und nie unbeschwert.

«Ich möchte nicht, Nelson. Es ist mir zu viel.»

«Wie du willst», sagt er schroff. Sie hat eines der wenigen Geschenke, die er ihr geben könnte, zurückgewiesen, etwas Kostbares, Seltenes, etwas, das seine Gene hat. «Ich hinterlasse dir ihre Nummer auf deinem Anrufbeantworter, sage ihr aber nicht, dass du kommst.» Die niedergedrückte Stimmung im Greenery geht ihm auf die Nerven. Er und diese Halbfremde wissen kaum noch, was sie miteinander reden sollen. Schließlich fragt er, Zuflucht zu

Fernsehnachrichten nehmend: «Was meinst du, soll der kleine kubanische Junge zu seinem Vater auf die elende Insel zurück, oder soll er in Disney World bleiben?»

«Zu seinem Vater zurück.»

«Finde ich auch.» Die Art, wie sie beide sich in allem einig sind, ist so unheimlich wie das Wetter.

Das Telefon läutet tatsächlich eines Abends, als er sich gerade die Wiederholung einer *Star Trek*-Folge ansieht. Es ist keine Frau, sondern eine männliche Stimme aus der Vergangenheit, Billy Fosnacht. «Deine Mutter hat mir die Nummer gegeben. Ich habe vom kleinen Ron Harrison gehört, dass du ausgezogen bist. Seine Frau ist eine Patientin von mir.»

«Eklige Person. Eine christliche Rechtsradikale.»

«Wenn du wüsstest, wie es um ihren Kieferknochen bestellt ist, würde sie dir Leid tun. Bröcklig wie Kreide. Ich habe ihr drei Implantate gesetzt und dabei alle Daumen gedrückt.»

Billy hat in Boston Zahnmedizin studiert, an der Tufts. Er und Nelson kennen sich aus Kindertagen, sie waren befreundet und haben sich auch später, in Nelsons Kokainzeit, oft getroffen, im Laid-Back und in anderen Kneipen in Brewer und Umgebung, aber seit Nelson vor zehn Jahren Schluss gemacht hat mit dem Koksen, haben sie einander mehr und mehr aus den Augen verloren. «Was ist ein Implantat?», fragt Nelson.

«Nellie, gibt's doch gar nicht, dass du nicht weißt, was ein Implantat ist! Ich mach das den ganzen Tag. Das ist ein in den Knochen integrierter künstlicher Zahn. Die besten werden in Schweden hergestellt. Man zieht den echten Zahn, der mittlerweile bis in die Wurzel hinein morsch ist – wenn die Wurzel noch brauchbar wäre, würde man ihr einen kleinen Goldpfosten einpflanzen und den überkronen –, und schneidet das Zahnfleisch auf, bohrt ein Loch in den Kiefer und setzt eine Titanschraube mit einem inneren und einem äußeren Gewinde ein, und wenn sie nach fünf oder sechs Monaten in den Knochen eingeheilt ist, schraubt man einen falschen Zahn drauf, und der Biss ist so gut wie neu. Besser. Ich mache drei oder vier pro Tag. Das sind die einzigen Male, wo ich glücklich bin – wenn ich Implantate setze.»

«Du bist nicht glücklich, Billy?»

«Vergiss, dass ich das gesagt habe. Ich erklär's später. Treffen wir uns zum Lunch. Geht auf mich. Ich bin flüssig und hab keine Frau, die das Geld auf den Kopf haut.»

Billy redet auf eine neue Art – zupackend, selbstspöttisch, schnell. In den gemeinsamen Kindertagen ist er vier Monate älter als Nelson gewesen, ein paar Zentimeter größer und immer der, der als Erster das neueste Spielzeug geschenkt bekam. Seine Mutter und Dad haben kurz was miteinander gehabt, damals im sexuellen Getümmel der Sechziger, als alle Ehen in die Brüche gingen. Mrs. Fosnacht ist dann an Brustkrebs gestorben, und Billys Vater – ein dürrer kleiner Kerl, der die Musikalienhandlung nicht weit vom alten Bagdad-Kino an der Weiser Street hatte, da, wo jetzt die große Grube gähnt – ist in den Süden entschwunden, nach New Orleans, wo der Jazz herstammt. Bei der Unterhaltung der alten Spielgefährten kommt heraus, dass ihrer beider Arbeit darin besteht, Mitgliedern der Einwohnerschaft Brewers zu einem neuen Anfang zu verhelfen – obschon die jeweiligen Klientenkreise einander kaum überschneiden –, und dass beide in ihren mittleren Jahren privat in der Luft hängen. «Gern», sagt Nelson, die Verabredung zum Lunch meinend.

Sie kommen überein, sich in der Innenstadt zu treffen,

in dem Restaurant am Weiser Square, das vor vielen Jahren Johnny Frye's Chophouse hieß und dann Café Barcelona und dann Crêpe House und schließlich Salad Binge und das jetzt unter neuer Leitung wieder auferstanden ist als Casa di Pasta – Pasta soll gut sein für die Gefäße und ist zudem ein bisschen gehaltvoller als Salate oder Crêpes. Ihre Verabredung fällt auf den Tag, der, wie sich herausstellt, jenem folgt, an dem Charles Schulz bekannt gab, dass er mit den *Peanuts* aufhöre, und an dem Jimmy Carter nach Panama reiste, um den Kanal zu übergeben.

«Er musste ihn zweimal übergeben», sagt Billy. «Das erste Mal, als er Präsident war, und jetzt, wo er ein ehemaliger Präsident ist. Clinton ist gerissen, wie du siehst, der hält sich im Hintergrund. In zehn Jahren haben nämlich die Rotchinesen die Kontrolle über den Kanal, du wirst sehn. Diese Halbaffen verscherbeln ihn.»

Nelson zuckt zusammen, wie sein Vater früher, wenn jemand den amtierenden Präsidenten, ganz gleich, welchen, zu verunglimpfen droht. Dad hat Billy nie sehr gemocht, hat immer die dicken Lippen des Jungen beanstandet. Aber Nelson empfindet eine Wärme, nun da er Billy wiedersieht, er kann nicht anders: hier ist einer, der teilhatte an seinen kindlichen Luftschlössern, am verschwörerischen Traum von Geschwindigkeit und triumphierender Gewalttätigkeit, den Jungen um sich errichten wie ein Zelt hinten im Garten unter den ängstigenden Sternen. Billy, der früher schwer war wie seine schieläugige, zum Tod verurteilte Mutter, ist jetzt dürr wie sein Vater, allerdings größer. Sein Haar, lockig und schwarz, das er weder von seiner Mutter noch von seinem Vater hat, ist schütter geworden und ihm weit aus der Stirn gewichen, es hat sich sogar noch stärker gelichtet als Nelsons Glatthaar mit dem Sträflingsschnitt. Am Hinterkopf hat Billy eine kahle Stelle von der Größe einer Jarmulke. Es ist immer etwas an Billy gewesen, das die Leute davon abhielt, ihn ganz und gar ernst zu nehmen, und dieses unbestimmte Etwas ist jüdisch geworden, schnellzüngig, selbstspöttisch und hypochondrisch; er hat sich bei seinen Lehrern und Kommilitonen während des Studiums der Zahnersatzmedizin angesteckt. Ja, sagt er, sein Vater lebt noch, er springt manchmal bei so genannten Dixieland-Bands als Klarinettist ein, obschon es von enormem Nachteil ist, ein Weißer zu sein, und schlägt sich mit diversen fragwürdigen Tätigkeiten durch. Ja, er, Billy, ist verheiratet gewesen, zweimal sogar, das erste Mal mit einem netten Mädchen aus Newton, das er oben in New England kennen gelernt hat, und danach mit einer der Assistentinnen aus seiner Praxis hier in Brewer. Zur ersten Scheidung ist es wegen der neuen Frau gekommen, und als er dann die zweite Ehe einging, hat die bald auch ihre Mucken gehabt. Seine zweite Frau ist zwölf Jahre jünger gewesen als er und wollte dauernd ausgehen, was er aber nicht wollte, und sie hat keine Lust mehr gehabt, seine nächtlichen Schweißausbrüche zu ertragen und dass er im Schlaf laut aufschrie und seine dunklen Anwandlungen hatte.

«Dunkle Anwandlungen?», fragt Nelson.

«Niedergeschlagen, gereizt, konnte nicht schlafen. Am Wochenende war ich oft so zermürbt und innerlich leer, dass ich gebetet habe, lieber Gott, mach, dass ich zu einem Notfall muss. Mit Zahnsubstanzschwund konnte ich umgehen. Ehefrauen», redet er weiter, «die machen dicht und wissen nicht mal, dass sie's tun. Die ausgefallenen Sachen gibt es nicht mehr, bloß noch das Notwendigste, und auch das kriegt man immer seltener, einmal in der Woche, dann zweimal im Monat und dann nur noch im Urlaub und auf Auslandsreisen. Portugal, Österreich,

Acapulco – was für Anfahrten, nur damit ich mal aufhupfen darf bei meiner rechtmäßig Angetrauten!»

«Also in meinem Fall», setzt Nelson an, aber Billy redet einfach weiter: «Und wenn man dann die Vermutung äußert, dass mit dieser Ehe möglicherweise etwas nicht stimmt, reagieren sie fassungslos und beauftragen ihre Anwälte, so viel rauszuholen wie nur möglich, die Idee mit der Scheidung wär nicht von ihnen.»

Jahrelanger Umgang mit Leuten, die den Mund nicht bewegen dürfen, hat Billy zu einem bequemen Gesprächspartner gemacht, der fast ganz ohne Stichworte auskommt. «Du schreist im Schlaf?», fragt Nelson.

Die Kellnerin, die der transpirierenden Schönheit mit der olivfarbenen Haut im Secret-Platinum-Spot ähnelt, unterbricht mit den Spezialitäten des Tages. Billy bestellt Farfalle mit gewürfeltem Krabbenfleisch und Nelson die Pilzravioli. Beide wollen statt Wein lieber Wasser trinken. «Nimm das prickelnde Pellegrino, das ist superteuer», sagt Billy. «Geht alles auf mich, weißt du ja.» Er erklärt Nelson: «Ja, schreckliche Träume. In einem bin ich in einem Kofferraum eingezwängt, mein Gesicht ist gegen den Wagenheber gedrückt, und ich kann das Auto sehen – in Träumen ist das ja manchmal so, man kann Dinge von innen und von außen gleichzeitig sehen –, es wird in einen Fluss geschoben, wie diese junge Frau in South Carolina das vor ein paar Jahren mit ihren kleinen Kindern gemacht hat. In einem andern Traum brennt mein Haus, und ich kann nicht zu ihm hin, ich bin irgendwo anders, obwohl ich sehe, wie die Flammen sich unmittelbar vor meinen Füßen durch den Holzboden fressen.» Er wartet. «Also was meinst du?»

Also das ist es, er möchte eine kostenlose Therapie, deshalb hat er Nelson zum Lunch eingeladen. Nicht so sehr um der guten alten Zeiten willen, als sie hinten im Garten ein Zelt aufgeschlagen haben. Es widerstrebt Nelson, außerhalb des Therapiecenters der weise Ratgeber zu sein. Er sagt: «Wir gehen bei der Therapie nicht mehr so sehr auf Träume ein. Wir haben keine Zeit dafür. Die Versicherungsgesellschaften wollen, dass wir uns beeilen – rein ins Center, wenn jemand eine Krise hat, ‹Hier, nehmen Sie diese Pillen›, und wieder raus. Der zweite Traum bezieht sich aber eindeutig auf etwas, das wirklich passiert ist. Ich wollte bei dir übernachten, in eurer Wohnung, deine Mutter war da und der junge Spaniel, und in der Nacht ist in Penn Villas, eine Meile entfernt, unser Haus abgebrannt.»

Billy plustert misstrauisch die Lippen auf, und auch seine Augen treten ein wenig vor. «Wann war das? Wie alt waren wir da?»

«Dreizehn, du warst vielleicht vierzehn. Ist es dein Ernst, dass du das vergessen hast?»

«Na ja, jetzt, wo du's sagst, erinnere ich mich vage, aber eher wie an etwas, das in der Zeitung stand. Hör mir zu, Nelson. Vergiss das mit den Träumen. Ich habe Panikattacken mitten am Tag. Ich breche in Schweiß aus, als ob ich in einer Tretmühle wäre, und fühle, dass mein Herz doppelt so schnell schlägt wie sonst. Ich denke an den Tod, daran, dass ich in einer kleinen verschlossenen Bleikiste liege, und das Universum macht weiter, rotiert, explodiert, weiß der Teufel, was es alles macht, weiter und weiter, und irgendwann streikt es, und ich bin immer noch in der Kiste, allein und vollkommen vergessen. *Ich muss sterben*, ich kriege das nicht aus dem Kopf. Man hat jetzt bei der Arbeit Latexhandschuhe an, und ich werde die Vorstellung nicht los, dass mal ein Schwuler da sitzt und sein Zahnfleisch blutet, und ein kleiner Tropfen von seinem Blut sickert durch den Latex ein, und ich bekomme Aids. Ein winziger Tropfen von einer Mikrowunde reicht schon aus. Es verdirbt einem alle Freude beim Einsetzen von Implantaten.»

Nelson muss lachen, sein alter Freund ist so besessen von sich, so feierlich in seinem Seelenelend. Will er, dass seine Fingernägel, die Haare in seinen Nasenlöchern bis in alle Ewigkeit bestehen bleiben? «In unserem Alter, Billy, sollten wir uns mit diesem Kram arrangiert haben.»

«Hast du dich arrangiert?»

«Ich glaube schon. Es ist wie ein Nickerchen, nur dass man nicht wieder aufwacht und seine Schuhe suchen muss.» Er ist hartherzig; Billy leidet, auch wenn er ein komischer alter Kerl ist. Nicht nur, dass er dicke Lippen hat, auch seine Nase ist dick geworden; sie sitzt ihm da im Gesicht wie etwas nachträglich Hinzugefügtes, passt farblich nicht ganz zu ihrer Umgebung. Nelson erbarmt sich und sagt: «Glaub an Gott und ans Jenseits, wenn dir das hilft. Es gibt einige Beweise dafür, dass es nach dem Tod weitergeht – Leute, die eine Nahtod-Erfahrung gemacht haben, sind zutiefst davon überzeugt und können es kaum abwarten, wieder auf die andere Seite zu kommen.»

«Gott», sagt Billy verächtlich. «Wie kann man nach dem Holocaust noch an Gott glauben? Was hat Gott getan, um meiner Mutter zu helfen? Man hat ihr die Brüste amputiert, und sie ist trotzdem gestorben.»

Nelson erinnert sich an Mrs. Fosnacht, an ihr hilflos nach außen gedrehtes Auge, ihren weit offenen Blick und ihre schwere freundliche unordentliche Gestalt mit hervorschauendem Unterrock und Schuhen, die Buckel an den Seiten hatten, als ob sie drückten. Sie ist nett gewesen; sie hat gedacht, Nelson übe einen guten Einfluss auf

Billy aus. «Solche Angstzustände legen sich irgendwann», sagt er. «Der menschliche Organismus wird es leid, sie zu ertragen, und sucht sich Ablenkung.»

«Nellie, ich kann nicht durch Tunnel fahren! Ich bin auch nicht gerade scharf auf Brücken, schon gar nicht auf die Running-Horse-Brücke, die Art, wie sie sich hochwölbt, aber wie soll ich zu Kongressen nach New York kommen, wenn ich durch keinen Tunnel fahren kann? Ich muss immer bis ganz nach Fort Lee rauf und sehn, dass ich es irgendwie über die George Washington schaffe.»

«Du hast Glück», sagt Nelson. «In Brewer gibt es nicht viele Tunnel.»

«Nein, aber Unterführungen. Ich muss mich zwingen, unter der an der Eisenhower und Seventh durchzufahren. Ich halte es nicht aus, wenn ich von allen Seiten umschlossen bin. Null Toleranz. Du hast es vielleicht bemerkt, sogar hier musste ich den Stuhl nehmen, der näher beim Ausgang ist. Flugzeuge – ich habe keines mehr betreten, seit Moira und ich uns getrennt haben. Das sind Blechtunnel, die fünf Meilen hoch steigen.»

«Wie bist du mit diesen Ängsten umgegangen, als du verheiratet warst?», fragt Nelson.

Billy hebt die Hände – supersauber und die Fingerkuppen schrumpelig, weil sie die meiste Zeit in Latexhandschuhen stecken – und macht der Kellnerin Platz, damit sie das Hügelchen aus Farfalle und gewürfeltem Krabbenfleisch vor ihn auf den Tisch stellen kann. «Shoshana», antwortet er, «war selber ziemlich durchgedreht, da war ich der Stabilisator. Mit Moira musste ich, wie gesagt, alle diese Flugreisen machen, damit sie mich mal ranlässt, und da habe ich in der Airport-Lounge vorher immer ein paar gekippt.»

Die Kellnerin bringt Nelson die heißen Ravioli, der Dampf duftet nach Pilzen, nach verschwiegenem grauschwarzen Tallophytenwachstum, nach feuchter Erde, nach Gewächshaus.

Billy redet weiter: «Vielleicht war ich in meiner verheirateten Zeit zu jung, um zu denken, dass ich wirklich sterben muss. Ich meine, *wirklich,* total – aus, vorbei, Ende. Du bist *nada*. Ich kann nicht essen.» Er legt die Gabel hin.

Nelson greift zu seiner eigenen Gabel und sagt: «Der Verstand ist nicht so konstruiert, dass er diese Vorstellung akzeptieren könnte. Hör also auf, ihn dazu zwingen zu wollen. Na komm, iss. Lass es dir schmecken. Habe ich dir schon gesagt, Billy, dass ich eine Schwester habe? Doch, im Ernst.»

Im Center, findet Nelson, ist Weihnachten noch am wenigsten verheuchelt. Diese aus dem Gleichgewicht geratenen Seelen und ungewaschenen Körper, Belastungen für die Gesellschaft und für ihre Familien, die sich der menschlichen Bürde in vielen Fällen entledigt und sie einem Leben in Heimen und betreuten Wohngemeinschaften überlassen haben, sind empfänglich für die dämmrige alte Legende – das obdachlose Paar, das mit dem Makel einer rätselhaften Schwangerschaft behaftet ist, das Kind, das inmitten von Stroh und Stallmist geboren wird, die geheime Herrlichkeit, die die Hirten spüren und die Esel und die Ochsen, die stumm in ihren Verschlägen stehen. Glenn, der mit den blauen Augenlidern und dem blitzenden Nasenknopf, kann Klavier spielen, eine Fähigkeit, die ihm aus in Sicherheit verbrachten Jünglingsjahren geblieben ist; er entlockt der Tastatur des verstimmten Kastens die robusten allbekannten Weihnachtslieder, indes die fettleibige Shirley eine kleine Silberstimme erklingen lässt und Dr. Howard Wu einen begeistert trompetenden Bariton. Dass der Doktor die christlichen Worte mitsingt und Esther Bloom an seiner Seite in der Rolle der fairen Verliererin glänzt, ermutigt die Klienten: die Drogenabhängigen und die von Wahnvorstellungen Gequälten, die Phobiker und die Borderlinefälle, Rosa mit ihrer neuen Freundin, der zwanghaften Nägelkauerin, die Josephine Foote heißt, und Jim, den sinnenlustigen exhibitionistischen Süchtigen, der die erste Zeile jeden Lieds auswendig weiß und laut herausschmettert, dann aber im Stich gelassen wird von seinem Kopf. Nelson freut sich darüber, dass Michael DiLorenzo gekommen ist und zulässt, dass seine Kühle ein wenig auftaut, und dass er sich ein Notenblatt mit der kleinen schwarzen manisch-depressiven Bethleen teilt. Die Lippen des Jungen bewegen sich, aber seine Augen, dunkel wie Ale unter den hübschen Brauen, sind anderswo, sie sind trüb und gehen unstet hin und her; er hat sich am Morgen nicht rasiert, was Nelson für ein gutes Zeichen hält, ein Zeichen dafür, dass seine Mutter nicht mehr so viel an ihm herumnörgelt. Alle machen mit, wie holprig auch immer, und finden Trost in dem geordneten Lärm, der Annäherung an melodischen Einklang, der Illusion einer glücklichen Familie hier vor dem Christbaum, der behängt ist mit kleinen Bastelarbeiten, die in Andreas kunsttherapeutischen Sitzungen entstanden sind. Nach dem Singen gibt es Plätzchen und Kuchen und Eiscreme und kleine Geschenke von den Betreuern, alle im Discountmarkt für Bürobedarf gekauft – phallische Vierfarben-Kugelschreiber für die Männer und vaginale Taschenkalender für die Frauen. Und die Klienten haben Geschenke für die Betreuer, schüchterne Andenken, beziehungsreiche Dankesbezeigungen dafür, dass man sich ihrer angenommen hat. Nelson bekommt von Josephine eine komplizierte Collage: lächelnde Gesichter, aus Reklamephotographien in Zeitschriften ausgeschnitten und auf einen schwarz lackierten Pappdeckel geklebt, dicht an dicht, wie Blumen in einem dicken runden Strauß. Oder ist es eher eine große Schneeflocke, zusammengeschnipselt aus Lächeln? Dr. Wu bekommt eine Pagode aus Streichhölzern und einen klumpigen Bogen aus farbigem Ton, und Jim sagt, das sei ein Regenbogen, und zeigt auf den «Pot» am einen Ende. Alle schauen zu und lachen. Das Souterrain ist durchflutet von dem warmen Glauben, dass die Welt jenseits dieser alten Schulmauern freundlich ist, sich an sie alle hier erinnert und möchte, dass es ihnen gut geht und sie Freude haben.

Die Feier im Center findet am 24., einem Freitag, statt. Das Weihnachtsfest bei Mom und Ronnie am nächsten Tag erscheint dagegen als etwas Hohles, Gewohnheitsmäßiges. Nelson setzt sich am Vormittag in den Corolla, der seit Tagen unbenutzt am Bordstein in der Almond Street gestanden hat, und macht sich auf den Weg nach Mt. Judge. Das 7-Eleven ist geöffnet, zu einer Zeit, da Kinder gerade die Geschenke auspacken, die ihnen ein allwissender, allgegenwärtiger Weihnachtsmann gebracht hat. Weiser Square und Park sind verlassen, bis auf eine im Wind treibende Plastiktüte und einen Stadtstreicher, der gebückt dasteht und an diesem bleich besonnten heiligen Tag seinen Schatten studiert. Der Parkplatz der Mall kurz vor dem Viadukt ist ein leerer See aus gestreiftem Asphalt. GREEN MILE TOY II ANNA KING GALAX QUEST.

Für Mom etwas zu finden ist nicht leicht, ist immer schwierig gewesen. Früher hat er ihr Süßigkeiten geschenkt, weil er wusste, sie würde ihm sofort davon abgeben. Als er älter wurde, musste er seine Gedanken immer weglenken von duftigen Sachen, Unterwäsche zum Beispiel oder Strümpfen für ihre Beine, auf die war sie stolz, das wusste er. In den Tagen seiner Kindheit wurden Strümpfe von Strumpfbändern festgehalten, die an einem Hüftgürtel befestigt waren, und hatten oben einen breiten, etwas dunkleren Rand: wenn man einen Blick auf den erhaschte, bekam man Herzklopfen. Strumpfhosen andererseits hatten im Schritt diesen dunkler getönten Einsatz, der war geformt wie eine große Limabohne. Als Teenager hat er ihr einmal L'eggs geschenkt, und selbst die haben ihn zum Erröten gebracht, als sie, flaumzart wie sie waren, aus ihrem eiförmigen Behälter gezogen wurden. Dieses Jahr ist er klamm – fünfundachtzig pro Woche fürs Apartment, dreihundertsechzig monatlich für den Unterhalt der Kinder, Extras wie der Minikühlschrank, den er gekauft hat, um die Milch frisch zu halten, lassen nicht viel übrig von seinem Wochengehalt, das nach Abzug der diversen Steuern kaum noch vierhundert ausmacht – und hat deshalb nur kleine Geschenke: für Ronnie ein Dutzend Top-Flites, obwohl Dad immer gesagt hat, Ronnie gehe mit dem Schläger wie mit einem Vorschlaghammer um, und für Mom ein Computerprogramm, «Verbessern Sie Ihr Bridge»; er stellt sich vor, dass sie oben in dem kleinen Zimmer, das früher Mom-Mom Springers Nähzimmer war, am Computer sitzt und übt. Aber Ronnie sagt hier unten im Wohnzimmer, wo alles umgestellt worden ist, weil der Baum Platz braucht, er wolle nicht riskieren, dass seine Hardware überbelastet wird und der Speicher mit seinen gesamten Geschäftsunterlagen, zurück bis in die Siebziger, zusammenbricht.

Um dieses Nein zu mildern, sagt Mom: «Ehrlich, Nelson, ich glaube nicht, dass ich mit dem Programm etwas anfangen kann, es kommt mir so kompliziert vor, ich kann ja kaum folgen, wenn Doris mir was erklärt, und die ist immer so geduldig.»

«Ist gut, ich nehme es wieder mit», sagt er schroff, «ich schenke dir etwas anderes. Wie wär's mit einem sexy Nachthemd?» Sie hat ihm einen Flanellpyjama und einen kastanienbraunen Pullover mit Zopfmuster geschenkt, als solle er es wenigstens warm haben, so weit weg von ihr.

Ronnie hat sich etwas Merkwürdiges für ihn einfallen lassen, wahrscheinlich will er ihn damit ärgern: *Der Weg zum Glück* vom Dalai Lama und einem amerikanischen Arzt. Nelson ist bestürzt, als er das Buch auspackt, denn der heilige Asiat auf dem Schutzumschlag erinnert ihn beim ersten flüchtigen Hinsehen an seinen Vater – nicht, dass eine physische Ähnlichkeit da wäre, es ist eher die verschmitzte Wachheit, die aus dem Gesicht spricht, das vorsichtig Vorfühlende, das Listige und Liebenswerte in dem verhaltenen Lächeln. Ron erklärt und schlägt dazu seinen Versicherungsvertreterton an: «Ich dachte, da du für die christliche Religion ja nur Verachtung hast, könnte dir vielleicht etwas in der anderen Richtung zusagen. Es ist sehr wichtig, Nelson, dass wir in unserm Leben ein spirituelles Ventil haben. Weltweit gibt es gerade einen gewaltigen Anstieg an Spiritualität – ein Willkommensgruß für das neue Millennium.»

Er hört sich an, als zitiere er jemanden. Nelson schaut nach, ob das Buch irgendein Kennzeichen trägt, aus dem hervorgeht, dass es verramscht worden ist, aber er findet keines. Ronnie hat den vollen Preis für dieses sonderbare Geschenk bezahlt. «Der Dalai Lama», sagt Nelson. Wie freundlich ihm das zurückhaltende, wache Gesicht mit den getönten eckigen Brillengläsern zulächelt: ein Vater, den er gehabt haben könnte. «Danke, Ron», sagt er. «Ich werde an meinen einsamen Abenden darin blättern.» Vielleicht ist es ein Friedensangebot, aber dazu besteht kein Grund; seit dem Telefongespräch nach dem Eklat am Thanksgiving-Tag ist Nelson mit Ron im Reinen, mehr erwartet er gar nicht. Ron ist nichts weiter als ein amerikanischer Macker, der es im Großen und Ganzen gut meint und es Mom besorgt oder auch nicht. Wenn das Testosteron sich verabschiedet, bleibt man mit hängendem Kopf und spirituellem Ventil zurück.

Er möchte das Haus verlassen, bevor Ron junior und Margie und die drei Kinder zum festlichen Mittagessen eintreffen. Er hat genug Festlichkeit mit diesen Leuten erlebt, fürs Erste reicht es ihm. Alex bleibt in Virginia bei seiner geschiedenen Familie, aber Georgie kommt mit dem Bieber-Bus aus New York herüber. Ron und Mom sagen Nelson noch einmal, wie sehr sie sich freuten, wenn er bliebe, sie würden gern ein Gedeck mehr auflegen, aber seit Thanksgiving weiß er, wo immer sein Zuhause ist, es ist nicht da, wo seine Stiefbrüder sind.

An der Tür sagt seine Mutter: «Ach, fast hätte ich es vergessen. Eine Frau hat heute früh angerufen. Diese Esther aus eurer Ambulanz. Ich habe zu ihr gesagt, ob sie nicht wüsste, dass heute Weihnachten ist, und sie sagte, doch, aber du sollst sie trotzdem zurückrufen. Sie war ziemlich kurz angebunden mit mir, diese Juden sind so empfindlich.»

«Warum bloß. Ich rufe sie von meinem Apartment aus an. Fröhliche Weihnachten. Grüß die andern Harrisons.» Er küsst sie auf ihre kleine trockene Wange und denkt, dass sie immer hutzeliger wird. Osteoporose, in der Fernsehwerbung reden sie dauernd davon. Alles laugt unsere Knochen aus. Die Familie von nebenan ist draußen im Seitengarten, der Sohn hat einen neuen Schlitten mit roten Kufen dabei, obwohl kein Stäubchen Schnee auf dem Rasen liegt. Die Festdekorationen auf dem Weg zurück nach Brewer, die vielen Lichter, das Lametta, die Plastikweihnachtsmänner und rotnasigen Rentiere, sehen in der Sonne verblichen aus, alles Fröhliche ist aus ihnen herausgelaugt. Er hält beim 7-Eleven und holt sich eine tiefgekühlte Shepherd's Pie und Kaffee in einem weihnachtlich mit Ilexblättern und -beeren gemusterten Plastikbecher. Der Kaffee ist wirklich ziemlich gut hier. Sein mageres Sozialarbeiterspanisch bemühend, sagt er *«Feliz Navidad»* zu der kleinen Kraushaarigen hinter dem Ladentisch. Sie antwortet mit einem Lächeln, das verwirrend hell in ihrem dunklen Gesicht aufleuchtet, und mit einer langen Girlande Spanisch, von der Nelson nur *«Muchath graciath, theñor»* versteht, die «s»-Laute verschlurrt wegen des Zungenknopfes.

Zurück in seinem Zimmer, trinkt Nelson den Kaffee und wählt Esthers Privatnummer. Der Ehemann nimmt ab – eine glatt fließende, joviale Rechtsanwaltsstimme. Er ist reich; Esther muss kein Geld verdienen; sie leitet das Center, weil sie die Menschen liebt. Als sie an den Apparat kommt, klingt sie gedämpft, geradezu zittrig. «Nelson, ich dachte, Sie würden es wissen wollen, weil Sie doch mit dem jungen DiLorenzo gearbeitet haben.»

«Was würde ich wissen wollen?» Aber in seiner Brust ist schon das Flattern der Vorahnung. Er hat Michael erst gestern gesehen, am Rand des Gedränges ums Klavier, bemüht, mitzusingen. Er hat ihm ein frohes Fest gewünscht. «Okay, Sir», hat der Junge geantwortet und den Blick abgewandt. Er war nicht rasiert. Aber er hatte angefangen, an Gruppen teilzunehmen und seinen Widerwillen gegen die anderen Klienten zu überwinden. Er wollte, dass es besser mit ihm wird.

«Er hat sich umgebracht. In der Nacht. Sie haben ihn heute Morgen gefunden. DiLorenzo hat selber das Center angerufen. Er stand unter Schock, aber er redete davon, dass er uns und Birkits verklagen will.»

Jener innere Raum, in dem er vor einiger Zeit ein rutschendes Messer gefühlt hat, als er versuchte, sich in Michael hineinzudenken, wird glitschiger; es ist, als greife er hinein, um etwas zurückzuholen, aber seine Hände sind seifig, er kann es nicht zurückholen, es geht unter. *Du bist nada.* «O mein Gott, nein», sagt er zu Esther. «Wie hat er es gemacht?»

«Mit einer Plastikkleidertüte. Am Hals zusammengebunden mit einem Schlips. Eine Art Nachricht für seine Eltern, wenn man so will. ‹Ihr wollt Trockenreinigung, hier habt ihr Trockenreinigung›.»

«Wir haben ihn nicht festgehalten, ich fühle es, ich habe ihn nicht gehalten.»

«Nelson, seien Sie nicht so ichbezogen. Wir tun, was wir können, aber uns sind Grenzen gesetzt. Ich wollte nur, dass Sie das mit Michael erfahren, bevor es in den Sonntagszeitungen steht. Alle Welt geht zu dieser Reinigungsfirma, es wird Schlagzeilen geben.» Sie ist tapfer und gefasst, aber ihr Center hat einen schweren Schlag erlitten, trägt jetzt einen Schandfleck.

«Was glauben Sie, meint der Vater es ernst, wenn er sagt, dass er klagen will?»

«Wer weiß? Der Mann ist ein Macher, er muss handeln.»

«Er hat am Tag, als der Hurrikan war, einen Termin bei uns gehabt und ist trotz des Wetters gekommen. Er hat uns vertraut. Ich hätte dem Jungen etwas anmerken müssen, ich habe Howie aber ein paar Zeilen geschrieben, wegen der Medikamente. Das Trilafon hat die Stimmen nicht beruhigt.»

«Tun Sie sich das nicht an, Nelson. Sie können nicht dafür.»

Das sagen immer alle. Das hat auch er zu Michael und seinen Eltern gesagt. Aber als sie auflegt, ist der Junge immer noch tot. Eingesiegelt unter schwarzem Glas, mit den Füßen voran ins Nirgendwo gleitend. Nelson sieht Mrs. DiLorenzo vor sich, die in einem abgedunkelten Zimmer liegt, die Töchter, die, jäh aus dem Feiern gerissen, das nächste Flugzeug nehmen, das mädchenhaft hübsche junge Gesicht verwischt gegen die Innenseite einer klebenden Blase gepresst, als stecke es in einem Astronautenhelm. Wie viel Kraft es kosten muss, sich das erstickende Plastik nicht mit den Fingernägeln herunterzureißen, welch zornige Entschlossenheit, die Stimmen auszulöschen und ihre Obszönitäten zum Schweigen zu bringen.

Er fühlt sich zu elend, zu niedergeschlagen, um zu essen. Er hat das Bedürfnis, mit jemandem zu reden, aber Annabelle ist in Las Vegas, und Pru ist in Ohio und sollte den Weihnachtstag in Ruhe mit den Kindern und ihrer Familie verbringen dürfen. Mom hat inzwischen ihre wiedergeborenen Stiefkinder zu Gast. Der Verkehrslärm, der sonst die Stadt erfüllt, ist fast ganz verstummt; dann und wann nur röhren auf der Eisenhower Avenue ein paar Festverächter und Einzelgänger vorüber. Das Ende dieses sehr kurzen Tages beginnt, seine Fenster zu verdunkeln, als er es schließlich über sich bringt, die Shepherd's Pie in die Mikrowelle zu schieben und das Oahu-Bowl einzuschalten. Hawaii schlägt Oregon dreiundzwanzig zu siebzehn, und die Sechsuhrnachrichten berichten, dass Jerry Seinfeld endlich geheiratet hat, das Hubble-Weltraumteleskop wieder funktioniert und ein paar Sikhs, warum, ist nicht klar, ein indisches Flugzeug entführt haben und damit kreuz und quer am Himmel herumdüsen. Michael DiLorenzo wird nicht erwähnt. Er ist von rein lokaler Bedeutung.

«**Hi**. Da bist du ja wieder. Wie war Las Vegas?»

«Nelson, es war der Wahnsinn. Es ist die Zukunft oder so was. Meine Freundin und ihr Mann haben mich zum Spielen überredet, und ich habe an einem Abend zweihundert Dollar gewonnen und sie am nächsten Tag wieder verloren, ist ja klar.»

«Tante Mim hast du natürlich nicht angerufen.»

«Hab ich doch, Überraschung, Überraschung, und sie war so was von lieb und lustig! Sie erinnert sich vage an meine Mutter, sie sind sich mal in einer Bar begegnet, die früher unten an der Running Horse Street war, und sie hat mir eine Menge über meinen Vater erzählt. Unsern Vater.»

«Ja? Was?»

«Ach, was für ein fürsorglicher großer Bruder er war und wie hart er daran gearbeitet hat, sein Basketball zu perfektionieren, ich meine, es ist ihm nicht einfach so zugeflogen. Und dass er ihr immer beigestanden hat und nie Vorurteile gegen sie hatte, auch nicht, als sie anschaffen ging.»

«Das hat sie gesagt?»

«Sicher, warum nicht? Sie hat gesagt, meine Mutter hätte nie wirklich angeschafft, sie wär dazu in ihrer ganzen Art zu unprofessionell gewesen. Sie ist mit uns sogar in die *O*-Show gegangen, im Cirque du Soleil, falls man das so ausspricht. Das schlägt alles, was New York einem jemals bieten könnte – Unterwasserballett und Bungeespringer und ein Schiff, das in die Luft hochsteigt! Ich war vollkommen hingerissen.»

«Ja», beklagt er sich, «und während du dich großartig amüsiert hast, habe ich Weihnachten allein dagesessen und ein Fertiggericht gegessen, und ein junger Klient aus dem Center drüben hat Selbstmord begangen.»

«O Nelson, nein! Wie schrecklich! War's einer von deinen Klienten?»

«Wir teilen sie nicht so auf, aber ich habe mit ihm Beratungsgespräche geführt. Ich dachte, es ginge ihm besser – er arbeitete mehr mit und schien keine akustischen Halluzinationen mehr zu haben. Da siehst du, wie wenig ich weiß.»

«Du solltest dir keine Vorwürfe machen», sagt Annabelle in ihrem sachlichen, freundlichen, ein wenig verschwommenen Ton. «Wir sind Pfleger und Betreuer, keine Wundertäter. Kurz bevor ich abreiste, ist Mr. Potteiger gestorben. Er war sechsundachtzig und furchtbar hinfällig, konnte sich kaum noch auf den Beinen halten, aber im Kopf war er putzmunter. Er hat geflirtet! Eines Morgens wollte ich zu ihm, er war in einem Altenheim in der Nähe von Oriole untergebracht, da klebte ein kleiner Zettel an seiner Tür, auf dem stand, dass er verschieden war. Nur dies eine Wort. ‹Verschieden›.»

«Das ist nicht ganz das Gleiche», beginnt Nelson, ihr auseinander zu setzen, aber sie unterbricht ihn.

«Wie geht es deiner reizenden Familie? Sind alle da?»

«So ungefähr.»

«So ungefähr?»

«Judy ist nicht mitgekommen. Sie wollte bei ihrem Freund bleiben, der Kumpel, mit dem er sich die Wohnung teilt, ist über die Feiertage zum Skilaufen in Colorado, und übermorgen will sie mit ihm, ihrem Freund, meine ich, zu so einem pompösen Millenniumsgedöns in Abendkleid und Smoking bei irgendwelchen reichen Leuten in Silver Lake, der Freund kennt den Sohn von denen, altes Kautschukgeld. Der Typ scheint ein echter Mitesser zu sein.»

«Ich *wusste*, dass du ‹Mitesser› sagst!»

«Sie und Pru haben einen furchtbaren Krach deswegen gehabt, und Pru hat dann aufgegeben. Schließlich wird Judy nächsten Monat zwanzig, und sie hat nicht darum gebeten, nach Akron ziehen zu dürfen, sie versucht bloß, das Beste aus der Situation zu machen, in die ihre chaotischen Eltern sie gebracht haben. Sie musste die ganze Strecke allein fahren, Pru, nur mit Roy, sie war erledigt, als sie ankam, Montagabend um neun ungefähr, sie haben ein paar Mal Halt gemacht in Raststätten, die früher zur Howard-Johnson-Kette gehört haben.» Beim bloßen Gedanken an seine immer älter werdende, aus dem Ruder gelaufene Familie wird er müde und missmutig.

«Wo wohnen sie?»

«Was soll die Fragerei? Bei Mom. Es ist zu eng und unaufgeräumt hier, und der Morgenverkehr auf der Eisenhower bringt das ganze Haus zum Wackeln.» Er sagt ihr nicht, dass Pru gestern, Dienstagabend, in Moms Küche gekocht hat und er nach der Arbeit zum Essen hinübergefahren ist und die Nacht in seinem alten, nach hinten hinausgehenden Zimmer verbracht hat, während Pru vorn in Judys altem Zimmer schlief und Roy auf einem Klappbett in dem kleinen Zimmer mit dem Computer. Es hat sich alles ganz selbstverständlich so ergeben, nur dass er sich danach sehnte, mit Pru zusammenzuliegen oder sie wenigstens in Unterwäsche zu sehen, und sich schlaflos hin und her gewälzt hat. In seinem Kopf haben sich zu viele Leute gedrängt, wie auf dem Weihnachtsbild, das Jo Foote für ihn gebastelt hat. Unter anderm hat er Angst davor gehabt, dass er, wenn er einschläft, wieder den Mann sieht, der im Garten Chip-Shots übt.

«Das ist traurig, Nelson», sagt seine Schwester gerade. «Das Mindeste wäre doch, dass Roy bei dir wohnt.»

«Ja, aber ich muss arbeiten, das Center könnte diese Woche mehr Personal gebrauchen, die Klienten sind wegen des Selbstmords noch mehr durcheinander als sonst. Und Roy und Ronnie kommen merkwürdig gut miteinander zurecht. Sie reden unentwegt von Megabytes und RAMs und sitzen den ganzen Tag oben vorm Computer und fuhrwerken im Internet rum, weiß der Himmel, was sie suchen. Schweinkram wahrscheinlich. Gestern Abend ist Ron mit ihm zu einem Basketballspiel in der High-School gegangen. Ich glaube, im County wird gerade das Weihnachtsturnier ausgetragen, große Sache, Mädchenteams und Jungenteams, beide.»

«Und wie geht es dir dabei, dass deine Tochter nicht mitgekommen ist? Bist du gekränkt?»

«Erleichtert, irgendwie. Es ist anstrengend mit ihr geworden. Sie ist ein Rotschopf, wie ihre Mutter.»

«Aber sie muss mit ihrem Vater zusammenkommen.»

«Pru hat versucht, ihr das klar zu machen, und Judy hat gesagt, wenn ihm so wenig an mir liegt, dass er nie herkommt, warum soll ich dann zu ihm fahren und ein Ereignis verpassen, das es nur alle tausend Jahre einmal gibt? Sie denkt offenbar, in Brewer findet das nicht statt, nur in Akron.»

«Also», sagt Annabelle prüde, «das erscheint mir nicht sehr einleuchtend. Wann lerne ich Pru kennen und meinen lieben kleinen Neffen?»

«Genau. Darüber müssen wir sprechen. Was machst du Freitagabend?»

«Das ist der –»

«Eben. Der Letzte vom Letzten.»

«Ich wollte einfach ins Bett gehn und alles an mir vorbeirauschen lassen.»

«Ja, ich auch, aber Pru ist genauso schlimm wie ihre Tochter. Sie möchte was unternehmen. Ich wollte eigentlich nicht, dass du je wieder Moms Haus betrittst, nach dem, was an Thanksgiving war, aber vielleicht könnten wir übermorgen Abend doch rasch vorbeischauen und Pru abholen und Roy guten Tag sagen und dann in ein Restaurant gehn und hinterher ins Kino. Auf eine Tanzparty oder so will ich nicht.»

«Du mit zwei Frauen? Das ist abwegig, Nelson.»

«Find ich auch, ganz ehrlich. Aber es gibt da jemanden, einen Zahnarzt, der schwedische Implantate einsetzt, als Kinder haben wir zusammen gespielt, mein bester Freund, könnte man sagen, vergangene Woche hat er mich angerufen und zum Lunch eingeladen, eine einsame Seele, wirklich. Er war zweimal verheiratet, hat jetzt aber niemanden. Der könnte doch mitkommen, was meinst du? Er heißt Billy Fosnacht.»

«Klingt immer noch abwegig. Zwei Leute, die ich noch nie gesehn habe, und du.»

«Hör mal, vertraust du deinem Bruder oder nicht? Mit Pru kriegst du keine Probleme, jeder mag sie, sie war früher schön, und Billy hat ein bisschen was von einem Verlierer – mein Vater hat immer gesagt, er ist ein armer Tropf –, aber es will sich ja auch keiner mit ihm verabreden, er kommt einfach mit uns mit. Er verdient übrigens eine Menge Geld. Weißt du was Besseres? Vielleicht diese Freundin samt Ehemann? Oder haben die erst mal genug von dir?» Das ist wahrscheinlich roh.

Sie sagt weder ja noch nein. Sie sagt: «Es heißt, es könnte Terroranschläge geben.»

«In Brewer? Auf was, auf die Brezelfabriken?»

«Der Bürgermeister von Seattle hat heute alle Feierlichkeiten abgesagt.»

«Der muss sich wegen der Space Needle Sorgen machen.»

«Nelson, ich hoffe, du weißt, was du tust.» Das ist Annabelles Art, einzuwilligen.

«Nein», sagt er und ist zum ersten Mal in dieser Endwoche guter Stimmung. «Ehrlich gesagt, nicht.»

«**Und dies** ist mein Sohn Roy.»

Annabelle sagt nach Tantenart: «*So* ein großer Junge! Es ist mir eine Freude, dich kennen zu lernen, Roy.»

Alle, einschließlich Billy Fosnacht, stehen unglücklich zusammengedrängt im Wohnzimmer, in dem engen Raum zwischen dem kurzflorigen Plüschsofa und dem niedrigen, einer Schusterbank nachgebildeten Tisch auf der einen Seite und dem Weihnachtsbaum und dem Zenith-Fernseher mit seiner kunterbunten Krimskramskrone auf der anderen. Pru und Annabelle haben sich die Hand gegeben wie zwei große Katzen, die einander mit den Schnurrhaaren streifen, und Ronnie und Mom haben das rundgesichtige Mädchen, das im September zum ersten Mal dieses Haus betrat, mit übertriebener Freundlichkeit begrüßt. Annabelle hat ein kurzes rotes Kleid mit hohem Stehbündchen und diagonal über den Busen laufendem Reißverschluss an, und an ihren auffälligen Beinen trägt sie dunkle Netzstrümpfe – alles ein bisschen hurenhaft, hat Nelson gedacht, als er sie mit dem Corolla an der East Muriel Street abholte. Vielleicht hat Ronnie etwas gewittert. Pru hat sich für ein Kleid aus taubengrauer Changeantseide mit kurzem, gerade geschnittenem Jäckchen entschieden, das ihre Hüften schlanker erscheinen lässt und von schillernden Zickzackblitzen überflogen ist; das Grau wechselt zwischen Silber und einem zarten Violett, wenn sie sich bewegt. Sie ist um die Taille und ums Kinn dicker geworden und hat Krähenfüße in den Augenwinkeln und auf den Wangen winzige Knitterfalten, die kommen und gehen, wenn sie ihr schiefes, unzufriedenes Lächeln lächelt. Nelson kann sich nicht erinnern, ob ihre Nase immer so gebogen war und in einer so scharfen Spitze auslief. Über die langgliedrige, grünäugige Schönheit, die sie beide begehrt haben, er und sein Vater, hat sich ein Spinnwebschleier aus Alter und Enttäuschung gelegt, aber wer sich erinnert, kann hindurchsehen; dafür, dass sie vierundvierzig ist, hat sie sich ziemlich gut gehalten, findet er. Ihr Haar, früher glatt und lang und karottenfarben, hat jetzt einen Ton, der verdächtig gleichmäßig und glänzend wirkt neben Annabelles vielfarbiger Zottelfrisur, die sie aber jetzt herauswachsen lässt – ihr stabiler weißer Hals ist dann nicht mehr so nackt. Pru sieht in Billy einen von denen, die Nelson damals, in den Laid-Back-Tagen, beinahe ruiniert haben, und begrüßt ihn kühl, dabei hat Billy in Wahrheit nie viel gekokst; seine Eltern haben früh schlappgemacht, und er musste selber auf sich aufpassen. Mom, in ihrer Nervosität und vielleicht weil sie vorm Dinner ein paar gezwitschert hat, kreischt: «Billy Fosnacht!» und weint fast, als sie Billy umarmt und hervorblubbert: «Ich habe deine liebe Mutter so gern gehabt!»

Roy ist größer als seine Großmutter und ungefähr genauso groß wie Nelson und Ronnie und Pru und Annabelle, aber er wird zulegen; er ist fünfzehn, da sind seine Wachstumsmöglichkeiten noch lange nicht ausgeschöpft. Die dunklen Springer-Gene haben über die Angstrom-Helle obsiegt in seinem Haar, seinen Brauen und den langen gebogenen Wimpern, die wie die seines Vaters sind, freilich ohne dessen tief liegenden, misstrauischen Blick zu überschirmen. Seine Oberlippe trägt einen Flaum, seine Ohren stehen ab, seine Augen glänzen; das neue Jahrhundert gehört ihm. Er legt seine knöchelige Hand in Annabelles tüchtige weiche und sagt: «Meiner Schwester tut es Leid, dass sie dir diesmal noch nicht guten Tag sagen kann. Ich soll dir was ausrichten: dein Vater war süß.»

«Süß?», wiederholt Annabelle lächelnd.

«Ein geiler Typ, hat sie wahrscheinlich gemeint. Er ist gestorben, als sie neun war, sie hat viel mehr Erinnerungen an ihn als ich.»

Nelson wirft ein: «Sie hat in Erinnerung, dass Dad ihr mal das Leben gerettet hat, in Florida, beim Segeln, als das Boot gekentert ist. Man könnte es auch anders ausdrücken und sagen, dass er sie fast umgebracht hätte.»

«Nelson», sagt Pru in lauem ehefraulichen Tadelton.

Roy will nicht zurückstehen. «Ich kann mich erinnern, dass ich ihn mal im Krankenhaus besucht habe, das hohe weiße Bett und die vielen Schläuche, an die er angeschlossen war. Außerdem, wenn irgendwo Süßigkeiten oder Nüsse herumlagen, musste man aufpassen, dass man was davon abbekam – er hat einem den Schokoriegel vor der Nase weggeklaut.»

Das ist ein Erfolg; alle lachen. Roy lässt das ein wenig schiefe Grienen seiner Mutter sehen, und Annabelle sagt: «Hab vielen Dank, Roy. Du hast ihn mir sehr lebendig vor Augen gestellt.»

«Sie müssen im neuen Jahr unbedingt zum Essen zu uns kommen», sagt Ronnie in einstudiertem Ton, sie nicht richtig ansehend. «Ich habe einen ganzen Sack voll Rabbit-Geschichten, die nicht mal Janice kennt.»

«Wir haben im Lookout reserviert», mahnt Nelson. Zu seiner Mutter und Ronnie gewandt, erklärt er: «Das ist das schicke neue Restaurant im Pinnacle-Hotel. Als ich anrief, hieß es, sie seien ausgebucht. Aber Billy hat einen Tisch für die erste Schicht bekommen, für sieben Uhr.»

«Der Oberkellner hat seinen Prämolar oben rechts von mir», sagt Billy. «Wir mussten ein zweites Mal ran, der erste hat nicht gehalten. Manche Leute brechen in Tränen aus, wenn das passiert.»

«Oh, wie schön ihr alle ausseht!», ruft Janice; dieser Augenblick, dies unverhoffte Zusammenlaufen von Strängen, die weit in ihre Zeit hier auf Erden zurückreichen, bringt etwas in ihr zum Überfließen. «Geht und habt einen wundervollen Abend!» Die Tränenfeuchte, hervorgerufen durch die Erinnerung an Peggy Fosnacht, die ernste, schielende, unbeholfene Peggy, die damals, als sie beide jung waren, Peggy Gring geheißen hat, lässt die vier erwachsenen Kinder verschwommen, fast ununterscheidbar erscheinen, aber ihr Sohn ist dabei und die Mutter ihrer Enkelkinder, alle so rührend, so fein gemacht, um diese einschneidende kalendarische Schickung zu begrüßen, und Harry und Fred und Mutter und die kleine Becky sind alle irgendwie in ihnen enthalten, in ihrer DNS. «Stellt euch bloß vor», sagt sie, «das nächste Mal, wenn wir uns sehen, schreibt man das Jahr mit lauter Nullen! Ich *halt's* nicht aus!»

«Ist ja gut, Mom», sagt Nelson nervös.

Ronnie sagt, gattenhaft wohlwollend und generös ihre Tränen übergehend und großspurig stolz auf sie: «Der junge Bill Gates hier und ich werden uns prächtig amüsieren, wir machen Hotdogs und Popcorn, und dann hocken wir uns alle vor die Glotze und kucken zu, wie die Zukunft angebraust kommt. Auf den Fidschis und in Japan hat 2000 schon vor Stunden angefangen – keine Y2K-Probleme, weder in Sydney noch in Tokio, soviel man weiß. In Paris ging es vor einer halben Stunde hoch her, und um sieben bricht das Spektakel über London, die Queen und Blair und den dämlichen Dome herein. Für den größten Teil der Welt ist Mitternacht schon Vergangenheit! Zeit ist relativ, wie Einstein festgestellt hat. Stimmt doch, Roy, oder?»

«So ähnlich», sagt der Junge, verlegen ob einer derart ungefähren Wahrheit.

«Sie dehnt sich», insistiert Ronnie unangenehm. «Wie ein Kondom.» Dauernd in die Kirche gehn, aber mit den Gedanken immer zwischen den Beinen sein.

Sie verlieren nach und nach die Scheu voreinander. Billy sagt: «Ich muss immerfort an die denken, die es nicht ganz geschafft haben. JFK junior, Payne Stewart und neulich der Lone Ranger, armer Kerl.»

«Gott segne dich, Billy!», ruft Janice, und es steigt wie ein Gurgeln aus einem chaotischen Kummer-Reservoir empor, in das Nelson trockenen Auges hineinschaut wie in einen dunklen Brunnen, auf dessen Grund sein eigener Kopf als Schattenriss in einer Scheibe reflektierten Himmels glimmert. Unter dem Druck des bedeutungsschweren, nicht fasslichen Ereignisses, das binnen kurzem über sie kommt, küssen sie einander, Nelson küsst Roy und Janice Pru und Billy Mrs. Angstrom (wie er sie im Stillen immer noch nennt) und Ronnie Annabelle, die ihre Wange hinzuhalten versucht, aber voll auf den Mund getroffen wird – die gleichen kissenweichen Lippen, er kann nicht dafür, dass er daran denken muss, mit denen Ruth ihn einst ausgelutscht hat, in einer Bruchbude unten an der Jersey-Küste, alles klebrig von Salzluft, Gerüche nach Sex rings um sie her wie ihre verstreuten Kleider, und sie so gemächlich bei der Sache, als lasse sie sich ein Eis am Stiel auf der Zunge zergehen, innehaltend und wieder lutschend und zu ihm hinaufäugend, über seinen nackten Bauch mit dem Vlies aus goldenen Härchen hinweg. Sie küssen einander noch einmal, als sie alle an der Tür stehen, der Tür mit der krächzenden, kaum noch hörbaren Klingel und dem ovalen Messingknauf, der blank gewetzt ist von unzähligen Händen, von unaufhörlichem Kommen und Gehen im zwanzigsten Jahrhundert im Haus Nummer 89 an der Joseph Street. Das Haus gegenüber, sieht Nelson, ist hell erleuchtet, wie für eine Party; oben, im vorderen Zimmer, geht die junge Hausherrin in festlicher Bluse eilig hin und her, als gebe es viel zu tun, ihr Mund bewegt sich, sagt Dringliches, das Nelson nicht hören kann.

Rasch jetzt, sie dürfen nicht zu spät kommen, der Oberkellner gibt sonst den Tisch weg; eifrig durcheinander redend zwängen sie sich in Nelsons gelblich weißen, am Bordstein geparkten Corolla, aufgekratzt wie Teenager, die endlich hinauskönnen. Sie wollen erst in das Restaurant und hinterher in einen Film, allerdings nicht in einen der vier in der schäbigen Mall auf dem Weg nach Brewer, doch als sie daran vorbeifahren, sagt Billy, der hinten im Auto sitzt, wehmütig: «Ich würde schon sehr gern *Galaxy Quest* sehn. Eine Hygienikerin von mir sagt, da kommt eine tolle Sexszene vor, wo einer der Menschenmänner eine Außerirdische herumkriegt, die sich in eine Art Oktopus zurückverwandelt, wenn sie erregt ist.»

«Hübsch», sagt Annabelle neben ihm auf dem Rücksitz.

Er redet weiter: «Aber ich finde doch, von den Todesfällen am Ende dieses Jahres geht einem am meisten der in dem Pflegeheim in Allentown zu Herzen, die alte Frau gestern, der älteste Mensch der Welt, wie sich herausgestellt hat. Hundertneunzehn. Sie hätte nur noch zwei

Tage durchhalten müssen, dann hätte sie in drei verschiedenen Jahrhunderten gelebt.»

«Davon hätte sie ja mächtig was gehabt», sagt Pru trocken, Billy immer noch nicht so recht akzeptierend.

Sie sitzt neben Nelson und konzentriert sich, hilft ihm wortlos beim Fahren. Sie spürt, dass er überanstrengt ist. Er denkt an Michael DiLorenzo. Auch einer, der es nicht ins dritte Jahrtausend geschafft hat.

«Habt ihr überhaupt gewusst», fragt Billy, «dass der älteste Mensch der Welt aus Pennsylvania war?»

Annabelle wartet ab, ob von Pru oder Nelson etwas Unfreundliches kommt, und als beide schweigen, sagt sie: «Es überrascht mich nicht. Alte Leute mögen diesen Staat. Nur in Florida leben mehr, proportional gesehen.»

Der Film, in den Nelson mit ihnen gehen möchte, ist *American Beauty*; eine Reihe von Großstadtkritikern hat ihn zum besten Film des Jahres erklärt, aber Pennsylvanias Sittenwächter sind gegen ihn zu Felde gezogen, und jetzt läuft er im Instant Classics, einem zweitrangigen Kino mit reduzierten Eintrittspreisen draußen hinter dem alten Jahrmarktsgelände. Und sie fahren hin und sehen den Film und steigen um zwanzig nach elf wieder in Nelsons Auto; eine gewisse Vertrautheit hat sich eingestellt nach fünfstündigem Zusammensein: eben waren sie im Kino, und davor haben sie höfliche Konversation im Restaurant gemacht, sie haben sich Themen ausgedacht, damit die beiden Männer nicht immer wieder in Kindheitserinnerungen abtauchten, die Frauen haben sich über die Verdrießlichkeiten ihres beruflichen Alltags ausgetauscht, und jeder der vier hat sich insgeheim vor dem Millenniumsmoment gefürchtet und versucht, die Bedeutung des bevorstehenden Augenblicks in sich aufzunehmen, aus der Luft, der lauen, schneelosen Luft. Die Aussicht während des Essens oben auf dem Mt. Judge, auch wenn sie einige Meter von den Fenstern entfernt saßen, ist grandios gewesen; auf der Breitwand der Wirklichkeit hat sich unter ihnen Brewers Straßennetz erstreckt bis zur schwarzen Biegung des Flusses und den wenigen großen, noch nicht abgerissenen Gastanks hin, und dahinter die Vororte, mit immer matterem Leuchten in der Ferne sich verlierend, und dann vereinzelte Lichter auf bewaldeten indigoblauen Hügeln, die heimatlichen Lichter des Diamond County.

Zurück im Corolla, sagt Pru, der der Film schwer im Magen liegt, zusätzlich zu dem Wein und den geräucherten Austern: «Also, so toll fand ich das nicht. Hat euch der Schluss eingeleuchtet? Mir nicht. Sterne, Nacht, ein Feld, die Hände seiner Großmutter – der Typ hat sich keinen Augenblick verhalten wie einer, der sich je für die Hände seiner Großmutter interessiert hätte oder für sonst irgendetwas, außer für seine eigenen selbstsüchtigen Gelüste und sein bedrohtes Ego.»

Billy lässt sich vom Rücksitz vernehmen: «Ich muss sagen, mir ist jetzt etwas leichter zumute, was den Tod angeht. Hat Kevin Spacey nicht glücklich ausgesehn, im Tod?»

«Er hat spacig ausgesehn», sagt Nelson. «Wie in einem Stehkader festgehalten. Was anderes ist der Tod nicht, ein Stehkader. He, wohin möchtet ihr jetzt? Mir fällt nichts mehr ein. Wir haben noch eine halbe Stunde. In der Innenstadt gibt es was, so viel weiß ich. In der großen Grube an der Weiser hinter der Sixth, wo das Bauprojekt geplatzt ist, haben sie ein beheiztes Zelt für ein Rockkonzert aufgestellt, Kirchenrock. Wir könnten uns da ins Gedränge stürzen.»

«Uah», sagt Billy.

Vom Parkplatz beim Instant Classics herunterzukommen ist knifflig, fünf Reihen Autos und nur eine einzige einspurige Ausfahrt, und Nelson ist sich auf dieser Seite von Brewer ohnehin nie sehr sicher. Mehrere neue Umgehungsstraßen und Zufahrtswege zur Mall – ein Gewirr, in dem er sich nicht zurechtfindet. Irgendwie hat er gedacht, ihnen würde spontan einfallen, wohin es gehen soll. Warum bleibt immer alles an *ihm* hängen? Er sagt: «Vielleicht könnte man ins Laid-Back gehn.»

«In deinen alten Drogenschuppen?», sagt Pru.

«Der ist jetzt ganz sauber», zirpt Billy. «Die Besitzer haben gewechselt, die vorigen sind aufgeflogen und im Gefängnis gelandet. Keine Drogen mehr. Rauchen jeder Art verboten.»

«Muss ich hier nach rechts oder nach links, wenn ich auf die 222 zurück will?», fragt Nelson.

Annabelle hört ihn, kann aber nur sagen: «Ich habe hier draußen mal in einem Pflegeheim gearbeitet, aber alles hat sich so verändert.»

«Halt dich rechts, das ist einfacher», sagt Billy.

Während Nelson dieser Anweisung folgt, hört er hinter sich Annabelles Stimme, eine weiche, mitfühlende, forschende Stimme, mit der sie nie zu ihrem Bruder gesprochen hat: «Billy, denken Sie viel an den Tod?»

«Die ganze Zeit. Woher wissen Sie das?»

«Sie sind im Kino dauernd zusammengezuckt.»

«Ich dachte, dieser neurotische Junge mit der Videokamera würde jemanden umbringen, vielleicht das Mädchen, dem er hinterherspioniert hat.»

«War das ein Biest!», stimmt Nelson ein. «‹Bring meinen Vater um, los.›» Er denkt an Michael DiLorenzo, wie der ihm gestanden hat, dass er seine Eltern umbringen möchte, und dann hat Michael sich selbst umgebracht, vielleicht, um den Eltern nichts tun zu müssen. Nelson schmeckt das tote Eisen im Innersten selbst grüner Planeten. Kein neuer Anfang, kein Erbarmen. Die Scheinwerfer fangen Sprenkel ein, Fünkchen, wie kleine Fliegen; Schneeflocken können es nicht sein, also sind es umherwirbelnde Schmutzpartikel.

«Ich mochte sie nicht», sagt Annabelle. «Ich habe mich mehr mit der anderen identifiziert, der Hübschen, die sich wie ein Flittchen benahm und sich dann als Jungfrau entpuppt hat.»

«Und diese ganze Schwulensache hat mich ziemlich geärgert», sagt Billy.

«Alles sehr überzogen und wenig schlüssig», befindet Pru; ihr Profil ist fast hager im vorbeistreichenden Licht entgegenkommender Scheinwerfer; der Verkehr flackert in dichtem Gewühl über Asphalt, der kaum zu sehen ist, aufgemalte Pfeile und Linien, alles ist undeutlich.

«Mann», redet Billy weiter, «die haben wahrlich nicht zu wenig Blut gegen die Wand gespritzt, als er erschossen wurde.»

«Die Cheerleadernummer mit den Bowlerhüten war sehr gut, fand ich», sagt Annabelle.

«Von Bob Fosse abgekupfert», sagt Billy. «Ich hatte Angst, eines der Häuser würde in Flammen aufgehen, das vom Helden oder das von dem Militärtypen nebenan.»

«Dieser Film», beharrt Pru, «hat alles und jeden aufs billigste heruntergemacht. Die Werbung, das Militär, bla bla. Also *wirk*lich.»

«Das war so hübsch», sagt Annabelle, in ihrem Fahrwasser bleibend, «sie ist bereit, aber er schläft nicht mit ihr, sondern macht ihr stattdessen einen Hamburger.» Nelson hat sie noch nie so reden gehört, frei assoziierend und kindlich vertrauensvoll. Vielleicht ist dieser Abend doch nicht so ein Reinfall, wie er anfangs gedacht hat.

Hartnäckig hält sich in ihm die Empfindung, dass außer ihm und Pru und Annabelle und Billy noch jemand im Auto ist.

«He, Nelson», quengelt Billy vom Rücksitz her, «musst du auf dieser Straße nicht in die entgegengesetzte Richtung?»

Nelson hat sich schon gewundert, warum der Verkehr immer spärlicher geworden ist. Ihr Auto eilt inzwischen als einziges auf dem Highway hin, zwischen dunklem hügeligen Ackerland und fernen Weihnachtslichtern.

«Du fährst nach Maiden Springs!», erklärt Billy. «Brewer ist hinter uns!»

«Blöder Idiot», sagt Nelson. «Ich habe extra gefragt, wie ich fahren soll, als wir vom Parkplatz runter waren, und keiner hat mir geholfen.»

«Nelson, du hast hier dein ganzes Leben verbracht», ruft Pru ihm in Erinnerung.

«Ja, aber nicht in der Gegend vom Rummelplatz. Ich hasse diese Ecke. Der Jahrmarkt hat mich immer deprimiert, die Art, wie die Schule den Besuch fast zur Pflicht gemacht hat, jeden September.»

«Ging mir genauso», sagt Billy. «Ich habe mich vor den Freaks gegruselt. Und die Karussells sind meinem Magen nicht bekommen. Ich weiß noch, wie ich mal mit Betty Majka in einem war, wo man sich in einer Art Gondel gegenübersitzt und um die eigene Achse gedreht wird und ich Angst hatte, dass ich ihr gleich mitten ins Gesicht kotze.»

«Nimm die nächste Ausfahrt», sagt Pru in leisem, scharf zugespitztem Ehefrauenton. «Dann links, über die Überführung, und dann rechts, dann kommst du auf den Highway zurück und fährst in die andere Richtung.»

«Ich weiß, wie man umdreht!», faucht Nelson sie an.

«Und die Tiere in Käfigen», redet Billy weiter. «Ich habe manchmal einen Albtraum, da bin ich in einem Käfig, der immer enger zusammengedrückt wird, ähnlich wie ein Eierschneider.»

«Armer lieber geplagter Mensch», sagt Annabelle mit Samtstimme.

Pru sagt zu Annabelle, während Nelson wütend, mit quietschenden Reifen, in die schräge Ausfahrt einbiegt und dann nach links schwenkt: «Ich fand das genauso unrealistisch wie alles andere. Die meisten Männer hätten sie auf jeden Fall gevögelt. Ich meine, er hat doch praktisch von nichts anderem geträumt.»

Aber sie hat Mühe, in den Kokon wechselseitiger narzisstischer Aufmerksamkeit vorzudringen, der auf dem Rücksitz gesponnen wird. Von der kleinen Straße zur Überführung hin scheint dunkles Farmland sich in alle Richtungen zu erstrecken, unterbrochen nur von einer Gulf-Tankstelle, das ragende ovale Schild erleuchtet und auf einer Höhe mit der Umrisslinie der Hügel. Nelson fragt zum Rücksitz hin: «Was meinst du, Annabelle, wie weit wäre der ältere Mann gegangen? Die Vaterfigur.»

Ihre sanfte Stimme trifft auf sein Ohr: «Nelson, was hast du eben gefragt?»

«Wie weit ist Mr. Byer bei dir gegangen? Mein Riecher sagt mir» – er brettert rücksichtslos durch die Auffahrt und rast den Highway hinunter, dorthin, wo der Lichtdom über Brewer den Himmel färbt –, «dass er ziemlich weit gegangen ist. Deshalb betonst du ständig, was für ein fabelhafter Mann er war. War er nicht. Er war auf Begrapschen und Befummeln aus. Gut, dass er gestorben ist, als du sechzehn warst, es wär wahrscheinlich sehr viel schlimmer geworden.»

«Schatz», sagt Pru zu ihrem Mann, aber er ist nicht mehr

zu bremsen, nun da er und der Corolla auf dem richtigen Weg sind. Er muss seine Schwester ausziehen, vor Billy.

«Und deine Mutter war keine Hilfe, nicht? Sie war eine ausgebuffte alte Nutte, sie muss was gemerkt haben. Sie hat eine harte Schule durchgemacht, warum du also nicht auch, hm?»

«Das ist nicht wahr!», ruft Annabelle weinend. «Sie hat nichts davon gewusst! Und er hat mich nie – wie nennt man das –?»

«Penetriert», hilft Nelson ihr aus.

«Genau!», sagt sie. «Er hat mich nur betatscht, natürlich rein aus väterlicher Zuneigung.» Das Sarkastische ihrer Bemerkung bricht sie auf; ein seltsamer bebender, lang gezogener Schmerzenslaut löst sich aus ihr, und sie schluchzt so heftig, dass sie kaum Luft bekommt. «Ich habe mich nicht getraut, ihm zu sagen, er soll es nicht mehr tun, er hat mich ja schon angefasst, als ich noch ein Baby war, es kam mir nicht richtig vor, aber konnte es denn wirklich so unrecht sein? Es war, als könnte er nichts dafür, er war ein bisschen wie ein Schlafwandler. Hinterher hat er mich immer warm zugedeckt.»

«Er wusste, was du nicht wusstest», erklärt Nelson. «Dass er nicht dein richtiger Vater war. Und deine Mutter wusste das auch.»

«Sie hatte keine Ahnung, was er tat, das weiß ich genau. Aber es war eine solche Erleichterung, als er starb, dass ich mir die Schuld gab. Es war zu einem Geheimnis zwischen uns geworden, als ob ich es auch gewollt hätte, dabei habe ich es ge*hasst*!» Ihre lange zurückgehaltenen anklagenden Tränen fließen jetzt ungehemmt. Nelson blinzelt in die hohen Scheinwerfer – Lastwagen und diese beschissenen Geländefahrzeuge –, die von hinten und von vorn auf seine Augen treffen. Der Verkehr hastet in beiden Richtungen einer Katastrophe entgegen, dem Ende der Zeit, wie sie sie gekannt haben. Annabelle macht weinend den nächsten Schritt: «Ich hatte das Gefühl, dass ich ihn getötet habe! Bravo!» Ihr rundes Gesicht blitzt in seinem Rückspiegel auf, ein tränennasses Auge begegnet dem seinen.

«Gut so», sagt Nelson ruhig. «Dein Verhältnis zu Männern ist seither gründlich verkorkst, nicht? Warum hast du nie geheiratet, was glaubst du?»

«Ach, *lass* mich!», protestiert sie. «Warum willst du unbedingt, dass ich heirate, was geht es dich an!» Sie lässt sich zurückfallen, und ihr Schluchzen ist nur noch als ein gedämpftes schniefendes Schlucken hörbar, vermutlich, weil Billy sie tröstet. Nelson kann es nicht riskieren, den Kopf zu wenden und sich nach den beiden auf dem Rücksitz umzusehen; das Gefühl, dass eine fünfte Person sich im Auto befindet, ist so stark, dass seine Hände das Lenkrad fester umfassen müssen.

Billy sagt: «Hast du sauber hingekriegt, Nelson. Das ist also Psychotherapie.»

«Das Problem muss auf den Tisch», sagt Nelson mürrisch. «Dann sieht man weiter.» Er starrt geradeaus. Er hat diese flache Seite von Brewer, im Gegensatz zur schräg abfallenden Mt.-Judge-Seite, nie gemocht. Selbstbedienungstankstellen mit Zapfsäulen, die in mehreren Reihen stehen, Fastfood-Lokale mit Minispielplätzen aus Plastik für verfettete Kleinkinder, trostlose kahle, aus nur wenigen Läden bestehende Einkaufspassagen, Verkaufsstellen für Auslegeware (Teppich und Linoleum), den Winter über mit Brettern vernagelte Gemüsestände, kitschige Amishfiguren, aus Blech ausgestanzt, die die dummen Touristen aus den Innenstädten zur *Real Pa. Dutch Cuisine* locken. Er weiß jetzt, wo er ist. Wenn er auf diesem neuen Teilstück der 222 bleibt, kommt er auf eine Umgehungsstraße, die ihn schnurstracks an Brewer vorbei Richtung Südwesten führt, zur Turnpike und nach Lancaster; er biegt beim Matratzengroßmarkt ab, hinter dem sich der Massagesalon Aurora versteckt, und fährt auf der alten Route 111 weiter, die parallel zum Fluss läuft, weit rechts von ihnen die Silhouette des Mt. Judge, bekrönt von den diesigen Lichtern des Pinnacle-Hotels, wo sie gesessen und gegessen und höfliche Konversation gemacht haben, vor wenigen Stunden erst. Die Zeit tut Wunder.

Pru renkt den Kopf nach hinten und sagt zu Annabelle: «Du bist also befummelt worden. Ich auch. Mein Vater war ein Drecksack, wenn man es genau nimmt. Was soll's, davon geht die Welt nicht unter.» Sie ist hart. Ihre Nase sieht im Profil scharf wie die einer Hexe aus, aber er empfindet ihren Körper in dem schimmernden Seidenkleid und dem rostbraunen Mantel neben sich als etwas, das Wärme ausstrahlt. Ihre großen Hände liegen still auf ihrem verschatteten Schoß. Er langt hinunter, um die Heizung zu regulieren, und seine Hand und Prus Knie sind von gleicher Blässe im Lichtschein des Armaturenbretts. Er erinnert sich, wie sie einmal, ganz am Anfang, als sie noch neu in der Familie war, ihn überraschend getröstet hat mit den Worten: *Wieso, Schatz. Nach dem, was ich gesehn habe, bin ich sicher, dass deine Eltern sich ziemlich gern haben. Wenn Ehen so lange halten, gibt es einen Grund dafür.*

Auf dem Rücksitz schnieft seine Schwester, und Billy sagt: «Ist ja gut. Ist doch alles längst verjährt, was wir hier reden.»

Auf der Straße gibt es jetzt Ampeln, und irgendwo weiter vorn hat ein Autohändler oder ein Clubbesitzer sich in

Unkosten gestürzt und eine Scheinwerferbatterie gemietet; drei der Lichtkegel bestreichen den Himmel bis an den lokalen Dunsthorizont.

«Sie sehen hier», verkündet Nelson im leiernden Tonfall eines Touristenführers, «den vormaligen Sitz der Toyota-Vertretung von Springer Motors, derzeit herrenlos.»

Mom hat das Grundstück und das Gebäude an einen Computerzulieferbetrieb verkauft, der nie in Schwung gekommen ist; eine plötzliche Wende in der Technologie hat ihn abgehängt. Beschienen von einem inneren Mondlicht, sieht Nelson seinen Vater und sich und Charlie Stavros und Elvira Ollenbach geistergleich an den vernagelten Fenstern stehen und auf der Route 111 Ausschau halten nach Kunden, die nie kommen werden.

«Die Autofirma meines Vaters!», sagt Annabelle und richtet sich raschelnd auf. «Ich erinnere mich. Ich war mit Jamie da. Er hat irgendwann einen orangefarbenen Corolla gekauft.»

«Sie hat eher meiner Mutter gehört», sagt Nelson. «Traurig, das Gelände so zu sehn. Die Firma, an die sie verkauft hat, hat immer noch ein Konkursverfahren am Hals, seit zehn Jahren nun schon. Wahrscheinlich haben die vergessen, dass sie das hier besitzen. Ich habe gehört, Barnes und Noble sei interessiert, vielleicht kommt ein Buchkaufhaus her.»

Die Scheinwerfer sind ein Stück weiter vorn an der Route 111, vor einem Haus, in dem vor langer Zeit ein Planters-Peanuts-Laden war und das in den Siebzigern dann einen Anbau bekam und in eine Disco umgemodelt wurde. Die hohe dünne Silhouette von Mr. Peanut draußen, die vier Meter große Reklame, hatte sich in eine fast nackte Tänzerin verwandelt, mit Sektbläschen an den anstößigen Stellen, aber auf die Dauer ist das zu sexistisch gewesen. Jetzt wirbt ein Cowgirl in kurzem weißen Rock und mit hochhackigen weißen Stiefelchen für PURE COUNTRY MUSIC. Countrymusic kommt nach und nach zurück. Oder geht sie und lässt sich bloß viel Zeit dabei? Der Parkplatz scheint nur halb voll zu sein. Vernünftige Leute bleiben heute Abend zu Hause, erschöpft von dem Rummel, gelähmt von der Angst vor fanatischen Arabern, die sich von Kanada aus ins Land schleichen.

«He, Nellie», meldet Billy sich. «Es ist gleich Mitternacht, und wir sind nirgendwo.»

«Ich weiß, ich fahre, so schnell ich kann. Hättest du mich nicht in die falsche Richtung geschickt –»

«Hat Nelson dir je erzählt», fragt Pru, zu Annabelle gewandt, «wie er sich die gesamte Vertretung durch die Nase reingezogen hat?»

«Nein, nicht so richtig.» Annabelles Stimme klingt, als sei sie fürs Erste ausgetrocknet.

«Reizend! Tausend Dank», beschwert Nelson sich bei seiner Frau.

«Geschwister sollten keine Geheimnisse voreinander haben», sagt Pru und macht – er weiß das, ohne hinzusehen – ihren prüden kleinen Spitzmund, als lutsche sie an etwas Saurem. «Nelson war nicht immer so ein Heiliger.»

«Er war ein Jammerlappen, und was für einer», steuert Billy bei und gibt der Frotzelei eine derbere Note. «Ein richtiges kleines Mamasöhnchen, hat Angst vor seinem Vater gehabt, dabei war der so ein netter Kerl.»

«Im Gegensatz zu deinem», sagt Nelson. «Der war ein Schlurf.»

«Aber sehr musikalisch», sagt Billy zu Annabelle. «Er konnte jedes Instrument nach dem Gehör spielen.»

«Oh, ich habe mir immer gewünscht, das zu können!»,

erwidert sie, sich ankuschelnd, so leise, wie ihre Stimme jetzt klingt. Bildet Nelson es sich ein, oder hört er tatsächlich das Schnurren eines Reißverschlusses, der geöffnet wird, der lange diagonale Reißverschluss vorn an ihrem Kleid? Seine Schwester kichert, und eine Hand bekommt einen leichten Klaps.

Nelson steuert den Corolla durch West Brewer. Diese neuartigen Eiszapfenlichter hängen wie leuchtende Wischtücher von den kleinen Veranden der Reihenhäuser, die sich schräg zum Fluss und zur Weiser-Street-Bridge hinunterziehen. Auf der Brücke stehen altmodische Pfostenlampen mit gelben Glaskuppeln und Eisenschnörkeln, die eine grüne Patina bekommen haben, aber das Licht fällt kalt und heutig von violetten Röhren an hohen Aluminiummasten nieder. Auf der anderen Seite der Brücke gibt es ein teures Café, das früher Jimbo's Friendly Lounge gewesen ist, ein Treffpunkt für Schwarze, bis Besserverdienende in South Brewer Einzug gehalten und die Schwarzen vertrieben haben. Und dann entrollt sich unter den Rädern des Corolla Brewers Hauptstraße in ihrer ganzen Weihnachtsherrlichkeit; in die Bäume, die den Weiser Square säumen, sind Ketten aus weißen Glühbirnchen gewunden, dreidimensionale Kritzeleien auf dunklem Grund. Der Platz, ursprünglich ein offener Farmermarkt, ist vor Jahrzehnten abgesperrt worden, weil man, schlecht beraten, einen Fußgängerbereich haben wollte, um Leben in die Innenstadt zu bringen, aber die Grünanlage hat sich zu einem gefährlichen Wald entwickelt, und so ist der Platz wieder geöffnet worden für den Autoverkehr. Sie überqueren die Fourth Street und kommen an der Bronzestatue von Conrad Weiser mit Mohawkkopfschmuck in der Mitte des Verkehrskreisels an der Fifth Street vorbei. Früher sind von diesem Punkt aus Straßenbahnen nach

Osten, Westen, Norden und Süden gefahren, zu Vergnügungsparks und Picknickwäldchen. Der Fußgängerverkehr wird dichter; die Stadtväter haben im glasüberdachten Atrium der Einkaufspassage zwischen Fifth und Sixth, auf der linken Seite der Straße, zum Millenniumsball geladen und einen Block weiter, auf der rechten Seite, zum Rockkonzert in der großen Grube. Verschwommener Lärm dringt durch die Autofenster.

«Hey, Nelson», sagt Billy. «Auf der Sunflower-Bier-Uhr ist es Mitternacht! Millennium, und wir sitzen in deiner Japsenkutsche fest! Wir kommen nicht von der Stelle!»

«Keine Panik», sagt Nelson. «Die Uhr da ist noch nie richtig gegangen. Das Laid-Back ist gleich vorn an der Ninth, wir sind in einer Minute da.»

Dann sieht Nelson, wie das Schreckliche passiert: an der Kreuzung Sixth und Weiser, wo früher das Kaufhaus Kroll's war, fällt, zwei Autos vor ihnen, die Ampel aus. Hoch über dem Asphalt hängend, war sie eben noch grün, und jetzt ist sie tot. Nicht rot: tot. Der zäh fließende Verkehr stockt. Nachtstreuner, zumeist junge Hispanics in Jeans und Windjacken, flitzen zwischen den Autos hin und her. Rufen ist zu hören, vereinzelt, bald hier, bald dort, so als wisse niemand genau, was eigentlich los ist. Die Autos hinter ihnen hupen, zur Feier oder aus Ärger. Die Straßenlampen flackern.

«O mein Gott», sagt Annabelle, «Terroristen, wie sie im Fernsehen gesagt haben», und fängt wieder an zu weinen.

«Das ist nur eine kleine Panne», sagt Billy und tut so, als sei er die Ruhe selbst, dabei muss ihm dies hier wie ein Tunnel vorkommen. «Die Ampeln werden alle von Computern gesteuert.»

«Verflucht», sagt Nelson. Jahrzehntelang ertragene Kränkungen, Verletzungen, ungerechte Tode pressen sich ihm von hinten gegen die Augen. Er schließt die Fenster und drückt auf die Verriegelungsknöpfe. Jungen mit Kapuzen und mit Glitzerpuder im Gesicht drängen sich um den Corolla und spähen die Straße hinauf zum Mt. Judge hin. Das Heulen der Feuerwehrsirenen setzt ein, Kirchenglocken läuten. Und oben auf dem Mt. Judge beginnt das Feuerwerk, eine langsame Blume nach der anderen, vermischt mit Stakkatofontänen, kaliumweiß und bariumgrün, natriumgelb und chlorblau aufblühend und sterbend, blühend und wieder sterbend in wehenden Funkelschauern, indes die Explosionen dumpf durch die Windschutzscheibe dröhnen. «Wir verpassen es!», schreit er.

Der Corolla ist, von der Kreuzung aus gesehen, das dritte Auto gewesen, als die Ampel ausfiel. Das vorderste Auto hat nichts gemerkt und ist noch hinübergefahren, und das nächste hat abgewartet, ob das Auto rechts, in der Sixth, vorfahren und in die Weiser einbiegen will. Die Sixth ist hier eine Einbahnstraße, von links kommen also keine Fahrzeuge. Die Autos weiter hinten sind im Ungewissen, aber hier vorn, so nah an der Kreuzung, ist das Problem überschaubar, und die Lösung liegt auf der Hand: man fährt, wenn man an der Reihe ist, nach demokratischer amerikanischer Art. Das Auto vor Nelson, ein kirschrotes Exemplar des neuen VW-Käfers, das auch so niedlich ist wie ein Käfer, die Rücklichter oval und schräg wie Disney-Tieraugen, kriecht vor und überquert die Kreuzung, und danach erst setzt der Wagen rechts sich in Bewegung, ein seriöser, kantiger hellbrauner Audi, er hält sich an die Reihenfolge wie ein guter Bürger. Jetzt ist Nelson in seinem schmutzig weißen Toyota dran, unter der erloschenen Ampel hindurchzufahren, vorbei an der Stelle, wo früher das Kroll's war und wo Mom und Dad sich kennen gelernt haben (wenn sie sich nicht begegnet wären, gäbe es ihn nicht, das darf man nicht vergessen), und weiter die Weiser hinauf, dem Berg und dem Feuerwerk entgegen, über die Seventh hinweg, wo damals meilenlange Güterzüge rumpelten und Kohle von Pottsville nach Philly brachten und wo vor langer Zeit einmal ein chinesisches Restaurant war, und noch ein bisschen weiter, weil er in den Seitenstraßen hinter dem Laid-Back eine Parklücke suchen will, in der Gegend, wo Dad mal als Setzer für die Verity Press gearbeitet hat. Es wird bestimmt lustig, wenn sie gleich zu viert ein Stück zu Fuß gehen, in der frischen Luft. Und dann einen eisgekühlten Daiquiri, er sieht ihn vor sich, oder soll er lieber eine Margarita bestellen, mit einer dünnen Salzkruste rings um den Glasrand?

«He!», ruft er. Dem Audi fast hintendrauf fahrend, schiebt sich ein schwarzsilberner Ford-Expedition vor, ein riesiger Geländewagen mit Lkw-Rädern und einem Seitenspiegel groß wie ein Menschenschädel, und will außer der Reihe durch, ohne Rücksicht auf Anstand und Ordnung. Der Fahrer, irgendein reicher Sprössling aus der Gegend hier, mit Bier abgefüllt und eine Baseballkappe auf dem Kopf, neben ihm seine dämlich grinsenden Kumpel, glotzt Nelson mit einem glasigen Na-und?-Blick an. Nelson sieht rot. «Arsch», sagt er. *Dieser Befehl ist unzulässig. Das Programm wird jetzt beendet.* Pru kreischt auf, als sie begreift, dass Nelsons Fuß fest auf dem Gaspedal steht und dass nichts, nur der Zusammenstoß mit dem Expedition, den Corolla zum Halten bringen wird. Der dicke hohe Stoßfänger des Geländewagens – zweifarbig, die untere Hälfte aus Chrom – spiegelt das rechte Scheinwerferlicht des Toyota in grellem Geschmier wider; Pru macht sich auf den Aufprall gefasst, auf die kraquelierte Windschutzscheibe, das zerknautschte Metall, den dumpfen Schlag des Schmerzes. Der anmaßende Bengel mit der Baseballkappe aber sieht mit großen Augen, dass Nelson es ernst meint, und er bremst so stark, dass die Hohlköpfe seiner Kumpel alle gleichzeitig nach vorn fliegen. Der Corolla zieht, immer noch mit durchgedrücktem Gaspedal, haarscharf am Expedition vorbei. Der Geruch nach heißem Gummi füllt das Wageninnere. Das Paar auf dem Rücksitz spendet, ein wenig atemlos, Beifall. «Ich hasse Geländewagen», sagt Nelson. «Angeberische Benzinfresser, sie glauben, die Straße ist bloß für sie da.»

In der grünlich getönten oberen Hälfte der Windschutzscheibe bläht sich ein sprühender Feuerball. Rechts von ihnen, in der großen erleuchteten Grube, dröhnt die Rockmusik. Nelson erschauert, als werde er gerade von einem streitmütigen Geist verlassen. Und da fällt Pru über ihn her, sie versucht, ihn zu umarmen, bohrt ihm ihre Nase in die Wange, und ihr Atem flattert ihm warm gegen den Hals. «O Liebling, es war phantastisch, wie du das gemacht hast, das Arschloch hat gekniffen! Ich glaub, ich hab mir in die Hose gemacht.»

«Ich auch, fast», sagt Annabelle.

«Es ist komisch mit dem Tod», meldet Billy sich vom Rücksitz her. «Wenn man ihm tatsächlich ins Auge sieht, hat er was Sportliches.»

Pru sagt zu Nelson, so leise, dass die anderen es nur hören könnten, wenn sie zufällig gerade nicht ineinander versunken wären und stattdessen die Ohren spitzten: «Lass uns nicht zu lange im Laid-Back bleiben. Ich dachte, ich komme heute Nacht mit zu dir.»

V. Und darüber hinaus

Von: RoyAngstrom,Esq. [royson@buckeyemedia.com]
Datum: Samstag, 8. Januar 2000, 8:29
An: ron.harrison@qwikbrew.com
Betrifft: Dank an euch

Hi Grandma und Ron – es ist schon eine Woche her also wird es höchste Eisenbahn dass ich mich melde und euch für den tollen Silvesterabend danke den wir zusammen verbracht haben. Es hat mir echt Spaß gemacht das viele Feuerwerk überall auf der Welt zu sehen und durch die verschiedenen Zeitzonen zu wandern. Mir ist dabei klar geworden wie klein der Planet ERDE ist. Mom sagt sogar auf dem Mt. Judge war eins wir hätten es vom Haus aus sehen können. Am besten haben mir die drei schlabberigen Typen bei David Letterman gefallen wo der eine vom Bauchnabel von dem Dicken einen Golfball abschlug und der dritte ihn mit dem Mund auffing. Er hätte sich einen Zahn dabei ausbrechen können.

Mom ist in der Nacht nicht mehr in die Joseph Street zurückgekommen weil sie beinah einen tödlichen Unfall hatten als die Ampeln ausfielen und danach waren sie alle fix und fertig. Sie sagt Dad zieht zu uns nach Ohio und dann leben wir wieder zusammen das finde ich klasse.

Hier kommt ein Witz – woran merkt man wenn ein islamischer Terrorist Angst hat? Antwort – er hat Schiit in der Hose. Eigentlich wars ja nett dass die im Iran alle gehn ließen bis auf den Passagier dem die Kehle durchgeschnitten wurde weil er den den sie den Doktor genannt haben komisch angekuckt hat. Die Nachricht die mich aber am meisten interessiert hat ist die von dem tibetischen Jungen der genauso alt ist wie ich und der der zweitwichtigste Lama der Welt war und geflohen ist indem er mehrere Tage zu Fuß durch einen Schneesturm im

Himmelaya ging, er heißt der KARMAPA. Auf derselben Website stand dass der Dolly Lama (der oberste Lama) über Y2K gesagt hat: «Millennium? Sonne und Mond bleiben für mich was sie waren.» Ron du kannst das alles unter www.tibet.com finden. Und unter www.ohyesyouare.com findest du eine Menge Witze. Beispiel – Was ist der Unterschied zwischen Al Gore und Bill Bradley? Antwort – der eine ist ne Tranfunzel und der andere ist auch nicht grade eine Leuchte. ISMWVL (ich schmeiß mich weg vor Lachen).

Nochmals danke für die schöne Zeit bei euch und dass ihr mir beigebracht habt wie man Pinokel für drei Personen spielt. Ich glaube nicht dass ich noch einmal bis nach Mitternacht aufbleibe um Pinokel zu spielen jedenfalls nicht bis ich aufs College gehe, möglichst aufs Kent State wie Dad. Es ist das beste.

Liebe Grüße an euch beide ;-) (zwinker) ROY

«**Hi? Annabelle?** Hier ist –»

«Nelson! Wie läuft es denn?»

«Nicht schlecht. Eigentlich gut. Ihre Wohnung ist ziemlich geräumig, aber irgendwann werden wir uns wohl nach einem Haus umsehen. Roy möchte gern ein Haus in Stow.»

«Er freut sich bestimmt ganz wahnsinnig.»

«Wahnsinnige Freude hält sich in dem Alter kaum eine halbe Stunde, aber doch, ja, er scheint ganz froh zu sein. Und Judy ist richtig froh. Sie sagt, Freunde nehmen einen viel ernster, wenn man einen Vater an Ort und Stelle hat. Gott sei Dank hat sie mit dem Fiesling Schluss gemacht, dessentwegen sie in Akron geblieben ist. Die Party, zu der er sie mitgenommen hat, war furchtbar spießig, sagt sie, sie wünschte jetzt, sie wäre mit nach Brewer gefahren.»

«Will sie immer noch Stewardess werden?»

«Also, das hängt, kann man sich ja denken, noch ein bisschen in der Luft –»

«Ich *wuss*te, dass du sagen würdest: ‹in der Luft›!»

«Aber ich glaube schon. Falls nicht einer von diesen Nichtsnutzen es ihr ausredet, weil er mit ihr zusammenleben will. Aber die Mädchen von heute – denen kann man nicht so leicht etwas ausreden. Sie wissen, was sie wollen. Judy macht sich über mich lustig, über die Art, wie ich sie dauernd ansehe, aber ich kann kaum fassen, wie schön sie geworden ist, dabei war ich doch erst letzten Sommer mit ihr zusammen. Jeder Zahn, jede Wimper, wie soll ich das sagen, so *exakt*. Sie hat von Dad und von mir den kleinen Wirbel in der einen Augenbraue. Und ihre Bewegungen sind anders, sie ist schnell und wendig bei allem, was sie tut. Sie ist kleiner als ihre Mutter, obwohl, ihre Haare sind genauso, wie Prus früher waren, aber sie hat nicht dies unhandlich Breitrumpfige und gleichzeitig Instabile, das Pru hat. Judy ist *fest*. Sie hat auf der High-School viel Sport gemacht und trainiert regelmäßig in einem Fitnessclub. Ich darf manchmal ihren Bizeps anfassen.»

«Das klingt, als käme sie nach *deiner* Mutter.»

«Tatsächlich? Mom ist so eine graue Maus, und Judy ist so strahlend, aber doch, ja, vielleicht, in gewisser Hinsicht. Der Knochenbau.» *Diese kleinen Springer-Hände*. «Ich sehe so gern ihre Hände an, sie sind fast kindlich, haben aber so eine, wie soll ich sagen, so eine anmutige Gelassenheit, und ihre Fingernägel sind lang und changieren zwischen Lila und Gelb. Ich habe zu ihr gesagt: ‹USAirways wird dir das aber nicht durchgehn lassen›, und sie sagt: ‹Ich weiß. Ich wollte mich nur mal austoben, Dad. Du kennst das doch, dass man sich mal austoben möchte.›»

«Und Pru?»

«Gute Neuigkeiten. Sie hat die Annonce einer der großen Banken an der Market Street gesehen, ‹Mitarbeiter/in für die Personalabteilung gesucht›, es sollte eine ‹kontaktfreudige Persönlichkeit› sein, hieß es da. Sie hat sich vorgestellt, und sie mochten sie, sie ist eine von dreien, die in die engere Wahl gekommen sind. Sie bringt nicht ganz die gewünschten Voraussetzungen mit, aber ich vermute, dieser Gekopoulos hat ihr ein überschwängliches Zeugnis gegeben.»

«Ich meinte dich und Pru.»

«Oh. Das. Das ist okay. Du hast sie ja kennen gelernt und weißt, wie sie ist. Sie ist normalerweise keine, die ihre Gefühle groß zur Schau stellt. Sie sagt, einen Mann in der Wohnung zu haben ist so schlimm, als hätte man zwei unerzogene Hunde. Sie braucht jemanden zum Reden, wir sind hier von ihren Verwandten umgeben, die rufen oft an und kommen vorbei.»

«Du bist doch bestimmt eher zum Reden bereit, jetzt wo du wieder mit ihr zusammen bist.»

«Mit *dir* mag ich reden. Zu viel, hm?»

«O nein. Aber wieso sagst du Pru zu ihr? Deine Mutter nennt sie Teresa.»

«Woher weißt du das?»

«Sie hat angerufen und mich zum Essen eingeladen. Nur sie und Ronnie. Und Billy, wenn ich das möchte.»

«Billy. Dieser Tropf. Es tut mir Leid, dass ich ihn dir neulich Abend aufgepackt habe. Seinetwegen habe ich mich in meinem eigenen County verfahren und bin im bedeutendsten Augenblick der Geschichte im Verkehr stecken geblieben.»

«Ja, es ist furchtbar, was er gemacht hat. Er weint im Schlaf deshalb.»

Eine Pause entsteht, und er fragt sich, wie viel er aus

dieser Bemerkung wohl heraushören soll. «Um auf Teresa zurückzukommen», sagt er. «Das ist ihr richtiger Name, aber auf der High-School fanden alle sie so prüde, und weil es noch eine zweite Terry in der Klasse gab, haben sie sie Pru genannt. Aber es stimmt schon, es ist schön, wieder bei ihr zu sein. Ich liebe sie, glaube ich.»

«Natürlich liebst du sie.»

«Ich habe angefangen, mich nach einem Job umzusehen. Akron hat viel Ähnlichkeit mit Brewer, nur dass es dreimal so groß ist. Es gibt einen Fluss und meilenlange Straßen mit Reihenhäusern und stillgelegte Fabriken, aus denen man etwas anderes gemacht hat – aus einer riesigen Quaker-Oats-Fabrik haben sie ein Hilton-Hotel gemacht, mit runden Zimmern in den alten Getreidesilos –, und es herrscht kein Mangel an Elend. Ich habe gedacht, ich suche mir eine Stelle in einer Reha-Klinik für Drogenkranke. Süchtige kommen vielleicht zu Tode, weil sie erfrieren, aber sie begehen keinen Selbstmord.»

«Das war zu schrecklich. Ich konnte dir ansehen, wie sehr es dich mitgenommen hat.»

«Es hat mich nicht *so* mitgenommen. Esther riet mir, nicht ichbezogen zu reagieren. Als ich kündigte, wollte sie wissen, ob Michael DiLorenzo der Grund dafür ist. Ich sagte, ich hoffe nicht. Hey, Glückwunsch zum Geburtstag! Vierzig. Wow.»

«Du hast es nicht vergessen.»

«Wie könnte ich das vergessen? Ich habe sogar ein Zitat für dich. ‹Unser Leben ist eine einzige Bewegung zum Glück hin.› Zitatende.»

«Woraus ist das?»

«Aus einem sehr blöden Buch, das Ronnie Harrison mir zu Weihnachten geschenkt hat. Der Satz steht auf Seite eins, weiter bin ich nicht gekommen.»

«Vielleicht schaffst du's noch bis Seite zwei.»

Sie waren so schön im Fluss, und er hat ihn abreißen lassen. Ronnie Harrison macht ihr immer noch Angst. Er fragt: «Wie ist das Wetter im Diamond County?»

«Kalt! Winter! Mehrere Zentimeter Schnee, und heute Nacht gibt es noch mehr. Wir haben alle gedacht, der Winter fällt aus, wegen der Erderwärmung.»

«Ich weiß. Hier ist es genauso. Praktisch alles ist hier genauso. Aber mir gefällt's. Es macht Spaß, andere Nummernschilder zu sehen.»

«Deine Mutter hat am Telefon gesagt, dass sie und Ronnie demnächst nach Florida fahren und dass sie mit dem Gedanken spielen, das Haus hier zu verkaufen und für immer in den Süden zu ziehen. Beide haben irgendwelche Wehwehchen, und die Wärme hilft vielleicht.»

«Seit Jahren sage ich ihr, sie soll verkaufen! Aber hör zu. Wenn du wirklich zu Mom zum Essen gehst, nimm Billy mit oder jemand anderen, damit Ron dir nichts tut. Du bist so –»

Sie wartet.

«Entzückend. Süß. Unschuldig», hört er sich sagen.

«Nelson.»

«Ja?»

«Ich treffe mich mit Billy.»

«Sieh mal einer an.»

«Du meinst es nicht so, wenn du sagst, er ist ein Tropf, nicht?»

«Also, als Junge war er einer. Aber ist doch egal, in diesem Land haben auch Tröpfe ihre Rechte.»

«Für mich ist er ein Schatz.»

«Inwiefern?»

«Er findet mich wunderbar. Und nachdem ich neulich im Auto, auf dein Bohren hin, diese widerwärtigen Geschichten von früher gestanden habe, gibt es wenigstens nichts mehr, das ich vor ihm geheim halten muss. Er sagt, wenn er bei mir ist, gehen seine Ängste weg.»

«Also, ist das nicht ein guter Grund –?»

«Nelson, *kein* Grund ist vollkommen. Aber wir sind's schließlich auch nicht.»

«Okay, akzeptiert.» Freude für sie quillt in ihm hoch, wie Wasser, das sacht anschwillt.

«Ich möchte dich etwas fragen. Bitte nicht flapsig sein, es ist mir sehr ernst. Schon als kleines Mädchen habe ich gedacht, wenn ich jemals heirate, dann soll es in der Kirche sein, ganz feierlich, mit allem, was dazugehört.» Annabelle fragt: «Wenn Billy und ich heiraten, würdest du dann mein Brautführer sein?»

Und Nelson sagt: «Gern.»

John Updike

«Updikes präzise, kraftvolle Prosa und sein aufmerksamer, kühl distanzierter Blick zeugen von wahrer Meisterschaft.» The New York Times Book Review

Die vier «Rabbit»-Romane:

Hasenherz
Roman. 3-499-15398-X

Unter dem Astronautenmond
Roman. 3-499-14151-5

Bessere Verhältnisse
Roman. 3-499-12391-6

Rabbit in Ruhe
Roman. 3-499-13400-4

Bech in Bedrängnis
Fast ein Roman. 3-499-23229-4

Ehepaare
Roman. 3-499-11488-7

Golfträume
3-499-22741-X

Der Mann, der ins Sopranfach wechselte
Erzählungen. 3-499-22441-0

Die Hexen von Eastwick
Roman. 3-499-12366-5

Gott und die Wilmots
Roman. 3-499-22686-3

Updike und ich
Essays
3-499-22935-8

Gegen Ende der Zeit
Roman
«Ein Meisterwerk.» (FAZ)

3-499-23146-8